THE WINSTON BROTHERS
by Lori Foster
translation by Minako Ishihara

ウィンストン家の伝説
黒き髪の誘惑者たち

ローリ・フォスター

石原未奈子［訳］

ヴィレッジブックス

読者のみなさん、ありがとう!

わたしの愛するウィンストン兄弟に寄せられたすばらしい反応には、本当に圧倒されました。みなさんからの手紙やメールに心から感謝しています。

最初にコール・ウィンストンの物語を中編として書こうと決めたときは、まさかみなさんがわたしに負けないくらい、彼と、彼のおせっかいでお調子者の弟たちを好きになってくださるとは思ってもみませんでした。だけど正直に言うと、編集者がコールの物語を気に入って、弟たちの物語も読んでみたいと思ってくれることは心密かに願っていました。

ありがたいことに、願いは叶った!

そこでみなさんにお届けできたのが、物静かなバーテンダーにして、かなり突飛でかなりホットな性的嗜好をもつ次男、チェイス・ウィンストンの物語です。続いて末っ子のマック・ウィンストンが、いつもはお気楽な仮面の下に隠されている成熟さと責任感で、家族を――だけでなく意中の女性をも――あっと驚かせてくれました。

わたしがウィンストン兄弟の物語を書くのを楽しんだのと同じくらい、みなさんが読むのを楽しんでくださいますように。

心をこめて

ローリ・フォスター

シンディ・ホアンへ
一人目のウィンストン兄弟から最後まで、
あなたと一緒に仕事をするのは常に喜びでした。
こんなに楽しい時間をどうもありがとう。

CONTENTS

はじまりはココアとともに　11
おせっかいなキューピッド　111
あの笑顔にもう一度　219
訳者あとがき　328

ウィンストン家の伝説

黒き髪の誘惑者たち

はじまりはココアとともに

Tangled Sheets

1

二十六歳のバレンタインデーを処女のまま終わらせてたまるものですか。

育ての親である処女の叔母から授かった、細やかなしつけと善意からの厳しい締めつけにもかかわらず、あらゆる意味で〝女〟になる決意だった。いま、コール・ウィンストンが――神々しいほどゴージャスでセクシーな男性が――その決意を現実のものにするのに必要なチャンスを差しだしてくれている。

ソフィー・シェリダンはコールのバーに入ってすぐのところで足を止め、もう一度チラシを眺めた。このバーは男くさい元オーナーから〈ザ・種馬《スタッド》〉という名前をつけられていたが、コールが購入して、シンプルな〈ウィンストン・タバーン〉へと生まれ変わった。町で評判のこの店に、思わせぶりな店名など必要ない。とはいえソフィーに言わせれば、〝種馬〟はまさに言い得て妙だった。ウィンストン家の四兄弟を見てみるといい。とりわけコール・ウィンストンを。

はじめて開催されるバレンタインデー・コンテストへの参加を女性にうながすチラシが、近隣の店すべてに配られていた。ウィンストン家の四兄弟に女性客を呼びこむための材料が必要というわけではない。女性たちはこぞってここへ来た。兄弟が給仕をし、バーを司《つかさど》り、動いたりほほえんだりするのを見るために。四人はみんなゴージャスで女性の扱いに長《た》けていたが、ソフィーの目はひとりしか見ていなかった。

背後でドアが開き、さらなる常連客がなだれこんでくると、冷たい風と雪片も一緒に舞いこんできた。やわらかな音楽と静かな会話の低く心地よい響きが、一瞬、騒々しい笑い声に圧倒される。ソフィーはうわのそらで店内に進むと、人がいちばん集まっている場所を離れて、奥の隅にあるいつもの席へ向かった。コールとはじめて出会ったのは、この町にブティック用の店舗を購入した七カ月ほど前のこと。以来コールは毎晩やって来る彼女のために便《べん》宜《ぎ》を図り、かならずこの席を取っておいてくれた。この新しいオーナーはすべての常連客の要望に応えられるよう、最大限の努力を払っており、それはバーが大成功を収めた理由のひとつでもあった。コールはみんなを知っていて、彼らの家族のことや抱えている問題、はたまた人生についてまで、気さくに話をした。

だけどあまりにもセクシーなので、彼と話しているときのソフィーは、舌を上の口蓋《こうがい》にくっつけておくのにほとんどの時間を費《つい》やしていた。みじめだった。こんなに内気だったことはない。もちろん、こんなにすてきな男性からこんなに注意を払われたこともないけれど。コールといると、これまで一度も頭をよぎらなかったようなことを考えさせられた。たとえば熱くなった男性の、かきたてられる麝香《じゃこう》のような香りとか。無精ひげが肌の敏感なところに触れたらどんな感じだろうとか。

ソフィーは身震いし、深く息を吸いこんだ。

コールには内気で引っ込み思案だと思われて、そういう女性として扱われているものの、ソフィーの頭のなかでは、焼けるように熱く思わずつま先が丸まってしまうような妄想がくり広げられていた。そしていま、彼のコンテストのおかげで妄想が現実になろうとしている。

熱が全身を這《は》いまわり、冬の寒さの余韻《よいん》を追い払って、彼女の頬を染めた。間の悪いことに、ちょうどそのときコールが目の前にココアの入ったカップを置いた。てっぺんにはおまけのホイップクリームが載せられ、おいしそうな香りは犯罪的とさえ呼べる。コールその人に負けないくらいおいしそうだった。

「やあ、ソフィー」

低い声が骨まで染みわたる。ソフィーはゆっくり顔をあげて視線を合わせた。温かいウイスキーの色をした目は、豊かな黒いまつげに縁取られている。ソフィーは息を呑《の》んだ。「こんばんは」

コールがふと視線を落とし、彼女の手に握られているチラシに気づいて、ゆっくりとくつろいだ笑みを浮かべた。「よかった」簡潔な口調には男の満足感がにじんでいた。コールがふたたび目を合わせ、彼女の視線をとりこにした。「きみも参加するのか？」ささやくように尋ねた。

ここが難しいところ。だけど目的を達成するために思いついた唯一の方法だ。ソフィーの口べたが定めてしまったふたりの関係性を変えるのは、容易ではない。一夜にして控えめから大胆に生まれ変わればいい、というものではないのだ。そんなことをしたら、彼を困惑させるだけでなく、大恥をかくかもしれない。

幼いころに誇りと自尊心の大切さをモード叔母さんからたたきこまれた。いま賭《かけ》に出て負けたら、毎晩彼のバーに来るという安らぎも、ささやかな会話というときめきも、奔放な妄想という悦びも失ってしまう。もし彼に拒まれたら、あっさり立ちなおって何事もなかったふりなどできない。かけがえのない貴重なものが壊されてしまうのだから——ふたりの関係が。愛する人や近しい人はみんなこの世を去ってしまった。彼のバーで分かち合う、穏やかで心落ちつく友情まで危険にさらしたくなかった。

だけどもし賭に勝って、つかの間、彼の関心を引くことができたとしても、長続きしないのは目に見えている。コールは頑固な独身主義者として有名で、どんな女性とも深入りしないい。三十六歳という年齢を考えれば、たぶん一生、独身を貫くつもりなのだろう。ひとりでいるのが好きで、その状態を保つべく努力している。

彼に拒まれたら、ふたりのあいだに悲しい溝《みぞ》が生《しょう》じるかもしれない。だから策略を講《こう》じなければ。

「いいえ」ソフィーは言い、色鮮やかなチラシを脇に置いた。緊張から唇を舐《な》め、ココアの入ったカップをつかんで、ナプキンの中央に来るよう、きちんと置いた。「恥ずかしくて」

コールが大らかさと男っぽさを湛《たた》えた笑みを浮かべた。ソフィーの向かいには座らずに、となりのテーブルから椅子を引き寄せると、逆向きにまたがって椅子の背に両腕を載せた。

「どうして?」あまりにも近いので、彼の香りさえわかった。コロンと温かい男の肌のにおい。すてきだと思うどころか、コールに出会うまで気づいてもいなかった組み合わせだ。深く息を吸いこむと、お腹がよじれた。まるで彼の香りだけで満たされてしまったかのように。

コールが首を傾けて、説得にかかった。「参加するのに必要なのは写真だけだ。おれがここで撮ってもいい。ほかに何十枚も張りだされることになるだろう、もう二十人近くエントリーしてる。写真はすべてビリヤードルームに掲示して、バレンタインデー当日に、いちばんきれいだと思う写真に投票してもらう」

「わたしなんて、参加しても意味はないもの」言うつもりのなかった言葉がこぼれた。お世辞を言わせようと仕向けたわけではないのに、コールに舌打ちをされて、そう聞こえただろうことに気づいた。

彼の手にあごを掬《すく》われて上を向かされ、やさしく温かい表情で見つめられると、心臓がいくつか脈を打ちそこない、息が止まった。「きみはすごくきれいだよ、ソフィー」

ああ、本気で言ってくれたなら! だけどコールはバーの客全員に分け隔《へだ》てなくうちとけた態度を示す。純粋に、人づきあいが好きなのだ。オープンで、気づかい上手で、親しみやすい。年上の女性はからかわれて頬を染め、かまってもらえない若い女性は悔しさでめまいを起こし、男たちは――職種、世代を問わず――みんな彼を愛し、敬《うやま》った。だれもがコールの周りに集《つど》い、言葉に耳を傾けた。コールは人が好きで、老若男女を問わず、あらゆる人を特別な気持ちにさせた。

彼の手の温もりと手のひらの硬い感触に刺激を受けて、ソフィーの頭のなかで罰当たりな考えが目覚めた。この硬い手のひらに体のほかの部分を撫でられたら、どんな気分かしら。だれかに触れられることはおろか、見られたことさえない部分を。呼吸が速まり、手が震えた。

どうにか妄想を抑えこみ、チラシを掲げてにっこりほほえんだ。「こういうのは、わたしよりも妹のほうが向いてるわ。わたしは写真を撮られるのが苦手だけど、ちょうど妹が遊びに来ているし、興味を持つかもしれない」

一瞬コールが凍りつき、手を離してしげしげとソフィーを眺めた。「妹がいるのか?」

「ええ。ふたごなの」言葉はこわばった唇からするりと出てきた。「だけど性格はあまり似てないわ。シェリーのほうがずっと……社交的」

「社交的?」コールの顔に好奇心がのぞいた。わずかに身じろぎしてつぶやく。「ふたごか」それから低く深い声で言った。「妹のことを聞かせてくれ」

ソフィーはまばたきをした。「ええと、どんなことを? 外見はわたしと同じで、だけどわたしほど……」

あの小さな笑みがまた浮かんだ。「かっちりしていない？」

「そうね、そんなところ」かっちり？　どういう意味だろう。「シェリーは子どものころから人気者だったわ」

ふいにコールが首を振ると、黒くつややかな髪がひたいにかかった。ソフィーは彼の髪が好きだった。きれいなストレートで、こめかみにほんの少し銀色が混じっていて、それがバーの明かりを受けてきらめくさまが。かきあげてみたくてたまらなかった。この手で触れて、見た目と同じようになめらかでひんやりしているのか、たしかめてみたかった。その思いをこらえるべく、テーブルの上の両手をぎゅっと組み合わせた。

「ふたりともエントリーすればいい。いや、いっそのことふたり一緒に。審査員が有頂天になる」

「審査員って……」咳《せき》払いをしなくてはならなかった。コールが急に立ちあがり、その大きさとたくましさに、脳みそがいつものごとく、めまいを起こしたのだ。そっと彼を見あげ、お互いの大きさのちがいにうっとりした。重なり合ったらどんなだろう。ああ、この男性は誘惑が多すぎる。「審査員ってだれのこと？」

今度はいたずらっぽい笑みが浮かんだ。「おれと弟たちだ。この一年間の記者連中のなじりっぷりを考えると、それが妥当じゃないかと思ってね。いちばん最近の記事は見たか？」

コールが愉快そうに鼻を鳴らした。「弟たちは大喜びだった」

ソフィーの顔にも笑みが浮かんだ。ウィンストン家の四兄弟はとびきりの粒ぞろいだ。町の人御用達《ごようたし》のこのバーを所有しているのはコールだが、実際の運営は、弟のマックとゼーンとチェイスが手伝っている。マックは末っ子でまだ大学に通っているものの、二十二歳にしてすでに大人の男の落ちつきを備えている。二十四歳のゼーンはいちばん野性的で、自身が立ちあげてまだ軌道に乗っていないコンピューターショップの経営と、兄からのたしかな給料支払小切手とで、生計を立てている。二十七歳のチェイスはソフィーの一歳上で、全責任をコールと分かち合っていた。バーのオーナーであるコールは、重要なことを決めるときはかならずチェイスの意見を聞く。コールとちがってチェイスは物静かなタイプで、たいていはバーカウンターの後ろに陣取って飲み物を出しながら、おしゃべりをするというより聞き役に徹した。

この兄弟に出会ってからの七カ月で、四人が驚くほど仲がよいのがわかった。束になってかかられたら、ケンタッキー州トマスヴィルに住む女性たちは熱狂の渦に巻きこまれるだろう。

「あの記者連中ときたら、トップレスになったらどうかと提案してきた」コールが言う。ソフィーは手で口を隠して笑いをこらえた。地元紙はウィンストン家の四兄弟を冗談混じりになじるのが大好きだ。四人の端正な顔立ちと店に押し寄せる女性客の群れをネタにしてからかい、私生活を記事にさせてくれと、再三せがんでいるらしい。兄弟は毎回、断ってきた。

コールは不服そうだったが、ソフィーはその提案にはいい面もあると思った。店はいまでも繁盛しているけれど、兄弟が胸をあらわにして歩きまわれば、人気は倍増するにちがいない。想像しただけで脈があがる。

「ゼーンは一日中、シャツを着ないで過ごそうかと言いだすし」コールがつけ足した。「女性たちはぜひそうするようにとけしかける始末だ。ゼーンのことだ、やりかねない。あいつがストリップを始めて店が廃業に追いこまれないよう、目を光らせていないとな」

これには笑いを抑えようもなかった。たしかにゼーンならやりかねない。女性といちゃつくのが大好きだし、ほかの兄弟と同じく、じゅうぶんな数のファンがいる。

「めったに笑わないんだな」

ソフィーは唇を噛《か》んだ。コールの熱く親密な表情に、お腹が疼《うず》く。この男性が及ぼす影響は独特で、ソフィーはそれがたまらなく好きだった。これほど熱心に話を聞いてくれる男性はいままでいなかった。彼女の考えや発想や気持ちにこれほど関心を示してくれる男性は。彼には特別な気持ちにさせられた。なにを言えばいいかわからなかったものの、なにも言う必要はなかった。そのときマックが兄のかたわらに現れて、ふたりの時間は終わった。「配達の人が来てるよ」

コールがうなずいた。「すぐに行く」マックが向きを変えるのを待ってから腰をかがめると、大きな片手をブース席のソフィーのとなりに突き、もう片方の手を広げてテーブルに載せた。「コンテストに参加しろよ、ソフィー」

彼の息が頬に触れて、ソフィーは身震いした。テーブルの上の、ぎゅっと組んだ自分の両手を見つめた。こんな至近距離で、あの探るような目を見なくてすむように。見たら最後、彼に飛びついてしまう。「今夜、妹をここへ来させるわ。あの子なら参加するはず」

コールがゆっくりと姿勢を戻し、ため息をついた。「わかったよ。きみの説得をあきらめたわけじゃないが、妹さんにはおれが待っていると伝えてもらってかまわない。ぜひ会ってみたい」

ソフィーは去っていく彼の後ろ姿を見送った。長い脚、襟《えり》に届きそうな黒髪、広い背中、たくましい肩。テーブルのあいだを歩く姿に、ほかの女性客も見とれていた。何人ものそばでコールが足を止めて話しかけると、女性たちは一様《いちよう》に笑い、うっとりした表情を浮かべた。コンテストに参加するよう、全員を説き伏せたのだろう。それがコール・ウィンストン。みんなに心を配り、気さくに話せる男。

喜んで妹に会わせよう。待ちきれない。


「ほら」

チェイスに冷たいホイップクリームの缶を押しつけられて、コールはわれに返り、ソフィーから目を逸《そ》らした。片方の眉をつりあげる。「なんだ?」

「彼女がスプーンを手にしたときからずっと、よだれを垂らしてその場に立ちつくしてるじゃないか。どうして彼女のココアにだけあんなにホイップクリームを載せるのか、前から不思議だった。ようやくその理由《わけ》がわかったよ」

あえて否定しなかった。実際、ソフィーが最初のひとくちをスプーンで唇に運んだときから、半ば硬くなっているのだ。あの色っぽい唇。ふっくらとして、やわらかくて――まったく、重症だ。

はじめて出会った日を思い出した。ソフィーが通りの向かいの数軒先にある店舗を買った日の夜のことだ。バーに入ってきた彼女は、上品でとりすましていてとても魅力的で、よりによってホットココアを注文した。七月の蒸し暑い日に。愉快に思ったコールはホイップクリームを余分に載せて、彼女が味わう姿を男の目で堪能した。小さな舌がちょこんとのぞいて上唇を這い、味わうたびに目は閉じられた。ソフィーはいまだに見られているのを知らず、コールは七カ月にわたって毎晩、この儀式に苦しめられてきた。

「クリームがなくなったようだから、ここは一発勝負に出て、追加してきたらどうだ？」

コールはからかいを無視して、首を振った。「露骨すぎる。おれが眺めるのをどんなに楽しんでいるか、少しでも感づいたら、二度とココアを頼んでくれなくなるだろう」

「それか、兄貴を苦しみから救いだして、自宅にお持ち帰りしてくれるか」

コールは横目でちらりと弟を見た。いつものチェイスは兄弟のなかでいちばん口数が少ないのに、今夜はやけにおしゃべりだ。「いま、おれを怒らせたい理由でもあるのか？」

チェイスがにやりとした。「兄貴が片隅に隠れて、甘いものが食べたくてたまらないのに買う金がない子どもみたいな顔で、彼女を見つめてるという以外に？　いや、ほかに理由はない」

「コンテストには参加しないそうだ」

「くそっ」客の注文を受けてチェイスがつかの間、離れたものの、すぐに戻ってきた。「説得できなかったのか？」

コールはうわのそらでうなずいた。「ふたごがいるらしい」

「へえ、ふたりのソフィーか。おもしろくなってきた。うりふたつだって？」

コールは弟を肘《ひじ》で突いた。「ああ。だが、いやらしいことは考えるな」

「ひと足先に、兄貴が考えているから？」

「そんなところだ。とにかく、妹のほうはエントリーするだろうが、自分は参加したくないそうだ」がっかりしてため息をついた。「どうしてソフィーにはいけないことばかり想像させられるんだろう？」

「おれが知りたい」

コールは胸の前で腕組みをし、製氷器のとなりの壁に背中をあずけてソフィーを見やった。「彼女はかっちりしていて、とても穏やかだ。この七カ月間、一日も欠かさずやって来たということは、だれともつき合っていないということになる」つややかな茶色の髪を眺めた。中央で分けられ、ゆるやかにカールしながら肩まで届く髪。彼女の首筋に顔をうずめて、あの髪を顔に感じたかった。胸や、腹にも。

あの髪が彼の枕に広がったさまを見ながら、あらわな体で彼女に覆いかぶさりたかった。もつれて乱れるさまを堪能しながら、彼女を快楽に溺《おぼ》れさせたかった。

想像して体が震えた。「くそっ」

「なにを考えていたか、白状する気はあるか？」

「ない」ソフィーの肩は華奢《きゃしゃ》だが、いつも誇らしげに胸を張っていて、姿勢がいい。なめらかな白い肌には、われを忘れそうになる。ほかの部分もあんなになめらかなのだろうか。太腿《ふともも》やお尻や、乳房やおへその下も。味はきっと甘い――その点には命を賭けてもいい。甘く温かくセクシー。彼女自身のように。

「もしかしたらそのふたごの妹が息抜きをさせてくれるかもしれないぞ。見た目が同じなら、あとは想像力で補《おぎな》えばいい」

「妹なんか欲しくない。欲しいのは彼女だ」ソフィーがホイップクリームのなくなったカップを唇に運んだ。ひとくちすすり、ナプキンで口元を押さえる。「見た目だけの問題じゃない。彼女自身だよ。ソフィーにほほえみかけられると、温かい肌と激しい息づかいともつれたシーツのことしか考えられなくなる」

「重症だな」

「言われなくてもわかってる。だがおれが近づこうとすると、そのたびに彼女は尻込みする。これっぽっちも興味がないのさ」容易に想像できた。ソフィーが青い目を見開いて顔を背《そむ》け、両手を揉《も》みしだきながら唇を嚙む姿が。彼女が唇を嚙むさまが大好きだった。

「理由を聞いてみろよ」

コールは弟をにらんだ。「ああ、そうだな。コンテストに参加させることもできないおれが、どうやったら本心を打ち明けさせられる？」

「まだ二日あるじゃないか。だけどもし彼女がエントリーしなかったら、どうする？」

その展開を想像するとむしゃくしゃしてきて、コールは肩をすくめた。「ほかのだれかを勝者に選ぶ。いいコンテストにはちがいないんだ。地元紙がこぞって取りあげてくれたから、大きな宣伝になった――まあ、もともと宣伝は必要なかったが。それに代償は一カ月分のドリンク代だけだ」

「それと、兄貴が優勝者の望みどおりの夜のデートにくり出すことと。よくやるよ。おれたちはそんなめんどうに首を突っこむほどばかじゃない。兄貴はきっと、気がついたら永遠のエスコート役に成りさがってるぞ」

じつをいうと、永遠のエスコート役もまんざらではなかった。ただし相手がソフィーなら。両親亡きあと、人生の大半を弟たちを育てることに費やしてきた。その時間を悔やんではいない。正反対だ。かけがえのない兄弟の絆《きずな》がいっそう深まったのだから。とはいえ、コール自身がまだ大人とはいえなかったときに三人の少年を育てるには、生活のすべてを捧げなくてはならず、女性との安定した関係を築いている余裕などなかった。つかの間のお楽しみか、ときどきの情熱の一夜で満足するのが関の山だった。

末っ子のマックが大学卒業後の進路を考えはじめたいま、弟たちの心配をする必要はほとんどなくなってきた。ついにコールは自分の人生を生きられるのだ。もっと欲しかった。ソフィーが欲しかった。

それなのに彼女は鉄壁を譲らないばかりか、妹を押しつけようとしている。チェイスがまた客の注文を受けたので、コールはその場を離れて奥のオフィスへと歩きだした。書類仕事がお待ちかねだ。そろそろ取りかかったほうがいい。ところがオフィスに通じる廊下で自然と足が止まり、視線はふたたびソフィーのほうへと舞い戻った。単純な計画のはずだった。バレンタインデーは恋人たちの時間だから、コンテストを開催してふたりを結びつけるにはうってつけのはずだった。

ソフィーが勝つことは最初から決まっていた。なにしろ弟たちはコールの気持ちを知っている。が、三人とも兄の気持ちを単なる欲望と誤解しておもしろがっていた。兄が一日のほとんどを、ソフィーが店を閉めてバーにやって来るときを心待ちにして過ごしているとは知らないのだ。お気に入りのブース席にひとり静かに腰かけた彼女と、他愛のないおしゃべりを交わすひとときを。コールが生まれてはじめて女性のとりこになったことを、弟たちは知らない。

コンテストの優勝者は、一カ月間バーのドリンク代が無料になるだけでなく、ウィンストン兄弟全員に囲まれて一枚の写真に収まる。写真は壁の目立つ位置に飾られ、毎年、コンテストのたびに新たな写真が加わっていく予定だ。

だがなにより、優勝者は望みどおりの夜のデートにくり出す権利を手に入れる。コールの算段《さんだん》では、ソフィーが選んだすてきなレストランでディナーをとり、バーの観客抜きでおしゃべりに花を咲かせたあと、スローダンスを踊りながら彼女の体をすぐそばに感じることになっていた。しなやかな太腿を腿に、やわらかなお腹を股間に、尖《とが》った乳首を胸に感じながら。そして最後は、頭のなかから消えてくれない例のもつれたシーツと一緒に、ベッドの上で重なり合うのだ。

妹になど会いたくなかった。それでも興味は惹《ひ》かれた。外見はソフィーそっくりなのに、中身は異なる女性。ソフィーに見えるのに、尻込みしない女性。体のざわめきを静めるかのごとく、コールは首を振った。そのときソフィーが顔をあげ、ふたりの視線がぶつかった。離れていても結びつきを感じた。心臓を殴り、筋肉を舐める感覚。ほかの女性には感じたことがない。

ああ、彼女が欲しい。

絶対にあきらめない。遅かれ早かれ、ソフィー・シェリダンを彼の望む場所へ連れて行き、恐ろしく長いあいだそこに留めてみせる。満足できるまで。

2

マックの長く低い口笛の音は、オフィスのドアを閉じていても、難なくコールの耳に届いた。「あれ見ろよ」

コールは机の上の書類から顔をあげ、弟の注意を引いたものはなんだろうと訝《いぶか》った。長くもどかしい夜で、目はごろごろして頭は重かった。

「いい女だな。何者だ？」廊下に出てきたらしいゼーンが尋ねた。コールは眉をひそめ、パソコンデスクから椅子を引いた。

「見覚えないか？　じゃあヒントだ。彼女を見たら、コールは自分の舌をのどに詰まらせるだろう——だらりと垂らしたのをいったん口のなかに戻してから」

「まさか！」長い間《ま》が空《あ》いてから、ゼーンの声が続いた。「ああ、たしかに彼女かもしれない。だがいったいなにがあったんだ？」

「さあ。だけど文句なく——」

好奇心を抑えきれなくなり、コールはさっと椅子から立った。たとえ妹とやらが現れたとしても無視するつもりだったが、とっくに真夜中を過ぎているのだから、その心配はないだろう。

ドアを引き開けると、寄りかかっていたゼーンが倒れそうになった。コールは弟を助け起こし、マックの視線を追って部屋の向こうを見やった。そのとたん、全身の筋肉が鋼鉄のように硬くなった。身動きできなかった。息さえできなかった。

ゼーンから手を離すと、夢遊病者さながらに前へ出た。背後から弟たちの忍び笑いが聞こえてきたが、どうでもよかった。ああ、なんて美しいんだ。心臓が激しく脈を打ち、その勢いはいまにもなにかを壊しそうだった――が、それすらどうでもよかった。

近づいていくと彼女が顔をあげ、くすぶる青い瞳で彼の目を見つめた。それから身をわななかせて深くすばやく息を吸いこみ、にっこりとほほえんだ。

「ソフィー？」

低くかすれた笑い声に、コールの背筋はざわめいた。「まさか。妹のシェリーよ。じゃあ、あなたが大きくてゴージャスなオーナーさんね。話はソフィーから耳にたこができるほど聞かされてるわ」シェリーが好奇心でいっぱいの目で大胆に彼の体を舐めおろし、また舐めあげた。「ふうん。ソフィーの話は誇張じゃなかったようね」

驚きに圧倒された。もちろん好奇心にも。なにしろコールは血の通った男で、目の前にいる黒ずくめの女性は掛け値なしの美女なのだ。が、ソフィーではない。

頭からつま先まで、じろじろ見まわさずにはいられなかった。ソフィーだと言ってもじゅうぶん通用するが、その口から飛びだした言葉は、ソフィーなら絶対に言わないような、コールの想像の世界でしか聞けないようなものだった。シェリーが色白の華奢な手を差しだしたので、弟たちの視線を痛いほど感じながら、握手を交わした。

「コール・ウィンストンだ」いつもより深くかすれた声で言った。興奮のあまり、礼儀正しい挨拶《あいさつ》などできなかった。「コンテストに参加するかもしれないとソフィーから聞いたが?」

握った手は小さくて温かく、ほっそりしていた。あたかもソフィーに触れているようで、彼女に触れたときと同じ欲望が体中を駆けめぐった。まったく、これではろくでなしだ。ソフィーを裏切っている気がする。こんなふうに神経を焦《こ》がすことができたのは彼女との触れ合いだけだったのに、いま、その妹から同じ効果をもたらされている。

「ええ」

シェリーの返事はそれだけで、コールは彼女を見つめた。驚いたことに、すらりとした首筋で脈が打つのを見てとれた。薄い皮膚がひきつる。緊張のせいか――あるいは興奮の。

ふたりはまだ手を握っていた。コールが咳払いをして手を引っこめようとしたそのとき、彼女が握った手に力をこめて近づいてきた。一緒に新鮮な夜気の香りが運ばれてくる。そのすがすがしい冬のにおいには、温かく女らしい肌の香りが混じっていた。コールがよく知っている香りが。思わず鼻孔《びこう》が広がった。

「ソフィーに妹がいるとは、今日まで知らなかった」

シェリーの視線がさがり、ひねくれた笑みが唇に浮かんだ――ソフィーと同じ唇に。コールの筋肉は引きつった。

彼女が小さく肩をすくめてささやいた。「姉はちょっとシャイだから」

この女性を味わいたいという衝動が全身を駆けめぐった。ここまで動物的な欲求に突き動かされたのは本当に久しぶりだ。彼女はソフィーではないものの、外見はまったく同じで、ただしもっと奔放で手が届きやすい。そしてコールの困った男の本能は、きっと味も同じにちがいないと説《と》いていた。彼女を引き寄せたくてたまらなかった。近くに感じ、ふたりの体がどんなふうに重なり合うかをたしかめたくてたまらなかった。「バーのなかを案内しようか？」

彼女のまつげがゆっくりとおりた。「ぜひお願い」

長いあいだ抑えてきたソフィーへの欲望が胃のなかでよじれた。過去に頭のなかで描いたイメージというイメージが、いっせいに襲いかかってくる。うっとりと満ち足りた青い目、すぼまった乳首と震える乳房、開かれたあらわな太腿。もつれたシーツ。コールは深いうめき声を抑え、彼女のコートの上から細い腰に手をあてた。

ふたりが向きを変えると、三人の弟が急に忙しく立ち働きはじめ、ぶつかり合って転びそうになりつつ、じろじろ見ているひまなどないというふりをした。ビリヤード台のある奥の部屋へシェリーを案内するあいだも、弟たちの用心深い視線を感じたが、それを感じているのは末端の神経だけだった。意識のほとんどはとなりにいる小柄な女性と、にぎやかな会話や音楽を越えて聞こえてくる不安そうな息づかいに集中していた。雪の降る寒い夜の遅い時間とあって、残っている客は少なく、ビリヤードに興じていたふたりの男性は、コールの姿を見るなり、にやりと笑ってキューを置いた。文句も言わずに出ていった。

「コートを取ろうか？」

シェリーがほほえみ、コートの襟を開いた。受け取ろうと背後に歩み寄ったコールは、前かがみになって温かい女の香りを吸いこんだ。腹筋がこわばり、膝《ひざ》がくずおれそうになる。セクシーな黒い革のロングコートをビリヤード台の片端にかけた。シェリーが振り返った――ゆっくりと、期待をこめて。コートと同じ黒のセーターが、白い肌と豊かな栗色の髪を引き立てている。髪は金色のクリップで頭のてっぺんにまとめられ、はかなげなうなじと小さな耳、やわらかそうなうぶ毛をあらわにしていた。うなじに唇を押し当てて、彼女がわななくところを見たかった。

乳房に視線をおろすと逸らせなくなった。すると驚いたことに彼女の乳首がツンと立ち、ふわふわとやわらかいセーターを押しあげた。まちがっても彼女の顔は見なかった。そんなことをしたら、すでに危うい自制心が吹き飛ばされてしまう。つややかな巻き毛がところどころクリップからほつれ落ち、そのひと房が誘うように肩まで垂れて、セーターを脱いだ姿を想像してみてとコールをそそのかした。胸のふくらみは大きくはないが、それでもかきたてられた。極上にやわらかそうで、きっとほかの部分と同様、磁器のように白いのだろう。抑えきれなくて前に出た。コートを取り去ったいま、彼女が穿《は》いているのはこれまでに見たこともないほどぴったりしたジーンズだとわかった。デニム地はお尻に吸いつき、すらりと伸びた長い脚を際立たせる。ソフィーの体つきはどんなだろうと、何度も想像してきた。いつも体の線を隠すタイプの服を着ているから、スリムなのはわかっても、女性特有の丸みやくびれはさっぱりわからなかった。

シェリーの服装に想像力の余地はなかった。ソフィーもこんな体つきなのだろうか。折れそうに細いが、このうえなく女らしい。コールの両手は震えた。

「したい？」

一瞬、意味がわからなかったものの、すぐさま全身に鳥肌が立った。彼女とするところは容易に想像できた。長い時間をかけて繊細な体をもてあそび、あらゆる秘密、あらゆる敏感な場所を探るのだ。最初は手で、それから口でいたぶる。その光景を頭のなかで思い描きながら熱い目で見つめると、シェリーが目を丸くしてまつげをしばたたいた。緊張？　まさか、こんなに大胆な女性が。

シェリーが少し口ごもりながら言った。「ビリヤードを、という意味よ。わたし……やったことないんだけど、前から興味があって――」

「教えよう」この女性から離れるべきだとわかっているのに、気がついたらそう言っていた。息もできないくらい興奮させられるとしても、彼女はソフィーではない。恥ずかしがり屋のソフィーがこんなふうに男を焦《じ》らすなど、想像すらできない。ああ、だがじつにかきたてられる。

「あなた、上手なの？」

シェリーのコートをどけて球をラックに入れていたコールは、その言葉に凍りついて目を閉じた。性的なほのめかしが口をついて出そうになる。どんな女性とでもふざけ合ったり性的な冗談を交わしたりできるが、この女性とは遠慮したい。ソフィーとの関係を進展させたいなら――彼女の体を組み敷いて、すべてをさらけ出させ、すべてを受け入れてほしいなら――いまは欲望にブレーキをかけるしかない。

自制できない盛りのついた青二才ではないのだ。立派な大人で、ソフィーを求めている。ひと晩だけではなく――とはいえ、目下はそれが最大の願いだが――できたら一生。毎晩、彼女とともに眠り、毎朝、となりで目覚めたかった。なにもかも知りたかった。

シェリーはたしかに魅力的だが、しょせんソフィーではない。ホルモンに大混乱が引き起こされたのは、単にうりふたつの外見のせいで、それ以上ではない。

どうにか落ちつきを取り戻すと、意中の女性の妹のほうを向いた。とたんに後悔で胃がよじれた。たったいま自分に言い聞かせたにもかかわらず、血液は股間に集合して、すぐには解散しそうになかった。

「じつは」シェリーの顔に頑として視線を据えたまま、言った。「少しばかり錆《さ》びついてる」

青さを増した目に見つめられた。「じゃあ、一緒にウォームアップしましょう」思わせぶりな言い方にコールが返す言葉を見つけられずにいると、シェリーがキューを選び取り、すぐそばまでやって来た。「どう握ったらいいの？」

心臓が遅く強い脈を刻《きざ》むのを感じながら、コールは彼女の後ろに立つと、ほんの少し台にかがみこませて、手とキューの位置を整えてやった。最初の一打は色とりどりの球をはじき飛ばすには至らず、ひとつが二センチほど転がっただけだった。シェリーが愉快そうに笑った。「ごめんなさい、力が足らなかった？」

ふたたび球をラックに入れながら、コールは自分が少しずつ死んでいっているような気がした。「もう一回やってごらん。今度は思い切り」

姿勢を戻すと、シェリーがささやいた。「やって見せて」

くそっ。こんなに望んでいなければ、ノーと言えただろう。だがどういうわけか、ソフィー以外の女性にはありえなかったかたちでシェリーに惹かれた。筋が通らない。ソフィーがどういう女性かを知り、まさに運命の人だと悟ってからは、ほかの女性を性の対象として見たことはなかったのに。

ふたたびコールが背後に回ると、今度は指示を待たずにシェリーが身をかがめ、彼の腿に小さなお尻を押しつけた。彼女が腰を揺すってやわらかい声を漏らすと、コールはまた凍りついた。決意に反して両手が動きだし、彼女の手からゆっくりと腕を這いのぼって肘に到達すると、今度は内側へ向かって腰にたどり着いた。じつに細く、温かい。やわらかいセーターを手のひらでさすりあげ、肋骨《ろっこつ》を通過し、とうとう手の端に乳房の温もりと重みを感じた。

苦しかった。胃はよじれ、胸はふさがり、股間は激しく脈打った。いまやめないと、完全に理性を失ってしまう。くぐもったうめき声を漏らし、彼女から体を離して二歩さがった。シェリーがゆっくりとキューを脇に置き、彼のほうを振り向いた。

小首を傾げ、目を見開いている。その瞳には切迫感のようなものが浮かんでいた。コールはそれを無視し、風前の灯の自制心を奮い立たせた。「弟のひとりにレッスンさせよう」

彼の言葉に、ソフィーは気が遠くなった。コールは彼女を欲していない。こんなに露骨にアピールしたのに、がんばって魅力的な女に変身したのに、欲してもらえなかった。屈辱で真っ赤になった頰を見られたくなくて、彼に背を向けて唇を嚙んだ。赤くなったときは最悪だ。ほかの女性は頰がほんのりピンク色に染まる程度だけど、ソフィーは胸元からおでこの際《きわ》まで赤くなり、皮膚の下で血液が脈打つのさえわかるくらいだ。鼻と耳まで真っ赤になる。色が白いから、こうなるとかわいくないどころか、みっともない。

ゼーンが戸口から顔をのぞかせた。ソフィーを一瞥《いちべつ》しておもしろそうに眉をつりあげ、それから兄に視線を移した。静かな声で言う。「マックは少し前に帰った。バーの客はほとんど残っていないし、チェイスがそろそろラストオーダーをかける。おれは家に帰るよ」

ソフィーはコールが背後に近づいてくるのを感じた。「わかった。運転に気をつけろ。みぞれと雪とで、道路はえらいことになってるらしい」

逃げだすことしか頭になかったソフィーは、紅潮が収まっていることを祈りつつ、顔に笑みを貼りつけてコールのほうを振り向いた。思っていたより近かったので、慌てて一歩さがった。「あら、ごめんなさい」神経質な笑いが唇からこぼれる。「その、どうやらこれで、ビリヤードのレッスン問題は解決したみたいね。店じまいの邪魔になるから、わたしは家に帰るわ」

コールは決めかねた顔をしていたが、最後には礼儀が勝ったらしい。「閉店まであと三十分ある。もしまだ興味があるなら、コンテストの参加申しこみをするといい」

言いながらも、黄金色の目は探るように彼女を見つめつづけた。ああ、疑われていませんように。もしも正体がばれたら死ぬしかない。それを防ぐためにもう一度彼ににじり寄ると、ソフィーがずっとしたいと思っていた——けれどする勇気がなかった——ことをした。片手のひらを彼の胸に当てた。そのとたん、硬い筋肉の感触と波のように放出される熱に驚いた。あえて声を低くする必要はなかった。これだけそばにいれば、自然とハスキーな声が出た。「喜んで」

コールが彼女の手に手を重ね、一瞬の間のあとにそっと胸から引き離した。「オフィスにカメラがある。ここで待っていてくれれば——」

「一緒に行くわ」自衛本能と好奇心がせめぎ合った。彼から離れて、ひとり寂しく拒絶の痛みを受け入れなくてはならないのはわかっていたが、ずっと前からオフィスを——この男性の一部を——見てみたかったのだ。きっとコールのことが、いろいろわかるはずだから。

オフィスには分厚い詰め物をしたソファがあるのを知っていた。三人の弟たちが、そこで昼寝をするとよく冗談を言っている。とりわけ、学業があるのにバーでの務めも果たすと言って聞かないマックが。コールはひとりで立派に弟たちを育てあげた。みんなたぐいまれなる頼もしい男性たちだ。

　分厚い木のドアの向こうにいるコールの姿を何度も思い描いてきた。噂《うわさ》のソファでうたた寝をしたり、デスクについて書類仕事を片づけたり。現実が妄想と同じなのか知りたかった。この先、手に入るのは妄想だけのようだから。

　コールがしぶしぶうなずいた。「いいだろう」まだつかんでいた手を離し、彼女の腰に手を添えて、前へうながした。そんなささいで意味のない接触だけで、ソフィーの頭は別のことを考えはじめた。背中に当てられた大きな手は、いっぱいに広げたら指先がウエストの端から端まで届きそうだ。コールはどこもかしこも大きくて、手はソフィーの倍もある。その男らしくたくましい手が体に触れて肌を覆うところを想像し、ソフィーはかすかに震えた。乳房は疼き、刺すような空虚感に襲われた。

　オフィスの明かりは消えており、なかに入るとひんやりした闇《やみ》に包まれた。どうやったのか自分でもわからないが、ふたりの背後でコールがドアを閉じると同時にソフィーは向きを変え、正面から彼にぶつかった。足は床に根が生えたかのごとく、動かなかった。

「シェリー……」

　彼の声は低くかすれていた。つまり、まったく動じていないわけではないということ。あえて深く息を吸いこまなくても、熱い男のにおいがわかった。なにしろすでにほとんど喘《あえ》いでいる。たくましい体に体で触れる興奮に、胸がいっぱいで張り裂けそうだった。

こらえきれなくてゆっくりとつま先立ちになり、のどに顔を擦《こす》りつけた。ああ、想像どおりにすばらしい。香りは熱く刺激的で、肌は温かい。

大きな両手に二の腕をつかまれた。肉に食いこむほど強く握る手の指先は、二の腕を完全に一周する。「ライトはデスクの上だ」コールがつぶやいたものの、その声は切迫し、言葉は重い息づかいの合間に浅く吐きだされた。

ソフィーはさがろうとした。彼がこんなことを望んでいないのはわかっているのだから、負けを認めなくては。けれどそのとき、コールがかがんで静かに悪態をつき、彼女のこめかみにあごを擦りつけた。愛撫ともいえるその仕草に、ソフィーはごくりと唾を飲んだ。ずっと前から求めていたものが欲しくてたまらなかった。性的な欲求はソフィーにとって真新しく、いままでコール以外の男性に感じたことはない。その切望を満たして体の疼きを癒《いや》したいという思いは、強烈すぎて気が変になりそうだった。

コールが体をわずかに動かしたので彼の下半身がお腹をかすめ、その瞬間、硬くそそり立ったものが擦れて、雷に打たれたような感覚を覚えた。まちがえようのない感触は体に焼きつけられ、ソフィーは小さく喘いでもっとそばに近づいた。彼の反応に勇気づけられて、体はさらなる触れ合いを求めていた。

コールがまた悪態をついた。と思うや、大きな手でソフィーの顔を上向かせると、荒々しくうなりながら唇で唇を覆った。舌と歯の猛攻に応えさせるべく、しっかり抱きしめて貪欲《どんよく》にむさぼる。たしかにソフィーは彼とのキスを何度も想像したけれど、これほどみだらな唇のからみ合いを思い描いたことはなかった。心臓が早鐘《はやがね》を打ち、お腹がきゅっと引き締まる。どうすることもできず、ただ唇を開いて彼の舌を受け入れた。大きな体にしがみつき、彼の興奮のしるしを——押しつけられるペニスの感触を——味わいながら。

ふいに唇が離れたものの、やめるためではなかった。

「コール」彼が熱い唇であごからのどへと伝い、歯と舌で愛撫する。両手で背中を撫でおろして荒っぽくお尻をつかみ、膝の上に抱えあげると、丸いふくらみを指でまさぐりながら腰を擦りつけた。

ソフィーは広い肩にしがみついた。募《つの》っていく切迫感と静かな安堵《あんど》にめまいがした。ああ、彼に求められている。

コールが体勢を変え、彼女の脚を開いて長くたくましい腿にまたがらせると、ソフィーの唇からは喘ぎ声が漏れた。はじめての体験にも、そのあまりの親密さにもかかわらず、不思議と恥じらいは感じなかった。この人はコールで、これは彼にはじめて出会った夜から求めてきたものなのだ。コール・ウィンストンは、モード叔母さんが警告していたすべてを具現化した存在だった。想像しうるすべての誘惑を、脈打つ男らしさというみごとなパッケージで包んだ生き物。けれど同時に、やさしくて気高くて思いやりのある、すばらしい男性でもあった。なにより、あらゆる意味で強かった。これまでに思い描いてきた罪深い妄想の数々が頭のなかを羽ばたく。そのすべてを彼と一緒に実現したかった。

コールの開いた唇がセーターの襟元を押しさげ、やわらかい肌を吸った。ああ、痕《あと》が残るだろうか？　どうか残りますように。ソフィーは首を傾けてもっと自分を差しだし、温かい唇と舌の甘美な感覚につま先が靴のなかで丸まるのを感じた。

コールがうなるように言った。「くそっ……」

どういうわけか、彼には乳房の疼きがわかっているらしく、大きな手の片方でソフィーのお尻を抱いたまま、もう片方の手で胸のふくらみに襲いかかった。手のひらで巧みに乳首を転がし、ソフィーがこらえきれずに動物的な快感の声をあげると、やさしくまさぐりはじめた。ふたたび唇を重ね、乳首をつまんで引っぱり、いたぶる。ソフィーはとぎれとぎれの喘ぎを彼の唇に封じられ、口のなかに滑りこんできた温かく湿った舌を貪欲に受け入れた。

ふたりはドアに寄りかかり、濃密な熱と闇に包まれていた。そのとき突然、ノックの音が響き、唇を離したふたりは、酸素を求めて喘いだ。

「戸締まりはすませたから、もう行くよ。ちょっと知らせに来ただけだ」チェイスが低い声で愉快そうに笑ってから、つけ足した。「どうぞ続けて」

コールの胸がふいごのように動いた。ソフィーの足は完全に床を離れて彼の腿にまたがり、腕はしっかりと首に巻きついている。いまもお尻を包む彼の片手にぎゅっと力がこもった。どうやら心のなかで葛藤《かっとう》しているらしい。闇のなか、彼の目でまたたく白い光が見えた。じっと見られているのを感じた。

ああ、どうかやめないで。ソフィーは必死で言葉を抑え、心のなかで懇願した。けれど願いは届かず、おぼつかない足を床におろされ、二の腕をつかんで体を離された——長くたくましい腕をいっぱいに伸ばした距離に。彼の体温から隔てられると寒くなった気がして、ソフィーは両腕で自分を抱いた。大きな手の片方はいまも二の腕をつかんでいるが、きっとそれは彼女に距離を縮めさせないためだろう。コールがもう片方の手で髪をかきあげた。のけ反《ぞ》って頭をドアにぶつける。二度、三度。欲求不満が手に取るようにわかって、ソフィーは恥ずかしさのあまり、逃げだしたくなった。

ふいにコールが手を離し、ドアを開けた。廊下に踏みだすと、チェイスになにごとか話しかけるのが聞こえた。

戻ってきたコールに平然と落ちついた声でこう言われても、驚くにはあたらなかった。

「そろそろ出よう。車まで送る」

今度は背中に手を添えてもらえず、敗北感に心は沈んだ。が、それも彼の激しい反応を思い出すまでのことだった。コールに求められている。けれどどういうわけか、彼は求めたがっていない。もしかしたら、約束をせがまれると思っているのかもしれない。わたしが〝ソフィーの妹〟だから、遊んだらつけを払わなくてはならないと思っているの？　友達の身内に手を出したら、それは絆を意味するの？　寂しい暮らしを送ってきたから、男女関係のルールがさっぱりわからなかった。

もしかしたら、罠《わな》にかけられるのを怖れているだけかもしれない。そう思うとまた勇気が湧いてきた。

息の詰まるような沈黙のなか、ふたりはコートをはおり、コールが店じまいの最後の作業を終えた。バーはすでに真っ暗だったが、外に出ると街灯の明るい光が建物の正面全体を照らしていた。コールがいくつか鍵をかけ、それから彼女のほうを向いた。最後にもう一度だけすばらしい肉体を拝もうとそちらに視線を送ったソフィーは、息が止まりそうになった。

コールはまだ興奮していた。表情から見て取れる。頬骨の高い位置が紅潮し、あごはこわばって、目は燃えている。コートの裾《すそ》の下まで視線をおろすと、いまも太いうねがジッパーを押しあげているのがありありとわかった。ああ、やっぱり、求められている。そういうことなら、彼を安心させればいいだけの話。愛し合っても払う代償などないとわからせれば。

コールが彼女の手から車のキーを取り、ドアを開けた。そしてオフィスを出て以来はじめて口を開いた。「ソフィーの車に乗っているんだな」

新たな自信に背中を押され、ソフィーはにっこりした。「姉がどうしてもって言うから。わたしたちは異なる時間帯に生きてるの。ソフィーは朝型、わたしは夜型。だからぶつかる心配はなし。それに」そそのかそうと、あえてつけ足した。「ここにはあんまり長居しないつもり。ほんの二、三日よ」

コールは餌《えさ》には食いつかなかった。「なるほど。じゃあ、おやすみ。その……会えてよかった」

うつろな言葉にもう少しで笑いそうになったが、コールの表情が硬くこわばっているのに気づき、怒らせまいと呑みこんだ。「ええ、近いうちにまた会えるわよ。写真を撮り忘れたでしょう? 明日の夜にまた来るわ。それでいい?」策略を裏打ちするために大胆になろうと、革手袋をはめた手の片方を伸ばし、からかうように彼の胸を撫でた。「今度は邪魔が入らないかもしれないし、そうじゃないかもしれない」

コールが歯を食いしばって背を向け、ひどい悪態をつぶやくのが聞こえた。ソフィーはドアを閉めてエンジンをかけた。心臓はまだ高鳴ったままで、胸はいまも疼き、体の奥深くには鋭い感覚があった。満たしてと必死で訴える、深い空虚感。甘美な感覚。もっと欲しい。すべてが欲しい。

コール・ウィンストンが欲しい。

3

ひどい夜だった。コールは濃いコーヒーをすすり、頭のなかを整理しようとしたものの、睡眠不足と引き延ばされた強い欲求不満のせいで、頭は鈍く、思うように働いてくれなかった。バーでの出来事、性的な負荷、それに圧倒的な罪悪感が相重なり、ひと晩中寝返りを打っては夢に苦しめられつづけた。見た目も手触りもソフィーなのに、シェリーのように反応する女性と愛し合う夢に。美しいふたごは何度も入れ替わりつつ、このうえなくエロティックな夢を提供し、そのたびにコールはのどにつかえた自分のうめき声で目を覚ました。全身汗びっしょりで、体中の筋肉が張りつめていた。

いまも彼女の味が残っていた。湿った唇と舌の熱や、腿に擦りつけられた脚のあいだのふくらみのやわらかさも。手のひらに包んだ乳房は完ぺきで、小ぶりだがみずみずしく張りがあり、乳首は彼の口を求めて尖っていた。そこにしゃぶりつきたかった。彼女がもっととせがむまで、深く激しく愛したかった。

鋭く息を吸いこんで目を閉じた。熱が波のように押し寄せてくる。震える手でコーヒーカップを取り、やけどするほど熱い液体をがぶりと飲んだ。

ソフィーと話をしなくては。コールがどんな気持ちを抱いているか、どれだけ惹かれているか、どんなに欲しくてたまらないかを打ち明けたら、彼女は逃げだすかもしれない。向こうに関心がなければ、コールは友情さえ失いかねない。そんなのは考えたくもなかった。だが打ち明けてしまえば、少なくとも〝シェリー問題〟は片がつき、誘惑に悩まされなくなる。あんなことは二度とごめんだ。自制心を危険にさらすようなまねはしたくない。あと少しで彼女をデスクに押し倒し、長い脚をぴったりくるむジーンズを剝《は》ぎ取ってしまうところだった。きっと激しく抱いただろう。きっと彼女は悦んだだろう。

とはいえだれかの代わりをさせるなどできない。そんなのは、だれにとってもまちがっている。そして単純な話、シェリーを欲したのはソフィーにそっくりだからというだけだ。だが彼女はソフィーではないし、判断を誤ってソフィーとのチャンスをふいにしたくない。

三杯目の濃いコーヒーを飲み終えながら、時計に目をやった。バーでの仕事は深夜にまで及ぶので、こんなに早く起きるのは珍しいのだが、今日は眠ってなどいられなかった。カフェインの効き目はまだ現れないものの、もうすぐ九時半だし、ソフィーのブティックに着くころには彼女も出勤しているだろう。シェリーの言ったとおり、ソフィーは早起きだ。度胸がなくなる前に出発したほうがいい。

そう思ったとたん、笑ってしまった。十六の歳を迎えて以来、どんな女性にも臆病《おくびょう》な気持ちにさせられたことはない。とはいえ、どんな女性もソフィーほど重要ではなかった。もう七カ月も待った。ばかげている。そろそろ決着をつけるころだ。

三十分後、ソフィーのブティックに到着したコールは、エッチングを施《ほどこ》したガラスと樫材《かし》でできたドアを開け、頭上にベルの音を響かせた。上品でこぢんまりしたこの店は、女性らしい香りと、いまはバレンタインの飾りでいっぱいだ。小柄なブロンドの女性が片隅で台の上に乗り、裸のマネキンに透けるほど薄いネグリジェを着せようとしていた。女性が顔をあげ、メタルフレームの丸眼鏡の縁越しにコールを見やった。

「いま行きます」歯で挟んだ何本ものピンの隙間《すきま》から言った。

「ソフィーに会いに来たんだ。いるかな?」

女性が好奇心を新たにし、手早くネグリジェをたたんで脇に置くと、その上にピンを並べた。「ごめんなさい、まだなの。今日は少し遅れて来るんですって。今朝早くに電話があって、代わりに店を開けるよう頼まれたの。ここで会う約束だった?」

コールは首を振った。遅刻するなどソフィーらしくない。心配がこみあげた。「病気じゃないんだろう?」

「ええ。ひどく疲れてるだけだと思うわ」女性がにっこりした。「わたしはアリソン。ソフィーのアシスタントよ。あなた、〈ウィンストン・タバーン〉を経営してる一家の長男さんじゃない? こないだ新聞で写真を見たわ」

コールは女性にからかわれたときによく使う、ひねくれた笑みを浮かべた。「いかにも。

記事を無視してくれたならいいんだが。記者連中はおれや弟たちの不意を討つのが大好きでね」

アリソンが笑みを広げ、はにかんだ表情で彼を見た。「すごくすてきな写真だった。切り抜いて取ってあるのよ」

あからさまな誉め言葉にうろたえはしなかった。女性の気持ちを傷つけないよう、やんわりと切り抜ける方法なら熟知している。

あいにくシェリーの誘惑はうまく切り抜けられなかったが。

急に話題を変えた。「ソフィーがいつ出勤するか、わかるかな?」

「残念ながら。彼女、大あくびをしながら〝遅れる〟とだけ言ったの。あの声の調子だと、今日はうっかり朝寝坊したみたいね」

「きっと妹と夜更かししたんだろう」言いながら顔をしかめた。シェリーがもう昨夜のことを姉に話していたらどうする? 彼がどんなふうにキスをして……それ以外のことをしたかを? おそらく姉妹はひと晩中、コールと彼の自制心の欠如について、しゃべり倒したにちがいない。

ソフィーの休息を邪魔するとは、いまいましい。ソフィーは長時間働いているし、彼女の眠りを邪魔する人間がいるとしたら、それはコールでありたい。

アリソンが笑った。「まさか、ありえないわ。ソフィーには妹なんかいないもの。ひとりっ子よ」

アリソンが雇い主についてあまり知らないのには驚かされたものの、ソフィーが口数が少ないうえ、自分のことをほとんど話さないのを考えれば、それも無理はない。「シェリーはふたごの妹だ。二、三日、この町にいるらしい」

アリソンがかぶりを振って両手を腰に突いた。「だれにからかわれたのか知らないけど、ソフィーに身内はいないわ。まだほんの子どものころにご両親を亡くしたの。そのあと叔母さんに引き取られて育ったんだけど、一年ほど前にその叔母さんも亡くなったんですって」

コールの心臓はどきんと跳ね、それからゆっくりと落ちついた脈を刻みはじめた。全神経を尖らせて尋ねた。「まちがいないか？」

「まちがいないわ」

さまざまな感情の一斉砲撃を受けた。いちばん強いのは困惑。コールはカウンターの表面に両手を載せ、うつむいて考えこんだ――ソフィーにふたごはいない。

「ねえ、大丈夫？」

コールはうなずいた。ああ、大丈夫だとも。絶好調だ。ただ……。顔をあげ、暴れる感情を――とりわけ性的な高揚感を――隠すために、さりげない表情をつくろってアリソンを見た。

虚をつかれていた。官能的なイメージが頭のなかを席巻《せっけん》していたところへ、はち切れそうなやさしさが押し寄せてきた。ソフィーは天涯孤独で、この世にひとりの肉親もいないのだ。コールも両親を喪《うしな》ったから、その絶望はよくわかる。だが彼には弟たちがいて、四人はどんな家族にも負けない密接なつながりで結ばれている。ソフィーを守りたかった。彼女を慰め、二度とひとりにさせないと伝えたかった。

思考はすぐにもっと深遠な問題に移った。たとえば、昨夜の熱く激しい切迫感とか。焼けるような欲望が押し寄せてきて、カウンターを握りしめた。ソフィーに妹がいないなら、今日という日はまるっきり新しい様相を帯びてくる。期待が下腹部で低くうねりはじめた。

「ソフィーとは親しいのか?」疑惑を招かないよう、なにげない口調で尋ねた。

アリソンが肩をすくめる。「もちろん。彼女がここを買ってからのつき合いだもの。もう七カ月になるわ」

「この店がオープンしたときのことは覚えてるよ」血管をめぐるほてった力強い血流を感じる気がした。股間のものはこわばり、ジーンズの硬いジッパーを押しあげているが、どうしようもなかった。居心地の悪さに身じろぎをしながら、昨夜のことを思い出した。どんなふうにソフィーに触れ、キスをしたか。彼女の乳房の感触を知っている。この手のひらにどれほど完ぺきに収まるかを。引き締まったかわいいお尻の触り心地や、なめらかな肌の味も。

女優にして詐欺《さぎ》師のソフィー・シェリダンが、彼を欲していることも――他人のふりをするほどに。いまにも膝がくずおれそうだった。

コールは二度咳払いをしてから言った。「おれもソフィーとはかなり親しいんだが、まちがいない、たしかに妹がいると言っていた」

「そんな」レジ脇のスツールに腰かけたアリソンが、自信満々の様子でカウンターの上に両肘を突いた。「ソフィーには叔母さんしかいなかったし、ふたりはものすごく仲良かったのよ。叔母さんが病気で、お世話をする人が必要だったから、ずっと一緒に暮らしてたの。だけど去年、その叔母さんが亡くなって。ひどく落ちこんだソフィーは遺産を相続すると、思い出から遠く離れたこの町へ移ってきたというわけ」アリソンが首を傾けた。「彼女に興味があるの？」

ああ、大ありだとも。思惑ありげに目が輝いていると知りながらアリソンにほほえみかけると、彼女は赤くなった。「おれとソフィーは親しい友人同士だが、今度のバレンタインデーに、彼女がびっくりするようなプレゼントを贈りたいと思っている。なにかこう、もう少し……親密なものを。頼むから、おれがここへ来たことも、ソフィーについて尋ねたことも、黙っておいてもらえないか？　〝びっくり《サプライズ》〟に水を差したくない」

アリソンが目を見開き、人さし指で胸に十字を切った。「ひと言も漏らさないって約束するわ。ソフィーもちょっとくらい楽しまなくちゃ」

いいとも、大いに楽しませよう。熱い期待に胸を焦がされ、コールは心のなかで両手を擦り合わせた。ソフィー・シェリダンは間もなく望みのものを手に入れる。

いや、やさしくて内気なソフィーではない。コンテストに参加するのを拒み、コールに触れられるたびに身をすくめる女性では。そうではなく、セクシーなシェリーだ。コールはにやりとした。すでに興奮しすぎていて、どうやったらぶじに夜まで過ごせるか、わからなかった。夜になればこの欲求不満に終止符を打てるという思いだけが、計画を軌道から逸れないよう保ってくれそうだった。今夜は彼がシェリーの相手をする——そして明日の朝はソフィーが彼の相手をするのだ。

すぐには忘れられないバレンタインのサプライズを与えよう。


ブティックを閉めるころには、ソフィーはくたびれきっていた。慣れない夜更かしに、人をだましたという罪悪感、さらにはそれをもう一度くり返すのだという思いが一緒くたになって、身も心もへとへとだった。モード叔母さんは早寝早起きの信奉者で、ソフィーもその信念に従って生きてきた。愛し、育ててくれた叔母が喜んでくれるなら、なんでもやった。それなのに昨夜は午前二時近くまで起きていて、ベッドにもぐったあとも、抑えつけられた欲望のせいで寝つけなかった。感情が逆巻いて眠れないなんてはじめてのこと。だけど眠るどころか頭は働きつづけていた。ぴったり押しつけられた硬く温かい体や、またがった腿のたくましい筋肉や、乳房を覆うざらついた手のひらの感触を、思い出してばかりいた。あらためて体が震えた。長く悩ましい夜だった。

アリソンがいてくれて助かったものの、アシスタントは一日中笑顔でハミングをして、今日のソフィーには少々明るすぎた。そういうわけで、とうとう店の正面の窓に〈閉店〉の札をさげたときは、心の底からほっとした。

疲れていても、あるていどの官能を分かち合ったいま、コールに会いたくてたまらなかった。彼の体がどんな感触で、くちづけのときにはどれほど貪欲になり、香りにはどれくらいうっとりさせられるか、もう知っている。そうした知識は欲求をいっそう募らせるばかりだった。

凍える夜気に身震いしながらバーに足を踏み入れると、コールがすぐさま顔をあげ、黄金色の瞳で彼女を射すくめた。彼に待ち受けられていたような気がして、心臓が止まりそうになった。今夜のコールの笑みはなにかがちがう。いつもより温かく、親密。シェリーのせいで、この変化がもたらされたのだろうか。

一瞬、自分に嫉妬《しっと》した。

コールが視線を逸らし、マグカップを取ってホットココアで満たしはじめたので、ソフィーは奥のブース席へ向かった。彼がココアを運んでくるまでのあいだ、お腹はざわめいて乳房は疼いた。自分らしくふるまうのよ。会話は最小限にとどめて、いつもどおりホットココアを飲むの。

ところがコールはいつものように、ココアを置いていくつか礼儀正しい言葉を交わして立ち去ることをしなかった。ソフィーの前にカップを置くと、ブースの向かいの席に座り、大きなこぶしの片方にあごを載せて、驚いている彼女の目をじっと見つめたのだ。その視線にソフィーは身じろぎした。昨夜の思い出がじわじわと筋肉に忍びこんできて熱を放ち、自然と息づかいは速く浅く、乳首は痛いほど硬くなった。それを隠そうと背中を丸めた。

コールがにっと笑った。いまも温かく熱心な視線で、彼女の顔を眺めまわしている。まるではじめて眺めるかのように。緊張した空気を破りたくて、ソフィーは湯気の立ち昇るカップをあごで示した。「ありがとう。朝からこれを楽しみにしていたの」

「ふーむ。おれもだ」

ホイップクリームをスプーンでひと掬いし、口へ運ぼうとしていた手を止めた。いまのは低く飢えたうなり声のようだった。「コール？」

コールがテーブル越しに大きな手を伸ばして彼女の手を包むと、スプーンをやさしく口元へと運んだ。期待に満ちたまなざしを唇に注《そそ》がれて、ソフィーは抵抗もできずにおとなしくホイップクリームを受け入れた。きれいに舐め取られたスプーンを、コールが彼女の閉じた唇からゆっくりと引き抜き、脇に置いた。彼の視線はあまりにも熱く、ソフィーはその熱を肌で感じる気がした。コールがふたたび手を伸ばし、彼女の唇の端についたクリームをそっと親指でぬぐい取った。目がくらむほど官能的な仕草に、欲望がお腹の底で渦を巻きはじめた。ざらついた親指でのんびりと下唇を擦られると、一瞬、視界がぼやけ、心の平穏を取り戻すには目を閉じるしかなかった。

心がざわめき、ひどく緊張していた。これ以上続けられたら、目が回って彼の足元にばったり倒れてしまう。

そのときコールが手を引っこめて、ささやくように低い声で言った。「デートしたことはあるのか、ソフィー？」

コールの両手はテーブルに載せられており、ソフィーが見つめていると、長い指が彼女の手に近づいてきた。慌てて安全な膝の上に手をおろした。もしまた触れられたら、もっとちようだいとすがりついて、計画を台無しにしてしまう。「どうして聞くの？」

「さあ、どうしてかな」よこしまな笑みはずるいくらいセクシーだったが、同時に茶目っ気も感じさせた。「ゆうべ妹さんに会って、不思議になったんだ。なぜきみらはこんなに……ちがうんだろうと」

「じゃあ、シェリーが気に入ったのね？」答は聞かなくてもわかった。もしチェイスに邪魔されなかったら、ふたりの親密さはいくところまでいっていただろう。昨夜の出来事はある意味ではとても満足のいくものだったけど、もどかしくもあった。彼に目覚めさせられたすばらしい感覚は高まりつづけていて、これが頂点に達したらどうなるのか、完全に満たされたらどんな感じなのか、知りたかった。服を着ていない彼の肉体に触れ、指先に感じた美しい筋肉をなぞりたかった。肌と肌を合わせたかった。彼のにおいは首筋でいちだんと強く香る。ほかの場所ではどうなのだろう。胸やお腹、そしてあの太く長いものがそそり立っていた場所では。

コールの手がテーブル越しに伸びてきて、肩にかかるゆるい巻き毛を指先でつまむと、ソフィーの息は止まりそうになった。「ああ、シェリーは気に入ったよ。だがきみのことも好きだ」

かすれた声で応じた。生々しい想像と注がれるまなざしのせいで、それが精一杯だった。巻き毛をもてあそぶ指の関節が、やさしく頬を擦った。「それで？　デートしたことはあるのか？」

「いいえ。わたし……」小さな笑みを浮かべようとしたものの、顔がこわばって容易ではなかった。「わかるでしょう？　自分でお店をしているとどんなに忙しいか」

コールがうなずいた。「知ってのとおり、おれは弟たちのめんどうを見てきた。あいつらをトラブルから遠ざけてきちんと学校に通わせるだけで、手一杯だった。このごろようやく真剣な関係を築ける余裕が出てきたよ」

できるだけ早く走り去りたくなった。つまり、シェリーとの関係を築きたがっているということ？　だとしたら、残念だけど説得してあきらめさせなくてはならない。

嫉妬がふくらんだ。

コールが口元に笑みを湛え、ふざけたように巻き毛を軽く引っぱった。「シェリーと一緒に写真に収まったらどうだ？　それ以上に魅力的なものは想像できない」

「一緒に？」

「ああ。優勝すると断言してもいい。毎晩ここへ来るきみにとっては、一カ月分のココア代がただになるぞ」

そしてコールは、シェリーと夜のデートにくり出す。言葉を失ったソフィーは首を振るしかできなかった。コンテストに勝つことが狙いではなかった。参加すると偽《いつわ》って、もっとコールと一緒にいたかっただけ。嘘の口実を使って、彼にシェリーを引き合わせたかった――一時的に。

「わかった。好きにするといい。だがひとつ頼みがあるんだ。今夜は少し遅い時間に来てくれるよう、シェリーに伝えてくれないか。閉店間際《まぎわ》に。やることが山ほどあるんだが、彼女がここへ来たら、仕事に邪魔されたくない。頼めるかな？」

ソフィーの脳みそは駆けめぐった。それだけの時間があれば、家に帰って仮眠を取れる。疲れきっていたし、またコールに会ってキスをしたり触れ合ったりできると思うと心はかきたてられたものの、現状は、目を開けているのもやっとだった。少し眠れば復活して、危うくなった理性も立てなおせるかもしれない。「ええ、伝えるわ。きっと……問題ないはずよ。あの子はいま、自由に動けるから」

「よかった。それと、ソフィー？」コールがにやりと笑い、ソフィーが問いかけるように眉をつりあげるのを待ってから続けた。「もし気が変わってコンテストに参加したくなったら、おれに知らせてくれ」

気まずいほてりが頬に昇るのを感じて、ソフィーはどうにかうなずいた。ああ、赤くなるのは大嫌い。「ええ、わかったわ。どうもありがとう」

コールが口笛を吹きながら去っていくと、ソフィーはみじめな気持ちでココアを見つめた。ホイップクリームの大半は溶けてしまっていた。

それがなんだっていうの？　単純だったはずの計画が、取り返しのつかないくらい複雑にねじれてしまったような、いやな予感がした。

コールの口振りからは、独身を貫いてきたのは好んでではなく、必要に迫られてのことだったように聞こえた。いまは女性と深く関わるのに支障はないとほのめかしさえした。

そこへソフィーは愚かにも偽りの妹を差しだした。両手で顔を覆った。ああ、なんてすばらしい計画。

ココアを飲み終えると、逃げだすように店を出た。

「ずいぶんご満悦の様子だな」

「ああ」コールはチェイスのほうを向き、さらににんまりした。今夜はずっとにやにやしどおしで、それも無理はなかった。最高の気分だった。ソフィーに求められている——何度思っても胸が躍った。もしまだ彼女の策略に気づいていなかったとしても、逃げだす前の頬の紅潮でわかっていただろう。ソフィーのように赤くなる女性はいない。あんなふうに染まった全身を見たかった。彼を欲してほてった姿を。ソフィーが店をあとにしてからもう何時間も、〝シェリー〟が戻ってくるときに備えてあれこれ計画を練っていた。

「それで、どうなってる？　ついにミス・サンシャインとつき合えることになったのか、それとも妹とのランデブーのせいか？　彼女ならどんな男もにやにやさせられそうだ」

コールとチェイスは兄弟であるだけでなく、親友同士でもあった。九歳離れていても、やはり長男と次男だからだろう。たいていのことは打ち明けて相談してきたものの、できることならソフィーの秘密は胸にしまっておきたかった。問題は、ソフィーにふたごの妹がいるとチェイスに話してしまった点だ。となれば説明するしかない。コールはため息をついた。

「妹なんかいないんだ」

チェイスがグラスを磨いていた手を止めた。「なんだって?」

どうにもにやけが収まらなかった。満足感は生き物のように体のなかをうごめき、いまにも爆発しそうだった。「ソフィーに妹はいない」一語一語を味わいながら、ゆっくり明確に告げた。「彼女はひとりっ子だ」

チェイスがこの事実を呑みこみ、仰天の表情を浮かべるのを見て、コールは大声で笑った。「たまげたな」チェイスが男同士らしく兄の肩を小突いた。「ついてるじゃないか」

弟が自分と同じ見方をしているとわかって安心し、コールはうなずいた。「そのとおり。だがほかの人間は知らない」

「心配ないさ。昨日はマックもゼーンも、兄貴たちがどうなってるのか知りたくてうずうずしていたが、おれは黙ってあいつらの想像に任せておいた。兄貴が女性のことでだんまりを決めこむのは、そうあることじゃないからな」

コールは横目で弟を見た。「口が堅いのはだれかさんじゃないかと思うが。ともかく、異端審問だってゆうべより楽なはずだ」

「今夜はちがうって?」

「ああ、そうとも」今夜はシェリーの誘惑を拒む理由がない。そう考えるとまた大きなやさしさに包まれ、決意はいっそう固まった。ソフィーがなにをしようとしているかを――策略の入念さを――思うと、彼女をさらってふたりきりの場所へ行き、策略などいらないことを何日もかけて示したくなった。はじめて出会ったその日から、彼女が欲しかった。ソフィーがほほえんだりココアを頼んだりするだけで、コールは骨抜きになった。「おれの勘がたしかなら、ソフィーはあるものを失わずに別のものを手に入れようとしてる」

「兄貴がその両方だって？」

コールはうなずいた。「年配の叔母さんとふたりきりで暮らしてきたから、デートもほとんどしたことがないらしい。おれとのあいだに気まずさが生じて、毎晩ここへ来る安らぎを――おそらくは彼女にとっての社交生活のすべてを――失うことは望んでいないだろう。一度関係を持てば、状況は変わりかねない。少なくともソフィーはそう見てる。だがきちんとおれから説明すれば、自分の目がどれだけ節穴《ふしあな》だったか、彼女にもわかるはずだ」

「つまり、ひとりっ子なのは知っていると打ち明けるつもりか？」

「まさか！」コールは一蹴《いっしゅう》した。純真なソフィーが妄想を叶《かな》えてくれようとしているのだ。断じてそれを止めるつもりはない。それに、彼女がどこまで大胆になれるか、見てみたい気もした。「彼女がだれになりすまそうと、おれが望んでいるとわからせるつもりだ」

「リビドーに駆り立てられたくだらない論理に聞こえるが。それも、彼女を怒らせること請け合いの」

「専門家のご意見か？」チェイスはコール以上に実のある交際をしていない。両親の死に大きな衝撃を受けたチェイスは、女性方面に関しては寂しいともいえる生活を送ってきた。僧侶《そうりょ》というわけではない。ただ選択が非常に厳しく、期間はいつも短いのだ。チェイスが三回以上会った女性をコールはひとりも知らない。

チェイスが首を振った。「ソフィーが気まずい思いをするのは、ばかでもわかる。そしてそういうことに関して、女はまったく理解不能だ。ふざけ合っているときにたまたま怪我をさせたとする。それは許せても、感情を傷つけたら、絶対に許さない」

聞きたくない話だったので、コールは肩をすくめて警告を受け流した。ソフィーにはふたつの面があるとわかったいま、その両方を満足させるつもりだった。

そのとき彼女が現れた。信じられないことに、昨夜より魅力的に見えた。たしかにコールはいまや新しい目で彼女を見ている。内気でやさしい彼のソフィーが、男をそそるための装《よそお》いをしている。その組み合わせに理性が吹き飛びそうだった。

今夜も黒い革のロングコートをはおり、その下には真ん中をボタンで留めた白いブラウスと、深いスリットの入った黒いロングスカートを着け、ローヒールの黒い靴を履《は》いていた。女らしいシックないでたちは、食べてしまいたいくらい魅惑的だった。

「おっと、どたばたコンビのお出ましだ。目の玉を頭のなかに押し戻して、舌を地面から引きずりあげたほうがいいぞ」

チェイスの抑えた忠告に、コールは視線をソフィーから――シェリーから――引き剝がし、弟たちのほうを向いた。

先に口を開いたのはマックだったが、弟の目はソフィーに奪われたままだった。「彼女、最近どうしたの？　すごくいかしてる」

「まったくだ」ゼーンが同意した。「もともと美人だったが、以前は自分で気づいていないみたいだった。いつもこう……控えめで。それがいまはセックスアピール全開だ」くっくと笑った。「気に入ったよ」

　コールはどちらの弟にも応じなかった。「彼女の写真を撮ってくるから、オフィスにいるあいだは邪魔をしないでくれ。プライバシーがほしい」

　マックがにんまり笑った。笑みがあまりにも大きいので、耳がちょっぴり持ちあがる。

「写真を撮るのにプライバシーが必要だって？」

　ゼーンが弟にげんこつを食らわせると、マックがむっとした顔で兄の肩をぴしゃりと打った。ゼーンが肩をさすりながら言った。「兄貴をからかうなよ、マック。ようやく息抜きをしようとしてるんだ、祝ってやろうぜ」それからコールに言った。「これまで長男というよりじいさんみたいだったものな」

「まったく、ありがとうよ」

　マックがまた愉快そうに笑った。「好きにしなよ。今日は金曜だし、そのほうがよければチェイスとおれとで閉店作業は引き受けるよ」

「頼もうと思ってた。助かるよ」

「悪いがおれは残れない。先約があるんだ。前もって知っていれば――」

　チェイスがうんざりした顔で弟を見た。「ゼーン、おまえに先約がないときなんてないじゃないか。今度はなんていう娘だ？」

　気後れした様子もなく、ゼーンが背筋を伸ばして答えた。「口が裂けても言えない」

ゼーンも自分の恋愛生活に責任を持てる歳だと思いなおし、コールは弟の背中をたたいた。「楽しんでこい」そう言うと、ソフィーのもとへ向かった。ソフィーはまだフロアの中央にたたずんでいた。どこに座ったらいいか、わからないのだ。はじめてバーにやって来た日から、いちばん人目につかない奥のブース席が定位置だった。だが今夜、この瞬間は、彼女はソフィーではないから、どうするべきかわからずにいる。

コールが彼女のそばまで来たとき、だれかがジュークボックスを鳴らしはじめたので、大声を出さなくてはならなかった。「伝言を聞いてくれたんだな」

彼女がじっとコールを見つめ、目で彼をむさぼった。その表情をどう解釈したらいいか、いまのコールにはわかっている。下半身が期待にこわばった。

「ええ。その……ソフィーに少し遅く行くよう言われたわ。いつ店を閉めるの？」

「あと数分でチェイスがラストオーダーをかける」カップルがそばを通りすぎた。ぴったりと寄り添って、音楽に興味があるふりをしながら、体はほとんど動かしていない。コールはにっと笑った。「ダンスは好きかな？」

尋ねるなり彼女の手を取って、引き寄せた。ソフィーが青ざめた。「ああ、いいえ。わたし……」

「大丈夫。だれも見ていない」コールは言いくるめた。腕のなかに引き寄せると同時に彼女の肩の向こうを見やると、弟たちが熱心にこちらを見物していた。だれも見ていない、か。コールは顔をしかめて弟たちに首を振った。三人はそれぞれに愉快さと好奇心を湛えて、うなずいた。

ソフィーが彼の肩口に顔をうずめた。「あまりダンスしたことないの」

「上手だよ」こめかみに鼻を擦りつけ、温もりとやわらかさをこれほど近くに感じられる悦びを噛みしめつつ、甘くなじみ深い香りを吸いこんだ。この女性には動物的な本能を刺激され、彼のものだというしるし《マーキング》をつけたい気にさせられる。腕に力がこもり、来《きた》るべき夜のための計画を思って思考は乱れた。「きみを抱いているのが好きだ」

ソフィーがわずかに身を震わせ、のけ反って彼の顔を見あげた。「わたしはあなたに抱かれてるのが好きよ。とっても」ためらって下唇を噛み、それからひと思いに吐きだした。

「ゆうべしたことも大好き。どうして途中でやめたの？」

正面からの攻撃に、斧《おの》で殴られた気がした。予想外だった。片手を掲げて彼女の頬を包んだ。「バーを閉める時間だった」

ソフィーが首を振った。「いいえ、それだけじゃなかった。あなた、怒ってるみたいだった」頬の赤味が増したものの、視線は逸らさなかった。「これだけはわかっておいて、コール。わたしが……ソフィーの妹だからって、ほかの女性が望む以上のものをあなたに期待してるってことにはならないのよ」

「へえ？」ばかやろう、もっとましなことは言えないのか？　やさしく純真なこの女性を抱きあげてだれもいない場所へ行き、彼女を安心させて長い一夜を過ごしたかった。彼女と愛し合い、彼に繋《つな》ぎとめたかった。が、いまは弟たちが熱心に見物しているとわかっていたから、どうにか自分を抑えた。「ほかの女性はおれになにを期待してる？」

　ソフィーはごくりと唾を飲んだが、くすぶるブルーの瞳はたじろがなかった。それを見てコールは、ほかのすべてと同じくらい、彼女の度胸にも敬服している自分に気づいた。こんな計画を実行に移すなど、ソフィーには容易ではなかっただろうし、それを思えば彼女がどんなに彼を欲しているかがよくわかる。ああ、今夜をぶじに終えられるだろうか。

「ひと晩か二晩の、楽しい時間じゃないかしら。わたしは……すぐにこの町を出ていくわ。ここにいる数日のあいだだけ、あなたと一緒にいたいの。だけど心配しないで、しつこくつきまとったりしないから。わたしにはわたしの人生があるし、それを男の人とのごたごたで複雑にしたくない。だからめんどうなことになるんじゃないかと気に病《や》む必要はないわ」

　いままで感じたことのない、言葉にならない感情で胸を締めつけられた。彼女の下唇を親指で擦り、ささやいた。「オフィスへ行って、話をしよう。チェイスに飲み物を運ばせる」

　その申し出にソフィーはいささかほっとした表情を浮かべ、ありがとうと言うと、コールが差しだした手を取った。彼女の手はいまも外気のせいで凍《こご》えており、コールは自分の体温を分かち合おうとやさしく握った。体が興奮で脈打った。

　向きを変えると、下の弟ふたりが急に忙しそうに動きだした。ゼーンは店を出ようとコートをはおり、マックは真っ赤な顔で神妙《しんみょう》にグラスの在庫をチェックする。次男のチェイスはただほほえみ、コールとソフィーに短い会釈《えしゃく》をした。

　通りすぎざま、コールは言った。「チェイス、飲み物を二杯、持ってきてくれないか」

「承知しました」いたずらっぽさが過分に含まれた弟の声を聞いて、コールは思わずつけ足した。「コーラを頼む」ソフィーにココアを飲ませたくなかった。彼女の好みを知っているのがばれたら、ゲームはそこでおしまいだ。それ以上に、自制心が持ちこたえるかどうか、自信がなかった。ソフィーがココアを飲む姿は、催淫《さいいん》剤よりも効き目があった。

幸いソフィーは兄弟のやりとりに気づかず、視線を足元に落としたまま、コールのオフィスに入ってきた。今度は電気をつけておいた。彼女の顔をよぎるどんなささいな表情も見逃したくなかった。ドアに鍵をかけてほほえんだ。「おいで」

少し驚いたのか、ソフィーの目が丸くなり、やわらかい唇が開いた。すぐさまその唇を唇で覆った。チェイスがラストオーダーをかける声が遠くで聞こえ、筋肉がこわばった。じきに店からはだれもいなくなって、ソフィーを独り占めできる。彼女のあらゆる願いを叶えるために必要なプライバシーが手に入る。

ソフィーを抱き寄せると、片手で頭を抱いてつややかな髪に指をからめ、もう片方の手を背骨の低い位置に押し当てて、ふたりの体をもっと親密に触れ合わせた。

たちまち彼女はとろけた。ひとかけらの抵抗も見せなかった。コールの舌は彼女の唇を分かち、口のなかに滑りこんで小さな白い歯の端に触れ、深くまさぐり、求めてかきたてた。ソフィーの両手が彼の胸でこぶしを握り、シャツをぎゅっと引っぱった。

「コール……」

ドアにノックの音が響き、飲み物の到着を知らせた。コールはソフィーのうっとりした目と赤く染まった頰を眺め、心のなかでにんまりした。「ここにいてくれ」

ソフィーは声もなくうなずいた。

コールはドアを開け、チェイスからトレイを受け取った。「ありがとう」

「おれがしないことはするなよ」

「おまえがしないことって、なにがある？」

「言えてる」チェイスが兄の肩をたたき、ドアを閉じた。

コールが振り返ると、ソフィーは足に根が生えたかのごとく、さっきと同じ場所にいた。

コールはほほえんでトレイをデスクに置き、彼女のほうを向いた。手を伸ばして繊細な頰に、あごに触れ、眉を撫でる。とても愛《いと》おしく大切な顔。もう一度唇を重ねると、そのままデスクのほうに追い詰めた。ソフィーは彼にしがみつき、導かれるままに身をゆだね、抱きあげられてデスクの端に載せられてもため息をついただけだった。

「スカートを穿いてきてくれてうれしいよ」キスであごからのどへ伝いながらささやいた。

喘ぎ混じりにソフィーが尋ねた。「どうして？」

彼女の純真さが楽しくて、コールは視線をあげた。半ばまぶたの閉じた目とぼうっとした表情に魅了された。片手でソフィーの脇腹をゆっくりと撫でおろし、ウエストを越えて膝まで到達すると、今度は撫であげた――スリットの下を。

「あっ！」

コールはにやりとしたが、容易ではなかった。ソフィーの華奢な太腿は温かくなめらかで、指を上へ向かわせると、ストッキングが太腿で終わっているのがわかった。低く罵《ののし》って唇を奪い、貪欲に彼女をデスクに押し倒した。スカートがまくれあがっているので、脚を開かせて腰を密着させるのはたやすかった。長い脚の幸せな探索を打ち切り、小ぶりだけれど完ぺきな乳房の片方を手で覆った。「きみの心臓の高鳴りを感じる」唇を重ねたままつぶやいた。

ソフィーが彼の胸に顔を押し当てた。「あなたに触れられるのは大好きよ」

「じゃあ、これはもっと気に入るだろう」ブラウスのいちばん上のボタンを外した。ソフィーが息を吸いこんで止めた。ふたつ目のボタンを外すと、絹のようになめらかな肌と、胸の谷間の始まりがのぞいた。指でそこをなぞり、谷間にうずめてはふくらみを撫で、乳首に触れるか触れないかのところまで近づくと、ソフィーが期待に身をわななかせた。「ああ、こんなにやわらかくて美しいものはほかにない」いたぶりつづけながらコールは言った。手のひらで乳房を抱いてはこね、押しあげて、やわらかいふくらみの弾力性を味わった。

ソフィーが静かにうめいた。

三つ目のボタンを外した。ブラは白のレースで、肌をほとんど隠しておらず、いままでに見たこともないくらいセクシーだった。ガーターとパンティもこれと揃いなのだろうか。

ふたりはひたいをくっつけて、日に焼けた彼の手が白く繊細な肌の上をゆっくりと動くさまを見守った。コールが残ったふたつのボタンを外してブラウスを両脇に押し開け、両手を掲げて手のひらで乳房を包んだ。

「すごくきれいだ」ささやくように言った。

ソフィーが深く息を吸いこむと、乳房が震えた。コールは指先でブラのフロントホックに触れた。

　そのときバーで流れていた音楽がやみ、ソフィーがはっと顔をあげた。

「シーッ、大丈夫。閉店準備に取りかかっただけさ。みんな家に帰る時間だ」

　ソフィーが目をしばたたき、唇を震わせた。「わたしたちも帰らなくちゃいけないの？」

「きみが帰りたくなければ、ここにいてもいい」温かく軽いキスをした。「だがおれは、きみをおれの部屋に連れて帰りたい。部屋はほんの数ブロック先だ。ここのソファは短いうたた寝にはじゅうぶんだが、いまは眠ることは頭にないし、今夜はなにもかも長続きさせたい」指先がやわらかい頬をかすめるていどに、そっと彼女の顔に触れた。「きみを急《せ》かしたくはない。事態が急展開しているのはわかってる」小さな笑みを浮かべてつけ足した。「なにしろおれたちは会ったばかりだ。だがおれはきみが欲しいし、きみもおれを欲しているらしい。おれの部屋に来ないか？　一緒に夜を過ごそう」

　彼女の目が丸くなり、まつげが震えた。首筋で激しく打つ脈が見て取れた。「ええ」ごくりと唾を飲んでからほほえんだ。「いいわ、喜んで。お招きどうもありがとう」

4

ソフィーの完ぺきな礼儀にコールはにやりとした。彼女をからかいたかったが、ユーモアのかけらも引きだせなかった。

彼の車にたどり着いたころには、ソフィーの肩から緊張は去っていたものの、リラックスしているとはほど遠かった。彼女自身の車でコールの家に向かうというのを、どうにか説き伏せてあきらめさせた。逃げだす手段として車を近くに置いておきたがっているのはお見通しだった。

信じてほしかった。すべてを与えてほしかった。

車を停めたコールが建物の二階に案内するあいだも、ソフィーはずっと黙っていた。かまわない。静寂はそれほど気詰まりではなく、むしろ緊張と期待で充満していた。コールのなかの原始的で動物的ななにかが、ソフィーが彼の家にいるところを見たがっていた。彼の領域に、彼のベッドに。この女性をわがものにしたかった。ただし、正しいやり方で。これまで女性を前にして獰猛《どうもう》な気分になったことは一度もないが、いまはうなりたい心境だった。愛を証明するために、ドラゴンを退治したい気分だった。

ドアの鍵を開けて彼女をなかへ導くと、ソフィーが周囲を見まわした。

「味気ない部屋だろう？　ごてごて飾り立てる質《たち》じゃないし、最近まで弟たちが一緒に住んでいた。まあ、ひとりずつ出ていって、最後まで残っていたマックも、去年キャンパスに移ったんだが」

ソフィーの視線がいたるところに向けられる。濃い色の革の家具、軽いオーク材のテーブル、台の上にずらりと並んだ、弟たちがスポーツや学業で手にした賞状やトロフィー。アーチ形の戸口の向こうに、ダイニングキッチンがかろうじて見える。ベッドルームは短い廊下の先だ。

「すごくすてきね」ソフィーが言った。

コールはジャケットを脱ぎ、それから彼女のコートを取ると、両方を椅子の肘掛けにかけた。「ゼーンにはいつも主婦みたいだとからかわれるが、おれは部屋を清潔にしておくのが好きだし、いまはあいつも同類だ。あの三人に掃除と洗濯と料理を教えこむのはひと苦労だったが、みんなしっかり身に着けてくれたよ。昔は何日かに一度の大掃除の日を決めていて、どんな理由があろうと、サボるのは許されなかった。まあ、チェイスが脚の骨を折ったときは別だが。あのときだけは勘弁してやった」

リラックスさせて彼のことをもっと知ってもらおうと、コールはにっこり笑いかけた。これはほかの女性には聞かせたことのない話で、実際、ソフィーは魅入られたように耳を傾けていた。

「ご両親が亡くなったとき、いくつだったの？」

「二十二だ。大学を出たばかりだった。マックとゼーンはまだ小学生で、チェイスは中学生だった」

「辛かったでしょうね」

コールはうなずいた。過去の出来事と、毎日のように持ちあがった数々の問題について、あらためて話すのは気が進まなかった。「どうにか切り抜けた。弟たちはいい子で、ただちょっと動揺していた。落ちつかせるには時間がかかった。喪失を乗り越えるには」ソフィーの喪失について尋ねたかったものの、知らないことになっているので、尋ねるわけにはいかないのがもどかしかった。この時間は、秘密の陰に隠れるのではなく、距離を縮めるために使うべきなのに。

やぶからぼうにコールは尋ねた。「腹は減ってないか？　飲み物でも？」

一瞬のためらいのあと、例の興味をそそる赤面がソフィーの顔をピンク色に染めた。と思ったとたん、彼女がコールに飛びついてきた。両腕をきつく首に巻きつけるので、コールはあやうく窒息しかけた。「わたしの望みは、バーで始めた行為を終わらせることだけよ」キスの雨を彼の首に、鼻に、耳に降らせるので、コールは思わず笑ってしまったが、同時に信じがたいほど熱い欲望がほとばしり、うめき声を漏らした。「あなたと一緒に横になって、いろんなところに触れたい――」

「ハニー、おれの気が変になる前に黙ってくれ」確実に従わせるために彼女の顔を両手で挟み、キスをした。舌を深く挿し入れて味わい、唇で愛し合う。彼女の言葉に影響を受けて、体が切望で疼いた。

ブラウスの裾をスカートのウエストから抜きとると、すばやくボタンを外して前を押し開けた。ソフィーも協力し、唇を重ねたまま袖から腕を引き抜いた。

コールはまた笑いながら言った。「落ちつけ。夜は長いんだ。急ぐことはない」

あらわな肌のあちこちに小さく湿ったキスをした。しっかり腰をつかむ手にせがまれるままに、彼女に近づくと、硬くそそり立ったものをやわらかいお腹に押し当て、存在をわからせた。

ソフィーが興奮と悦びを混ぜたような小さな声を漏らした。「コール?」

「うん?」彼女の肌の味と感触と香りに心を奪われ、うわのそらで返事をした。ここにいるのは彼のソフィーだという事実に、悦びは痛いほど鋭くなっていた。

「あなたはシャツを脱がないの?」

コールは迷った。彼女に触れられすぎたら自制心を失うかもしれない。だがささやくように問いかけられ、興奮に大きく開いたやさしい目で見あげられると、拒むなどできなかった。胸を高鳴らせながらシャツのボタンを外して取り去り、下に着ていたTシャツを頭から引き抜いて、両方を床に落とした。ソフィーの視線が温かく親密に彼の体をさまよった。

「触れていいんだぞ」

それでも勇気が出ないようだったので、コールは彼女の手をつかむと、手のひらにキスをしてからぴったりと胸に当てさせた。ソフィーが唇を舐め、おずおずと撫ではじめた。「すごく温かくて硬いのね」

コールは笑った。温かいより熱いのほうがもっと適切な表現だし、硬さについては疑問の余地もない。いまにもジーンズが張り裂けそうだ。それでも無慈悲に自制心を行使すると、彼女のスカートの脇のボタンを外しにかかった。

「コール……」ソフィーが声に不安をにじませて身をこわばらせた。

「きみを見たいんだ」彼女の表情を探ったコールは、あふれんばかりの緊張を読みとって手を止めた。両手で顔を包むと、顔を近づけてささやいた。「きみはすごくセクシーだ。一生眺めていても飽きそうにない」

小さな両手が彼の手首をそっとつかんだ。「だけどわたしたちにそんな時間はないわ。だって……二、三日したらわたしはこの町を出ていくんだもの」

いつになったらその作り話を放棄するのだろう。ここまで来ると、コールも少しばかり苛《いら》立《だ》ちはじめていた。彼女を名前で呼ばずにいるのはあまりにも難しかった。思いの丈《たけ》を打ち明けずにいるのは。だがこれはソフィーにとって一世一代の大芝居だし、コールは彼女が選んだとおりに演じさせようと決めたのだ。そうしながら、彼女が目標にたどり着く手助けをし、望んだすべてを与えようと。「本当にもうしばらくいられないのか？」

「無理よ」ソフィーが即座にきっぱりと答え、それから体を寄り添わせて彼の腰に両腕をきつく巻きつけた。「今夜しかないの。だけどわたしに必要なのはそれだけ。たったひと晩。どちらにとってもエキサイティングな体験だけど、それ以上じゃない」

自信が揺らぎはじめた。意図を読み誤ったのだろうか？　ソフィーが望んでいるのは本当につかの間の情事だけ？

いや、それ以下かもしれない。頭のなかで〝たったひと晩〟という言葉が鳴り響いた。もしかしたらコールとちがって、ソフィーは好きで独身を通しているのかもしれない。何人もの男を惹きつけてもおかしくない女性だ。穏やかな人柄の奥にひそむ女性としての魅力をコールは何度もかいま見てきたのだから、ほかの男が気づいていてもおかしくない。女性にかけては目利きのゼーンですら、ソフィーを美人と称した。

怒りがこみあげてきた。もはやソフィーの策略はそれほど愛おしく思えなくなり、コールのなかに新たな決意が芽生えた。愛の行為で脳みそがふやけるほど満足させ、二度と彼を拒めなくさせてやる。ソフィーが望んだものだけでなく、それ以上を与えるのだ。夜が明けるころには、彼に負けない〝依存症〟にさせてみせよう。

苦悶《くもん》の一夜。

「スカートを脱いで。きみに触れさせてくれ」うなるように発した言葉がふたりのあいだに重くのしかかり、ついにソフィーがしがみついていた手を離して顔をあげた。コールは後ろにさがり、彼女が自由に動けるだけの空間を与えた。

安堵を求めて彼を見つめる目は、青というよりグレーに見えた。コールがほほえみかけると、彼女は慎重な手つきでスカートの脇のボタンを外し、ジッパーをおろした。布はたちまち細い腰を滑りおちて華奢なくるぶしの周りにたまった。コールが彼女の手を取ると、ソフィーはスカートの輪のなかに靴を置き去りにして歩みでた。

すらりとした長い脚を太腿まで覆うセクシーな黒のストッキングだけでも彼をうならせるにはじゅうぶんだったが、自制心を揺すぶったのは、細くくびれたウエストと平らなお腹だった。パンティは白で、薄い布地の向こうに透けて見える、栗色の縮れ毛の小さな三角形が彼を焦らし、触れたい一心で手のひらを熱くさせた。

「ああ、すごくきれいだ」

ソフィーが長く震える息を吐きだすまで、彼女が息を詰めているのに気づかなかった。

「あなたがどう思うかわからなくて――」

「最高に運がいいと思ってる」おぼつかない声で言った。「こっちへおいで」

荒っぽいまねをして彼女を驚かせるつもりはなかったが、あまり抑えられそうになかった。この瞬間を七カ月も待ち望んできたうえ、現実は妄想をはるかに上まわっていたのだ。純粋に彼女を思っているからこそ――人として愛し敬っているからこそ――ふたりのセックスが特別に思えるのだろう。コールにとって、彼女を横たわらせて彼自身をうずめる行為は、肉体だけのものではない。単なる体の結びつきを超えた、感情と精神の交わりだ。

肌のやわらかさに心を奪われ、唇を重ねながらいたるところを撫でまわした。肩からウエストへ、ストッキングの上の太腿へと手を這わせる。唇を離すと同時に、ざらついた両手のひらをパンティのなかに滑りこませ、かわいいお尻を抱いた。ソフィーがこわばったので、耳にくちづけて耳たぶをそっと噛んだ。ソフィーが息を呑み、彼の腕をぎゅっとつかんだ。

「いまの、好きよ」彼女がささやく。

暴れる欲望にもかかわらず、コールはにやりとした。「これのことか?」問いながらふたたびなめらかなお尻を撫でる。「それともこっちか?」耳たぶに歯をあてがい、舌で翻弄《ほんろう》すると、ソフィーが体をしならせた。

「ええ、そっち」

「噛むといい場所はほかにもある。きみがもっと気に入りそうな場所が」

「そうなの?」ソフィーはいまや全身をわななかせ、息を切らしていた。彼女を逃がさないよう片手でお尻を抱いたまま、もう片方の手を掲げて乳房に触れた。指の動きひとつで、あるかなしのブラのホックを外した。

彼の手のひらがやわらかく繊細なふくらみを覆うと、ふたりは同時にうめいた。ソフィーは女の快感になまめかしい声をあげたものの、コールが尖った乳首を指先でつまんで転がすと、体をびくんと震わせた。

「たとえばここだ」言うなり前かがみになって、胸のいただきを歯で挟み、耳にしたのと同じように舌でいたぶった。ソフィーが彼の頭をつかんで髪に指をもぐらせ、叫び声をあげる。コールは口を大きく開いて乳房にしゃぶりつき、激しく吸った。両手で細いウエストを支えていちばん近くの壁際に追いつめ、太腿のあいだに体で分け入ると、巧みに脚を開かせた。

　腰を撫でおろしてお腹を越え、パンティの上端を指先でいじくった。ソフィーが身震いしてうめくのを聞いたコールは、自分だけでなく彼女をも苦しめているのだとわかった。指を布の下に滑りこませると同時に、ふたたび唇を重ねて快楽のうめき声を呑みこんだ。

　ソフィーは温かく濡れ、敏感な部分はふくらんでいた。指でやさしく愛撫するうちに、彼の首筋に顔を押しつけて二の腕にしがみついていたソフィーが、とうとう激しく喘ぎはじめた。

「それからここも」ささやいて、ぷっくりとふくらんだ小さなクリトリスを中指で擦った。

「ああ、すごい……」ソフィーが激しく身を震わせ、腰を押しつけてきた。

　キスで彼女の耳まで伝い戻ると、もう一度、耳たぶを甘嚙みした。指を動かしながら、舌でその動きを真似る。その模倣がわからないほどソフィーも純真ではなかった。彼の二の腕をつかむ手に力をこめ、コールが生んだリズムに合わせて腰を揺すりはじめた。

　もうそこまで来ているのだ。ソフィーの鋭い感度と惜しげのない反応に驚かされた。それだけでなく、欲望でわれを忘れさせられそうになった。ソフィーには奥底に秘めたものがあるのではないかと思っていた。ひとたび解き放たれたら、激しく大胆な情熱をあらわにするのではないかと。彼女が小さく震えるたびに、深く動物的なうめき声をあげるたびに、コールの全身が脈打った。ソフィーの耳元でささやいた。「きみはきっと甘いんだろうな。想像してごらん。おれの口がここにあるのを。舌で転がして、舐めまわして――」そのときソフィーが抑えた悲鳴をあげ、絶頂に達した。

コールはしっかりと彼女を抱きしめ、快感が衰えないように愛撫を続けた。とうとうソフィーが完全に果ててすすり泣きを漏らし、ぐったりともたれかかってきた。血液が勢いよく血管を流れ、耳の奥がうなる。コールは彼女を抱きあげるなりベッドルームに駆けこんだ。彼女をベッドにおろし、ひんやりしたキルトに横たわらせると、その上に覆いかぶさった。長く深くキスをしながら、乳房を、太腿を、お腹を愛撫する。やがて上体を起こして彼女を見つめ、それから無言でブラを取り去ると、パンティをくるぶしまでおろした。ソフィーが肩で息をしながら顔を背けた。

「きみは完ぺきだよ、スイートハート」なんと控えめな言葉。これほどまでに胸を突き動かされる女性にはお目にかかったことがない。胸のふくらみにキスをし、やさしく吸って歯をあてがった。ソフィーの体はコールの性的嗜好《しこう》をもとに形づくられたかのようだった。昂《たかぶ》る欲求で理性を失いそうな彼をよそに、ソフィーは満ち足りた顔でぐったりと横たわり、片手で彼の髪をのんびりと撫でていた。コールは片方の肘を突いて起きあがり、ジーンズのポケットからコンドームを取りだすと、歯でくわえたまま残りの服をもどかしい気持ちで脱ぎはじめた。

靴を部屋の向こうに蹴り飛ばす。立ちあがってジーンズをおろし、すぐさまソフィーにふたたび覆いかぶさると、彼女が抗議の声をあげた。

「まだあなたをじっくり見ていないわ」男心をそそるふくれ面で言う。

募る欲求にもかかわらず、コールはくっくと笑って彼女の太腿を広げ、愛の行為のための体勢を取らせた。「おれにはきみがよく見える――すべてが」喘ぎ混じりの低いうなり声でつけ足した。湿ったやわらかい縮れ毛と、それが守る敏感な肉を見つめながら。ストッキングとガーターベルトを着けたままの姿は信じがたいほどセクシーで、自制心を突き崩されそうになった。もう一度、指で彼女自身を撫で、うるおいと熱を味わった。迎えたばかりのオーガズムのおかげで、滑りやすくなっている。ソフィーの慎みは消えてしまったのだろう、彼に見つめられ、触れられるままになっていた。その光景に、コールの欲望はやわらいだ。永遠に飽きることなく眺めていられそうだった。

が、ソフィーには彼に永遠を与えるつもりなどない。くそっ、いまいましいゲームめ。

彼女が仔猫のように伸びをしてコールにほほえみかけた。「こんなのずるいわ。最初からあなたの体に興味津々なのに」

「じきに見られるさ」銀色の小袋を破ってコンドームを着けた。「だがいまはだめだ。おれが我慢できない」

彼女の脚を肘の内側に引っかけて上にのしかかり、無防備な体勢ですべてをつまびらかにさせた。ソフィーが彼の肩につかまってくすぶった青い目を見開く。息づかいは浅く、不安そうだった。もっと用心して自分を抑え、やさしく扱うべきなのだろう。それなのに実際は大きく脚を開かせて、自分が彼女のなかに入っていくところをじっと見つめていた。繊細な部分がゆっくりと彼を受け入れていくさまを。筋肉がさらに収縮し、心臓が重い鼓動を打つ。ソフィーは驚くほど固く、抵抗も強かった。コールは力をこめて、ゆっくりとねじこんでいった。

ソフィーが低い声で彼の名前を呼んだ。

「ああ、なんてきついんだ」食いしばった歯のあいだからささやき、ひたいに汗が噴きだすのを感じた。ソフィーが首を後ろに反らし、唇を嚙んで目を閉じた。胸元からのどへ、頰へとバラ色のほてりが広がっていく。恥じらいではなく、鋭い興奮のあかしだ。それは彼の興奮をもかきたてた。そのときついに彼女の体がコールを根元まで受け入れ、熱く濡れた貪欲な部分で締めあげた。

彼女が経験豊富だとは思っていなかった。内気で引っ込み思案だから、男性経験は多くないだろうと当たりをつけていた。が、ここまできついとはまったくの予想外だったので、ほかの男に抱かれたことはあるのだろうかと訝らずにはいられなかった。彼がはじめてだと思うと――二十六年間、彼を待っていたのだと思うと――自制心が崩壊し、言葉にできない感情が津波のように押し寄せてきた。いまはまだ向き合う準備のできていない感情が。

腰を引き、すぐにまた突きあげた。最初はゆっくり、しだいに速く激しく。「許してくれ」喘ぐ合間に言った。「もう待てない」

ソフィーが手を伸ばして唇を唇に引き寄せ、彼に負けない欲望でキスをした。彼女自身の小さな筋肉は貪欲で、引き抜こうとするたびにまとわりつき、貫くとうれしそうにしがみついて、彼をいっそう駆り立てた。二度目の絶頂を迎えたソフィーが首を反らしてうめくと、コールも高みへと昇りつめていった。頭は真っ白で視界はぼやけ、体は熱く燃えあがる。彼女の一部を感じた。彼女の香りを頭と心のなかに。華奢な体を激しく突きあげつづけ、ついに硬直すると、全身をわななかせて生命の液をほとばしらせた。しばらくそのまま動けずにいたが、やがて彼女の上にどさりと突っ伏した。

ふたりの鼓動は一緒に早鐘を打ち、コールは彼女のやわらかく速い呼吸を耳に感じた。ああ、この女性を愛している。愛おしさで胸がいっぱいになった。彼女の本当の名前をささやきたくてたまらなかった。ふたりの人生がどんなに実りあるものになるかを語って聞かせたかった。彼女にも愛を認めさせたかった。

弟たちのめんどうを見るために、喜んで自分の生活を犠牲にした。その間《かん》、どんな女性にも責任を忘れるほど心を奪われなかった。だがいまは自由の身で、ソフィーがここにいる。あたかもコールに女性が必要になるときを見計らって、運命に送りこまれたかのように。いまだけでなくこれからもずっと、彼女と一緒にいたかった。だが愛の言葉は抑えるしかない。あれほど制限時間にこだわるところを見ると、彼女がどう思っているかだけでなく、そんな告白をどう受け止めるかさえよくわからなかった。

ゆっくりと慎重にソフィーの脚から腕をほどくと、彼女がうめいて脚をおろした。かなり荒っぽく激しくしてしまったが、ソフィーは文句ひとつ言わなかった。

謝罪のつもりで首にキスをしたものの、いましがたの行為のせいで頭が鈍るあまり、それ以上は無理だった。ソフィーの指が彼の湿った髪を梳《す》き、肩に触れた唇が笑みを浮かべるのがわかった。

「こんなの、想像したこともなかったわ」

どうやったら意味の通る文章を作れるんだ？　コールはどうにか両肘を突いて体を起こすと、いまも肩で息をしながら彼女を見おろした。ちょっぴり気取ってこのうえなく満足した表情が見つめ返した。「つまりよかったってことか？」コールはふざけて尋ねた。

「最高だったわ」

その言葉に、世界を征服した気分になった。ソフィーの腫《は》れた唇を指先で擦った。「安心した。きみは本当に特別な女性だよ。ずっと前からそう思っていた」

一瞬、ソフィーの動きが止まり、目に警戒の色が浮かんだ。舌がのぞいて下唇を這い、その拍子にたまたま彼の指を舐めた。ふたりとも身震いした。「わたしたち、まだ会ったばかりよ」

コールはいまも彼女のなかに入っていて、あらわな乳房は硬い胸に押しつぶされ、どちらの脈もまだ駆けているというのに、ソフィーはくだらないゲームを続けようとしている。もう真実を認めてもいいころなのに。コールは感じたままを伝えたのに。

ただしもちろん、ソフィーが同じように感じていないなら話は別だ。ブティックのアシスタント、アリソンの言ったことがたしかなら、ソフィーの人生はとても静かで平穏だったようだから、ちょっぴり冒険をかじってみたくなっただけということもありえる。本当に一夜かぎりの関係しか求めていないのか？　こんなばかげた計画を考えついたのは、自分の気持ちにも彼の気持ちにも確信が持てなかったからだと思っていた。だが正反対ということもありえる。彼女が求めているのは真剣な関わり合いではなく、単なる軽いお遊びだということも。その可能性に胃が引きつった。

「コール？」

「ちょっと考えごとをしていた。ずっと前からきみを知っていたような気がして」

「ソフィーを知ってるからでしょう。だけどわたしたちに似たところはないわ」

彼女の豊かな髪を顔から払ってやりながら、この計画の真意を読み解くための単純で魔法のような方法があればいいのにと願った。彼のソフィーがこれほど意固地で複雑だとは思いもしなかった。「それはどうかな」とささやいた。「ソフィーは――」

彼女が笑って遮《さえぎ》り、コールが言いたくてたまらない言葉を――ソフィーを勇気づけて、愛を打ち明けさせるに足る言葉を――発する前に、すばやく話題を変えた。「いつになったら写真を撮ってくれるの？」

虚をつかれたコールは、からかうように言った。「こんな姿を？」のんびりと彼女の全身を眺めた。乱れてもつれた髪、満ち足りたまなざし、彼の手足とからまり合った腕と脚。コールは片手でお尻を撫でた。「まちがいなくきみの優勝だ」

ソフィーがほほえんだ。「顔だけ撮るのはどう？」

コールは落胆を装った。「そうするしかなさそうだ」体を離し、必要以上に長く太腿に手を載せて言った。「ここにいてくれ」

「動きたくても動けないわ」そう言いつつも彼のほうを向き、片手で頬杖をついた。「どこへ行くの？」

「カメラを取ってくる」

コンドームを外してジーンズを穿くと、クローゼットをあさってポラロイドカメラを見つけた。顔をあげてソフィーを見やる。乱れた髪でしわくちゃのシーツの上に横たわり、いまもレースのガーターを着けたまま、ストッキングに包まれた長い脚の片方を曲げた姿を。新たな熱の波に襲われた。彼女はおれのものだ。なんとしてでも認めさせてやる。

「もっとゆっくり、時間をかけるべきだったな」目で堪能しながら言った。

「どうしてそうしなかったの？」

コールは首を振り、ベッドに歩み寄って端に腰かけた。「きみのせいでわれを忘れて、長く持ちこたえるどころか、まともに考えることさえできなくなった。はじめてのときを本当に特別なものにしたかったんだが」

ソフィーが笑った。「あら、わたしが文句を言った？」

こんなに茶目っ気のある笑顔ができるとは思ってもみなかった。コールは彼女にキスをした。一秒ごとにますます愛が深まっていた。「満足したということかな？」

ソフィーがふたたび伸びをした。「もちろん。想像以上だったわ。だから、もう心配しないで」

「わかった」この問題を論じ合って時間をむだにしたくなかったから、素直に聞き入れた。夜はまだ若く、コールには論点をはっきりさせるための時間がたっぷり残されている。

カメラを目にあてがうと、ソフィーが悲鳴をあげてシーツに手を伸ばした。「コール、待って！　髪を梳かさなくちゃ。よれよれだもの」

「いや、そのままでじゅうぶんきれいだ」ソフィーが両腕を交差させて胸を隠し、笑った。コールはその姿を写真に収めた。カメラから写真が滑りだすと、彼女の手の届かないところに掲げ、ベッドから立ってドレッサーの上に飾った。

「どこかに貼りだしたら承知しないわよ！」

「これはおれだけのために取っておく」

ソフィーが落ちつきを取り戻し、好奇心を湛えたやわらかい表情で彼を見つめた。「どうして？」

「いつでも好きなときにきみを眺められるように」真実ではあるが、その行為に秘められた思いの深さはとうてい言い表していなかった。「さてと、コンテスト用の写真を撮る前に、どうしてもブラウスを着て髪を梳《と》かしたいというなら、しょうがない。しかし誓ってもいいが、そんなのは必要ないぞ」

「それでもよ」

とりすました見栄っ張りにコールはくっくと笑った。「わかったよ。なにか飲み物を取ってくる。三分ほど猶予を与えよう」

コールが二分で戻ってきたとき、ソフィーはようやく髪のもつれをほどきはじめたところだった。いまもけだるくて温かくて満たされた気分。望みといえば、コールと一緒にまたベッドにもぐって、すでにしたことだけでなく、もっといろいろなことをしたいだけ。あのベッドは彼のにおいがするから、いつまでも寝そべっていられそうだった。枕のひとつをこっそり盗もうかと思ったものの、きっと見つかってしまうだろう。ちらりと時計に目をやると、どれだけの時間が過ぎ去ったかを悟って泣きたくなった。

予想外の気さくなふざけ合いや親密な会話を楽しんではいたが、まだ彼の体をじっくり探索していない。いわば〝硬い骨とたくましい筋肉の完ぺきな集合体〟に魅せられていた。何度かちらりと盗み見たときは、体のなかが溶けるような感覚を覚えた。文字どおり、いたるところにキスしたかった。

「なにを考えている？　目のなかでよこしまな光がまたたいてるぞ」

ソフィーは驚いて彼を見た。コールがココアの入ったマグカップふたつとホイップクリームの缶を載せたトレイをドレッサーに置いた。上半身は裸なので、動くと筋肉が収縮して波打つのがわかる。ありがたいことにジーンズはボタンもジッパーも手つかずだから、腰の低い位置にかろうじて引っかかっているだけで、肩幅ほどに開いた大きな足はむきだしだ。

悦びでうめきそうになった。一年くらいその場に立ったまま、思う存分眺めさせてと頼みたかった。「あなたの体のことを考えていたの。まだほとんど触らせてもらえないのは、なんて不公平なんだろうって」

コールが一瞬固まり、すぐにぶるっと体を震わせた。目が狭まり、危険な光が宿る。「本気で望んでいるなら、あとから好きなだけ触れるといい」ココアのカップの片方にたっぷりホイップクリームを載せて小さな山を作り、スプーンと一緒に運んできた。ソフィーはヘッドボードに寄りかかり、温かいカップを両手で受け取った。前かがみになると、コールの視線を感じながらクリームを舐めた。

彼の手が頬に触れ、髪を耳の後ろにかけてくれた。「朝まできみと愛し合いたい——きみが乗り気なら」

コールの頬骨のあたりには濃い色が差し、目はぎらぎらと輝いている。興奮を絵に描いたような姿を見て、ソフィーはカップをナイトテーブルに置くと、全神経を彼に集中させた。

「わたしもそうしたいわ。今夜の思い出がずっとずっと続くように」

「その、どこも痛くないか？」

あまりの気恥ずかしさに、鼻まで赤くなった気がした。「まさか、ちっともよ」部分的には嘘だった。絶対に口にできない場所に痛みを感じていた。けれどふたたび彼と抱き合える悦びに比べたら、そんなのはどうでもよかった。

「きみはすごくきつい」そうせずにはいられないかのようにソフィーの頬に触れたまま、コールが言った。「実地の体験をあまり積んでこなかったんだろう。いや」反論しかけたソフィーの唇に人さし指を当てて、遮った。「批判したいわけでも、詳しく聞きたいわけでもない。だがおれは女性の体を知っている。きみは処女か、ずいぶん長いあいだ男と関係がなかったかだ。あんまり締めつけられるから、あやうくわれを忘れそうになった。だがいずれにせよ、きみに痛い思いをさせたくない」

ソフィーは心を揺すぶられた。深い思いやりと、否定しようのない男らしさに圧倒された。頼りがいがあって雄々しいこの男性となら、喜んで一生をともにする。コールは何度かシェリーとの関係を続けるのはやぶさかでないとほのめかしたし、彼女としてもそそられた。だけどいったいどうやったら、そんな芸当ができるの？　たった二日の二重生活でへとへとになった。すでにこれまでにないほどの睡眠不足に陥《おちい》っている。店では朝から頭をフル回転させなくてはならないから、いままでどおりの勤務時間を保ちながら、コールと夜更かしすることはできない。それに彼と一緒にいればいるほど、策略が明るみに出る危険性は高くなる。ふたりの女性がじつはひとりだったとわかったら、コールにどう思われるだろう？想像しただけでゾッとする。

涙がこみあげてきたので、小さな声でささやいた。「今夜、あなたが与えてくれるものなら、なんだって欲しいの。ささいな痛みなんてどうってことないわ。あなたが感じさせてくれるものに比べたら」

コールの肩と首の筋肉がいっそうこわばったように見えた。いきなり彼が立ちあがり、カメラを取った。「笑顔を見せてくれ」

下手な努力だとわかっていたが、言われたとおりにがんばった。彼の興奮を目の当たりにして、彼女もかきたてられた。コールが撮れた写真を見おろして満足そうにうなずき、カメラと一緒に脇に置いた。「さあ」

弱々しい笑顔で震えながらソフィーは尋ねた。「〝さあ〟って？」

「さあ、ココアを飲んでしまおう――とその前に、ブラウスを脱いで」

コールがもう一度ブラウスのボタンを外した。ふざけ合い、あらわになった肌のあちこちにキスをして、彼女を焦らしながら。ソフィーは彼の細やかな気配りを存分に楽しんだ。コールが目の前に膝を突き、ガーターとストッキングも脱がせはじめた。「生まれたままの姿になってほしい」ソフィーに異論はなかった。ハスキーな声に興奮しきっていた。

意外なことに、すべてを取り去ったコールはまた愛を交わそうとするのではなく、ソフィーがココアを飲む手伝いをすると言いだした。スプーンで掬ったホイップクリームを口元に運ばれるたびに、ソフィーはくすくす笑ったが、コールはどうしてもと言って聞かず、甘いことばでなだめすかした。そこでソフィーも降参し、彼をからかいながらスプーンを口のなかに受け入れ、ときには指まで舐めて、彼がうめくのを楽しんだ。いままでいちゃつくのを楽しんだことはなかったけれど、とても気に入った。

反応を見るかぎり、コールも気に入ったようだった。

彼のバーでココアを飲んだ数々の夜が頭に浮かび、二度とあそこでココアは頼めないだろうと思った。たいていの人にとってコーヒーがそうであるように、ソフィーにとってココアは、仕事で長い一日を終えたあと、夜の残りを乗り切るための後押しをしてくれる飲み物だった。季節を問わず飲んできたけれど、今後はこの場面がよみがえるだろうし、飲んでいるところをコールに見られでもしたら、彼の手や唇の感触を思い出すにちがいない。これはシェリーに起きている出来事だけど、影響を受けるのはソフィーなのだ。ああ、二度と彼の前でココアは飲めない。だけどそのささやかないつもの慰めを手放すことくらい、いまここで感じている興奮に比べたらなんでもない。

「ああ、きみのココアの飲み方ときたら。人類の正気を保つために違法にするべきだ」

ソフィーは無言でほほえんだ。

「焦らすのが上手だな」コールがささやく。

これには思わず問い返した。「わたしが？　まだジーンズを穿いているのはあなたよ」

コールが身を乗りだしてキスをした。舌が唇を這い、なかに滑りこむ。それから身を引いて言った。「それなら難なく解決できる」立つなり照れもなく最後の服を脱ぎ去った。目の前の光景にソフィーは息を呑んだ。コールのものはすでに硬くそそり立っており、その意味を考えると体がほてってきた。

「さっき始めたことをまだ終えていない」

なんのことだかわからなかった。なにもかも満足に終わったと思っていた。どんなふうに触れられ、キスされたかを思い出すと、全身の神経がふたたび目を覚ました。コールに抱きあげられて目を丸くしているうちに、仰向けに寝かされ、片脚を彼の膝の上に、もう片脚を背中に回させられた。コールがなにも言わずにのしかかり、やさしく耳に歯をあてがって舌を言わせた。片手で乳房を包み、指で乳首を転がされると、ソフィーはこらえきれずに身もだえした。

またたくまに体が興奮で脈打ちはじめ、ソフィーは目を閉じた。彼の手の感触だけでなく、どんなに速く興奮の高みへ連れて行かれるかを思うと、胸が躍った。生まれてこの方、こんなことは想像もしなかった。

コールが耳からのどへ、さらに肩へと移動していく。肩がこんなに敏感だなんて知らなかったけれど、肌に彼の唇や舌が触れるたびに、感覚の嵐が全身を貫き、脚のあいだに集中するように思えた。

「きみにしたいことがたくさんあるんだ」

「ええ」彼がしたいなら、なんだってかまわない。当のソフィーよりも彼女の体をよく知っているようだから。

「きみはすごく甘い」彼が乳房に顔を寄せながらささやいた。息づかいは速く、乳首をくわえて引っぱる唇は熱かった。ソフィーは思わずのけ反ったが、低いささやき声になだめられ、ふたたび背中をマットレスに戻した。それでも心臓はギャロップで駆けていた。

「リラックスして、おれに愛させてくれ」

リラックス？　全身がかちかちにこわばって感じやすくなっているときに？　そのとき歯でそっと乳首を挟まれ、鋭い感覚に貫かれた。引っぱられて悲鳴をあげたものの、コールは容赦なくやさしくいたぶりつづけた。彼の頭をつかもうとしたが、両の手首を大きな手ひとつでとらえられ、枕の上に押さえつけられた。ざらついた舌が乳首の周りをなぞり、ソフィーがまた悲鳴をあげると、反対側の乳房にも同じ甘美な苦しみが与えられた。

コールに急ぐ気配はなく、ソフィーはこの独特の拷問を受け入れるしかなかった。唇が胸を離れて脇腹に移ったとき、抗議の声をあげようとしたが、彼を思いとどまらせるなど不可能に思えた。また体を貫いて満たしてほしくて、ソフィーは体を擦りつけた。彼が欲しくてたまらなかった。なにを予期したらいいか、期待したらいいか、わかってしまったいま、その願いはいっそう強くなっていた。

左の太腿の付け根に唇を感じて体がこわばり、息が止まった。指が脚のあいだに滑りおりて秘密の場所を覆う。「さっきおれが言ったことを覚えてるか？」

人さし指がいちばん敏感な部分を探り当て、やさしく前後に擦った。ソフィーは答えるだけの空気を吸いこめなかった。

「忘れたか？」軽くつまみ、引っぱって擦られると、食いしばった歯のあいだからこらえきれない長い喘ぎ声が漏れた。

「そうだ。覚えてるだろう？　ここと、ここと……」言いながらもう一度耳と乳首にキスをした。「ここだ」次の瞬間、唇が指に取って代わり、脚のあいだを襲った。信じられなかった。反応も小さな悲鳴も抑えられなかった。自由になった両手で彼の髪をつかみ、そこにいてと無言で懇願すると、彼がもっと近くににじり寄り、彼女を味わって舐め、甘嚙みした。やさしく吸いながら指を一本、さらにもう一本、なかに押しこんだ。ゆっくり奥深くまで挿し入れて、募る彼女の快感を高めていった。

激しい絶頂に襲われ、ソフィーは叫び声をあげた。意識のどこかで彼が満足そうな声を漏らし、自身の体をマットレスに押しつけるのがわかった。ベッドから跳ねあがったお尻を彼がつかまえ、落ちつくまで抱いていてくれた。オーガズムの波はいつまでも続くかに思え、コールも一向に攻撃を緩めようとしないので、ついにソフィーは彼の肩を殴り、身をわななかせながら慈悲を請《こ》うた。

数秒後、コールが体で覆いかぶさってソフィーの顔を両手で包んだ。指がまだうるおっていた。「おれを見ろ、ソフィー」

多大な努力を振りしぼり、どうにか目を開けた。頭がぼうっとしてなにを言われたのかよくわからなかったものの、注意を求められたのはかろうじてわかった。コールの表情は真剣で顔は紅潮し、鼻孔は広がって肩で息をしていた。そのときペニスがねじこまれたので、ソフィーの体はまた反応し、マットレスにかかとをうずめてできるだけ彼に近づこうとした。ついさっきあんなに満たされて疲れ果てたのが嘘のように、またたくまに絶頂の波が、うねる熱と絶妙の感覚を連れて舞い戻ってきた。激しく貫く彼の体にしがみつき、一心に見つめる視線に応える。これは肉体を超えた結びつき、体だけでなく心をもつなぐ行為だった。

コールがかすれた声でうなり、悪態をついた。彼の絶頂を感じた。あまりの激しさに足を踏ん張るのがわかった。そして何度も名前を呼ぶのが聞こえた。「ソフィー、ソフィー……」自分を抑えられないかのように。

コールがまたどさりと突っ伏したものの、今度は彼女のとなりに身を横たえたので、ソフィーは彼の体重を免《まぬか》れた。重たい腿の片方だけが太腿に載せられていた。彼の体は汗で湿り、熱を放っていた。しばらくのあいだ、どちらも話さなかった。鼓動が鎮まり、体のほてりが引くのを待った。

なんとも言いがたい漠とした不安が、ソフィーの意識の底で渦巻いたものの、疲れすぎていて、正体を突き止める気力はなかった。無視しようとしてもそれは居座り、意識の底をつついて、鈍い歯痛のごとく彼女を悩ませた。

コールの腕にしっかりと抱かれて温もりに浸っていると、彼がささやいた。「おやすみ」指先が鼻に、頬骨に触れる。「くたくたな顔だ。眠るといい。出かける時間になったら起こすから」

彼の香りと、のんびり撫でる手に安心して、ソフィーはため息をついた。怖くない、安全だという気がした。コールがキルトを引き寄せて、すっぽりと包んでくれた。と思う間もなく眠りにいざなわれた。長く落ちつかなかった夜のつけが急に回ってきた。

コールの手が後頭部を覆い、そっと撫でただけでじゅうぶんだった。最後に覚えているのは、おでこに残されたやさしいキス。それきりソフィーは眠りに落ちた。

5

ソフィーが最初に感じたのは、温もりと安らぎと、これまで体験したことのない居心地のよさだった。知らないベッドで目覚めたのははじめてで、一瞬、自分がどこにいるのかわからなかった。ため息をつき、心安らぐ深い眠りから這いだした。コールのにおいと温もりが彼女を取り囲み、感覚を刺激する。完全に目が覚めていなくても、ほぼすべてが完ぺきに思えた――ひとつの小さな問題をのぞいて。ソフィーは顔をしかめ、きちんと目覚めることに集中した。

目を開けた瞬間、なにが問題かに気づいた。

どうしよう、コールに本当の名前を呼ばれた。

恐ろしさのあまり、身動きはおろか、呼吸さえろくにできなかった。コールはとなりにゆったりと横たわっている。落ちついた息がこめかみに触れ、うぶ毛をくすぐった。重たい腿の片方をソフィーの両脚にかけて、片腕はのんびりとお腹に載せ、もう片腕で彼女に腕枕をしていた。ふたりの体温が互いの肌をくっつける役割を果たしたらしく、ソフィーが動けば彼が目覚めるのはまちがいない。

そうなれば、質問攻めが始まる。

こみあげてきた恐怖に、ソフィーは目を閉じた。彼は知っている！　最後に愛し合ったとき、コールは彼女をソフィーと呼んだ。一度だけでなく何度も。彼女がシェリーではないと知りながら、それでも愛を交わした。頭がこんがらがって、どういうことなのかわけがわからなかった。ソフィーは裸で、七カ月間も夢に見てきた男性とベッドにいる。いつのまにか恋に落ちてしまった男性と。いろいろな方法で愛し合った。体の敏感な部分が疼き、ソフィーにとってこれがどんなに新鮮か、彼がどんなに彼女の体を知っているかを思い出させた。

慎重に、幽霊のような動きで、首を回して彼を見た。

濃いまつげが頬骨に長い影を落とし、引き締まったあごと鼻の下を無精ひげが覆っている。どれくらい眠っていたのだろう？　つややかな黒髪がひたいにかかっているのを見て、ソフィーは自分がこの男性にどれほど心を動かされるかを思い知り、あらためて驚いた。

ああ、彼を愛している。

胸の内でふくらんだ痛みに、思わず目を閉じた。コールは彼女の正体を知っている。ソフィーはそれに対処しなくてはならない。だけど時間が必要だった。こんなに近くにいて肌で温もりを感じていては、とてもではないけれど頭を整理できそうにない。

そのときコールがあくびをして伸びをした。ソフィーは凍りつき、彼が目覚めませんように必死で祈った。コールが片腕を頭上に投げだし、仰向けに転がった。

安堵で胃が震え、軽いめまいを覚えた。動く勇気が出ないまましばらくじっと待ったが、コールは目覚めなかった。彼もくたくたなのだ。バーの仕事で夜遅くなるから、朝はいつもゆっくりなのだろう。息を殺して慎重に、ベッドの端から片脚を滑りおろした。

コールがじっとしたままだったので、もう片脚も動かした。幸い彼のベッドはしっかりしていて、動いてもたわんだり揺れたりしなかった。たっぷり三分かかったが、とうとうベッドの端に立って彼を見おろした。コールが寝言をつぶやき、むきだしの胸を掻《か》いてから重いため息をついた。

いったいわたしはなにをしてしまったの？

乱れた思考のなかで唯一はっきりしているのが、逃げだすことだった。時間が必要だ。彼と彼の魅力から離れる時間が。考えなくてはならない。つま先立って服を拾い集めると、そっと廊下に出た。そこで手早く服を着て、コートを引っつかんだ。鏡はのぞかなかった。よれよれなのは見なくてもわかる。放蕩《ほうとう》の一夜を過ごしたのだからみっともない姿をしているにちがいないが、いまはそれに関してどうすることもできないので、くよくよ考えたくなかった。

玄関の鍵を外してドアを開けたとき、静かなカチリという音が響いて、心臓が胸から飛びだしそうになった。が、物音は聞こえてこなかったので、コールは気づかなかったのだろう。

いまもバーの前に停めてある車まで一目散に、数ブロックを駆け戻った。身を切るような冷気のなかを、頬を伝う涙など気にも留めずに。幸い通りには人っ子ひとりいなかった。よろよろと車に近づいて二度鍵を落とし、ようやくドアのロックを外すぶざまな姿は、だれにも見られずにすんだ。

脇目もふらずに運転した。一刻も早く家に帰り、なじみ深いものに囲まれる安心感を手に入れたかった。ひとりになって、頭のなかを整理しなくては。駐車場に車を入れてもなお車内は寒く、ソフィーはがたがたと震えていた。もうすぐ六時半だった。

今日は出勤などできそうにない。こんなふうに逃げだしたことでコールが責任を感じ、ブティックに現れるかもしれないし、現れなかったらと思うともっと怖い。恥ずかしくてたまらなかった。常識的な時間まで待ってアリソンに電話をかけ、今日は一日、任せてもいいだろうかと尋ねた。アシスタントに時間外手当を払うことになるけれど、かまわなかった。

アリソンが快く引き受けてくれたので、ソフィーは服を脱いでシャワーを浴びたが、熱いお湯も体の奥の凍てつくような寒さを振り払ってはくれなかった。それからベッドにもぐった。なにをするべきか、どう説明するか、これほど卑怯《ひきょう》な策略にどんな言い訳ができるのか、考えなくてはならなかった。

だけど手始めに、泣きじゃくった。

「いったいなにがあった？　店を開けてからずっと、いまにも人を殺しそうな顔つきだぞ。

客はみんな兄貴を避けてる」

コールは返事もせずにチェイスから離れると、オフィスへ向かった。悲嘆に暮れ、ひどくうつろな気分で、どう対処したらいいかわからずにいた。

とはいえチェイスがそれで話を終わりにさせてくれるわけもなく、コールを追ってオフィスまでやって来た。力任せにドアを開け、あからさまなサインを無視してずかずかと入ってくる。椅子を引きだし、腰かけた。「コール、観念してなにがあったかを話せ」

目がひりひりし、胃がよじれた。カッとなってチェイスのほうを向き、言い放った。「詳しく聞かせろって？　いいとも。彼女に逃げられた」

「ソフィーに？」

コールは両手を宙に放った。「ほかにだれがいるっていうんだ。ソフィーに決まってるだろう」

用心深くチェイスが尋ねた。「ちゃんと追いかけてつかまえて、どう思っているかを話したんだろうな？」

憎らしげに弟をにらみながら、コールは言った。「ソフィーはおれが眠っているあいだに、こっそり逃げだしたんだ」

「ああ」

「今朝、目が覚めてから急いでブティックに行ってみたが、アシスタントに病欠だと聞かされた。おれは彼女の家の電話番号はもちろん、住所さえ知らない」コールは苦々しく笑った。「七カ月も経っているのに――ゆうべみたいな夜を過ごしたのに――住所さえ知らないんだ」

「そのアシスタントに聞けよ」

コールはうなり、それから女性の声色《こわいろ》で言った。「個人情報を与えることは規則に反します。ですがお尋ねになったことをソフィーに知らせますので、ご安心を」

チェイスが顔をしかめた。「ソフィーの電話番号を教えてくれなかったのか？」

「ああ。なにを言ってもむだだった」

「だからあきらめた？　おい、どうしたんだ。いまあきらめたら、完ぺきにおしまいだぞ」

「あきらめてなんかいない！　ただ、いまこの瞬間、どうしたらいいのかわからないだけだ。じっと待つのはまちがっている気がする。ソフィーがなにを考えているかまるでわからない」

「わかった。おれに任せろ」コールの疑り深い顔を見て、チェイスがつけ足した。「ブティックへ行って、そのアシスタントと話してくる。ソフィーの番号を聞きだしてやるよ」

「いったいどうやって聞きだすつもりだ？」

「気にするな。それよりソフィーに電話をかけたらなんと言うか、考えておけ。もしこれをしくじったら、兄貴には本当に失望する」

ちょうどオフィスのそばを通りかかったマックとゼーンが、チェイスの言葉を聞きつけた。「コールに失望って、なんでまた？」

チェイスがオフィスを出てコートをつかみ、廊下を歩きだした。三人の兄弟は、彼がハーメルンの笛吹き男であるかのように、あとに続いた。

「兄貴たち、なにを話してたの？　チェイスはどこへ向かってる？」

全員がバーカウンターの後ろまで来ると、コールは弟のマックのほうを向いた。「やみくもな任務に旅立とうとしているが、本人はまだ向こう見ずだと気づいていない。だがアリソンに会えば気づくだろう」

ゼーンが歩み寄り、困惑した顔で尋ねた。「アリソン？」

「ソフィーのアシスタントだ」

「ああ。思い出した」

コールとチェイスは向きを変え、まじまじと弟を見つめた。質問しようと口を開きかけたものの、考えなおした。ゼーンの女性関係にはしばしばぎょっとさせられる。マックが忍び笑いをした。

チェイスがコートをはおって手袋をはめたとき、ゼーンが言った。「ソフィーとけんかでもしたのか？」

「おまえには関係ない、ゼーン」

ゼーンが肩をすくめた。「そうか。いや、ちょっと不思議に思っただけさ。彼女に給仕しない理由でもあるのかなと。代わりに飲み物を運んでほしいなら、おやすいご用だからそう言ってくれ。だが女性を無視するのはおれの性《しょう》に合わない」

コールはさっと顔をあげ、見慣れすぎるほど見慣れたブース席に目を向けた。ソフィーがいた。両手をきちんとテーブルの上で組み、慎重な落ちついた面持ちで。それでも顔は青ざめ、目は真っ赤だった。コールの心臓はよじれ、のどにつかえた。

チェイスが尋ねる。「いつからあそこにいる?」

「十分ほど前かな。いつもはすぐにコールが相手をするから、どうしたんだろうと……」

ゼーンの言葉は途切れた。コールがカウンターを回るのではなく飛び越えたのだ。数人の客が飲み物を倒されまいと慌てて自分のグラスをつかみ、バーのオーナーに道を空けた。コールの足取りはゆったりと力強く、視線はソフィーのテーブルだけに向けられていた。一歩ごとに耳のなかで脈が高まっていき、ほかの音をかき消す。テーブルの前まで来ると、ソフィーが顔をあげた。目が腫れている。ああ、泣いていたのか? コールは彼女の顔を探った。言葉や説明が頭のなかで入り乱れるあまり、筋の通った思考はひとつも声にならなかった。だからただ身をかがめ、キスをした。激しく。わが物顔で。片手を彼女の前のテーブルに突き、もう片方の手を彼女の後ろの背もたれにかけて、閉じこめた。逃げられないようにした。

が、ソフィーは逃げようとしなかった。小さな両手が上に伸びて彼のシャツをつかみ、そばに引き寄せた。

耳のなかでとどろきが響き、すぐに背後のバーから聞こえるのだと悟った。ソフィーの唇から唇を離して振り返ると、何人もの男性が笑って拍手喝采《かっさい》していた——もちろん、悪いことが大好きないまいましい弟たちに率《ひき》いられて。

コールはにやりと笑い、ソフィーのほうに向きなおった。彼女がなにか言いかけたのを、唇に指を当てて押し止めた。「愛してる、ソフィー」

ソフィーの目が丸くなる。

コールはさらに身をかがめ、ざらついた声でささやいた。「きみと夜を過ごすために七カ月待ったが、その価値はあった。だがこれ以上は待てない。愛している。きみが欲しい。いまもこれからも、きみがなんと名乗ろうと、どんな服を着ようと関係ない。きみはおれのものだ。むだな抵抗はよせ」

言葉を止めて待ったものの、ソフィーの大きなくすぶる瞳はけっして彼の視線から逃れなかった。身動きもせず、首筋で脈だけが打っていた。コールは慎重に手を掲げた。「それで？」

ソフィーがごくりと唾を飲んだ。「いいわ」

コールの顔から少しずつ雲が晴れていき、唇の端があがった。「きみもおれが欲しいのか？」

「はじめて会ったときからずっと」

もう一度キスをしてから尋ねた。「今朝はどうして逃げだした？　目が覚めてきみがいないとわかったときは、頭がどうにかなってしまうかと思った」

「ごめんなさい。自分がばかだと気づいて――」

「くそっ、ソフィー――」

今度はソフィーが彼を黙らせる番だった。大きな口を手で覆うと、観客が愉快そうに笑った。会話の内容はだれにも聞こえていなかったが、ソフィーの行動で察しがついたのだ。コールは手のひらの後ろでにんまりした。

「勇気を出して気持ちを打ち明ける代わりに、別のだれかになりすますなんて、自分はなんてばかだったんだろうと遅ればせながらに気づいたの。だから臆病でいるのはやめにしたわ。モード叔母さんがいつも言ってた、大人は自分の行動に責任を持って、その結果を受け入れなくてはいけないって。それと、欲しいものがあるなら、怖れず追い求めなくてはいけないって」

手のひら越しにくぐもった声で尋ねた。「おれが欲しい？」

ソフィーが目に涙を浮かべてうなずいた。「あなたを愛しているの」

華奢な手首をそっとつかんで、手をおろさせた。「モード叔母さんに会いたかったよ。いい友達になれた気がする。叔母さんのことをいろいろ聞かせてくれるか？」

ソフィーがうなずき、それから先を続けた。「いろいろなことを考えるうちに、あなたもわたしに好意を持ってくれているんじゃないかと気づいたの。ことあるごとに、女性との関係を望んでるってほのめかしていたから。最初はシェリーのことを言ってるんだと思った。嫉妬したわ」

コールの顔に愛情深い表情が浮かんだ。「ばかだな」

「だけど最後に思い出したの。あなたはシェリーとわたしが同一人物だと知っていたって」

「最初はわからなくて、ひどく混乱させられた。シェリーを欲しいと思ったのは、きみに似ていて、きみに抱かせられるのと同じ気持ちにさせられたからだ。わけがわからなかった。なにしろきみはおれを欲望の渦にたたきこみ、胸の内をやさしさで満たす唯一の女性だから」それからうなるように続けた。「それに、ココアの入ったマグカップを持たせたら天下一だ」彼女の手を引いて席から立たせ、抱きしめてくるりとターンをすると、にぎやかな歓声があがった。「結婚してくれるか、ソフィー？」

ソフィーがひどくとりすました顔で答えた。「申しこんでくれるよう祈っていたわ」

そのときチェイスがココアの入ったマグカップをふたつ、テーブルに置いた。兄にウインクをして言った。「ほら、休憩してこいよ」


バレンタインのコンテストはつつがなく終わった。ソフィーはコールの弟たちから全員一致で優勝者に選ばれた――三人とも、兄の代わりにお膳立《ぜんだ》てされたデートのエスコート役を務める気など、さらさらなかった。地元紙はソフィーとコールがコンテストの期間中に恋に落ちたと伝えてバレンタインにうってつけの雰囲気を醸《かも》しだし、バーには多大な宣伝効果がもたらされた。ちょっぴりではあるが、地元のテレビ局でも報じられ、幸運な優勝者のソフィーもブティックを大々的に宣伝してもらえた。新たな客の流れを邪魔する記者たちを、アリソンが日々、必死に追い払っており、彼女はその件で大いに愚痴をこぼしているものの、実際はそれほどいやがっていないようにコールには思えた。

コールは記者たちに、自分はじきに既婚者になるから、来年は弟たちのだれかが優勝者のデートのお相手になるだろうと発表した。これを聞いて女性客たちはみだらなコメントを寄せ、弟たちは苦悩のうめき声を漏らした。三人とも、想像しただけで怯《おび》えたふりをしているが、実際に女性の注目を浴びたら得意になるに決まっている。

ソフィーはコールのとなりにいた。優雅で穏やかで美しい。この世でいちばん幸せな男だと感じた。終わってみれば、コンテストはふたりにとって完ぺきな思いつきだった。どちらも秘めた思惑を隠し持っていたけれど。

コールは顔をあげ、壁に飾られたコンテストの写真を見やった。コンテストの規定により、ソフィーはウィンストン兄弟の全員と一緒にカメラに収まった。彼女を取り囲む男たちの大きさのせいで、小柄な体がいっそう華奢に見える。ソフィーは笑っていた。兄弟はみんな気取った顔だった。

コールの家のナイトテーブルの引き出しには、別の写真が入っている。愛の行為の余韻で髪は乱れ、頬は赤く染まったままのソフィーを撮った一枚が。だがこれは秘密の写真。見ていいのはコールだけだ。永遠に。

弟たちが次々とインタビューを受ける様子を眺めながら、コールはふと思った。来年のコンテストは、ウィンストン兄弟の別のひとりにとって、完ぺきな思いつきになるかもしれない。幸運なひとりになるのはだれだろう。そのときソフィーに脇腹をそっと小突かれ、コールはたちまち彼女以外のすべてを忘れた。じき妻になる女性の腕を取り、ふたりきりになれるオフィスへと歩きだした――熱いココアの入った魔法瓶と、ホイップクリームの缶をたずさえて。

おせっかいなキューピッド
Tangled Dreams

1

今夜のバーはいつにも増して忙しい。にぎやかな会話と音楽と笑い声のせいで、最新のオーダーさえほとんど聞き取れない。それでも彼女の声はチェイスに届いた。彼女が考えることのすべてが。チェイスはその女性を見つめ、唇が動いていないのに気づいた。つまり実際には話していない。それでもたしかに聞こえた。

彼女はバーの反対側にいて、チェイスたち兄弟がくりぬいたカボチャで義理の姉がこしらえた、ハロウィンの飾りつけのそばにたたずんでいた。干し草の山とカボチャのちょうちんはお祭り気分を盛りあげており、アリソン・バロウズの深刻な顔にはそぐわない、愉快な背景を作りだしていた。アリソンと知り合ったのは半年以上前。兄が彼女の親友にしてボスである女性と結婚したときにまでさかのぼるが、小さな鼻の上に載っかったメタルフレームの丸眼鏡がどんなにキュートかも、彼女にはむやみやたらとそれを直す癖があることも、これまで気づいていなかった。

いま、気づいた。だがなぜ？

いちばん下の弟、マックが肩をぶつけてきた。「ねえ、チェイス、オーダーが山積みだよ。白昼夢に耽《ふけ》るのはやめて手伝ってくれないかな」

チェイスはぼんやりと弟を見た。「ちょっとこっちへ来てくれ」

マックの動きが止まった。「なに？」

「いいから。こっちだ。よし、そこで止まれ」チェイスは自分がいた場所に弟を立たせた。マックは大学の最終学年にあり、勉強熱心かつ頭の回転も速い。きっとなにかに気づくだろう。「いいか、あそこにいるアリソンを見ろ。あそこだ、スーツ姿の痩《や》せた男と赤毛の女の向こう。ハロウィンの飾りのそば」

「見たよ。それで？」

「彼女はなにを言っている？」

マックが疑わしげな顔でチェイスのほうに向きなおった。「なにを言ってるかって？　おれが知るわけないでしょう。兄貴の声だってよく聞こえないんだよ、五センチと離れてないのに」

うまく説明できないのでもどかしくなり、チェイスは言った。「とにかく彼女をよく見て、耳をすましてみろ」

不満そうな声を漏らしながら、マックがふたたびアリソンのほうを向いた。弟の視線が少し温まり、アリソンの頭からつま先までを舐《な》めまわすのを見て、チェイスはなぜか苛立《いらだ》った。自分がアリソンを意識しはじめたいま、マックにも同じことをしてほしくなかった。アリソンのことは、前からかわいいと思っていた。ただし、それなりに。どこにでもいそうな女の子として。それが突然、目をみはるほどセクシーに思えてきた。アリソンは二十五歳で、どちらかというと背は低く、ダークブルーの瞳にブロンドの髪をしている。特別なところはなにもない。まちがってもチェイスの男としての本能に訴えかけるタイプではない。ところが今夜は彼女から意識を逸《そ》らせずにいた。これまで人の心が読めたことなど一度もないのに、突如《とつじょ》として彼女の心の声がすべて聞こえるようになったのだ。聞こえるのはアリソンのだけで、ほかの人のは聞こえない。ふたりのあいだになにかが起きているらしいが、まったく筋が通らない。

「それで？」チェイスは弟を急《せ》かした。

「いつもとちょっとちがって見えるね」

「服のせいだ」チェイスは説明した。それにはもう気づいていた。今夜の彼女がなぜそんなにちがって見えるのか――セクシーに見えるのか――わかるまでに数分かかった。「昔っぽい、ビンテージのドレスを着ているだろう？」

正直に言うと、フィルムノワールから抜けだしてきたように見えた。ドレスは深いパープルグレーで、その色が彼女の瞳を引き立てているのが遠目にもわかる。それとも今夜は彼女の瞳がいつもより輝いているだけか？

ドレスの胸元にさりげなくちりばめられた黒いビーズがバーの照明を受けてきらめき、立派とはいえないバストにチェイスの視線をくり返し引き寄せた。少なくとも、これまで立派だと思ったことはない。だがいまは……。いまは裸の彼女ばかり思い描いて、気が変になりそうだった。

ドレスのウエストは細くくびれ、ほどよく締まった体つきを際立たせる。彼女が向きを変えると、シームストッキングを穿《は》いているのが見て取れたばかりか、腹立たしい例のドレスには腰の後ろを張りださせるパッドかなにかが使ってあることや、形のいいお尻をうまい具合に包むやわらかい素材でできていることが、手に取るようにわかった。あのお尻に腰をあてがったら、ぴったり重なるにちがいない。そうとも、彼女を後ろから奪ったら……

「なんていうか……似合ってるし、色っぽいんじゃないの？」

「マック」弟の言葉でエロティックな妄想から引きずりだされたチェイスは、警告のように名を呼び、マックだけでなく彼自身をも驚かせた。いまの声には独占欲がにじみだしており、チェイスはそれが気にくわなかった。が、たとえ兄弟だろうと、別の男がアリソンを色っぽいと思うのも気にくわなかった。そんな自分を目新しく感じた。「耳をすませ」

「なにに？　見たところ、彼女はなにも言ってないみたいだよ。ひとりであそこにたたずんでるだけだ。かわいいよね。というか、ちょっとぼうっとしてるように見える」

チェイスは顔を擦《こす》った。「つまり、なにも聞こえないんだな？」

怪訝《けげん》な顔でマックが尋ねた。「なにが聞こえることになってるわけ？」

くそっ。あれほどはっきり聞き取った心の声を反復するなど冗談じゃない。あれはじつに……親密だった。どぎつくて、みだらな思考。彼についての。うめき声が漏れそうだった。

「なんでもない。おれの言ったことは忘れてくれ」

マックが眉をひそめた。「ねえ、大丈夫？」

「ああ、大丈夫だ。機嫌を損ねた客たちに襲撃される前に、仕事に戻ろう。あっちの端を受け持ってくれ、こっちは引き受ける」

マックは最後にもう一度、怪訝な顔で兄を見てから、離れていった。兄弟で経営するこのバーは、今夜はとくに賑《にぎ》わっている。町の住民にとって、人気の酒場から行きつけの店へと昇格したのだ。ここでは客は酒を飲むだけでなく、ジュークボックスの曲にあわせて踊ったり、ビリヤードやピンボールに興《きょう》じたりする。長男にして新婚ほやほやのコールは、となりの空きビルに店を拡張しようかと検討中だ。このあいだチェイスは相談を受けて、全面的に賛成した。そうなれば補充人員を確保できると見こんでのことだ。バーは現状でも何人かを雇えるほど繁盛しているし、ゼーンのコンピューターショップが軌道に乗ってきたのと、マックがいずれ大学を卒業するのを考えると、近い将来、あのふたりがここで働く時間が減るのはまちがいない。

コールがこの店を買ったのは、両親亡きあと、家族を支えるためだった。兄は懸命に働いて収支を合わせ、三人の弟のめんどうを見てきた。いまや次男のチェイスは二十七歳だがそれでもコールより九歳若く、ゼーンは二十四、マックは二十三になったばかりだ。チェイスはできるだけ兄の力になろうとしてきたし、コールとは仲のいい兄弟というだけでなく親友同士でもあったが、ふたりともバーがこれほど人気を集めるとは思っていなかった。おかげでみんな幸先《さいさき》のいい人生のスタートが切れたうえ、弟たちには格好のアルバイト先を提供できてきたわけだが、店はすでにじゅうぶん目的を果たしたし、そろそろこれからを考えるときがきている。

店の常連客は女性が多い。というのも兄のコールが結婚するまでは、兄弟全員が独身――地元紙によると、ケンタッキー州トマスヴィルでもっとも人気のある独身男たち――だったからだ。何人もの女性がコールの現状を嘆《なげ》き、その結果、一同の関心は残りの兄弟に集まった。チェイスはにやりとした。彼自身は世捨て人のようなものだし、そのうえ極端に偏《かたよ》った性的嗜好《しこう》をもっているので、注目を浴びることにはあまり興味がないものの、ゼーンとマックは女性たちからちやほやされるのを大いに楽しんでいる。

六時から八時までの混雑タイムがようやく収まりかけたとき、またしてもアリソンの心の声がはっきりと耳に届いた。それまでは聞こえてくる声の端々をかわしつづけ、努《つと》めて無視してきたが、これは無理だった。片手にトレイをつかみ、肩にふきんをかけたまま、流しに向かう途中でだれかに凍りつかされたかのごとく、ぴたりと足を止めた。

――あのすてきな肩。なんてセクシーなの。きっとたくましくて触り心地はなめらかなんだろうな。それに熱いのよ。女性を貫くときには筋肉が盛りあがるにちがいないわ……

言葉に映像が加わった。アリソンと愛し合う彼の図が。それはみだらで官能的で、裸の彼女をありありと描きだしてくれた。彼の下に組み敷かれ、突きあげられるたびに体をこわばらせる姿を。丸い乳房はほてり、淡いピンク色の乳首はツンと硬くなる。目は閉じて、ブロンドの髪は枕に扇形に広がり、両手は必死で彼の肩につかまって……

手からトレイが滑り落ちそうになり、危ういところでキャッチした。首を振り、いまの映像を頭から振り払おうとする。暴れる欲望と燃えあがった欲求の波に、すっかり圧倒されていた。向きを変えて彼女を見た。

こちらを見ていたアリソンは、チェイスがじっとにらみつけると、赤くなってうつむいた。チェイスは夢遊病者のようにトレイをバーに放りだし、彼女のほうへと歩きだした。

アリソンが顔をあげた。警戒心に目を丸くしている。急いでさがろうとしたものの、干し草とカボチャの山に邪魔をされて、逃げだすことはできなかった。そのほうがよかった。もしアリソンが逃げだしていたら、この世の果てまでも追っていただろうから。いまは彼女をつかまえることしか頭になかった。

彼女を視界にとらえたまま、ゆっくりと大股で歩み寄った。フロアの中央でぶらついたり踊ったりしている客をかわし、テーブルをよけて挨拶《あいさつ》を無視する。これを解決しなくては。からかわれるのは好きではないし、どうやっているのかはわからないが、なんらかの形でアリソンに責任があるのはわかっている。

彼女の目の前で立ち止まると、アリソンが彼を見あげた。心臓を飛びださせまいとするかのように、片手のひらを胸に押し当てて。チェイスは問いただそうとしたが、そのとき彼女の唇に視線を吸い寄せられた。やわらかくピンク色で、わずかに開いている。それに気づいたとたん、キスしたくてたまらなくなり、まともに考えられなくなった。彼女の味を舌に感じる気がした。熱く濡れて、女らしく甘い。両手が震えた――いや、全身が震えた。

体のなかを駆けめぐる本能的な欲求は、さかりのついた雌のにおいを嗅ぎとった野生の雄のそれで、自制心を総動員しなくては抑えられそうになかった。こんなふうに感じたことは一度もない。めったにお目にかかれない、彼の嗜好に応えてくれる女性を前にしたときでさえ感じなかった。チェイスの好みはやかましく、通常よりややきわどい女性を好む。理性が吹き飛ぶような快楽を得るには欠かせない要素なのだ。単に女性を目にしただけで、欲望に圧倒されたりする男ではない。

怒りがこみあげて体が震えた。彼女を意識したくなどなかった。この女性からこんな影響を受けたことはないのに、どうしていま？　どうやっておれに影響を及ぼしている？　アリソンを上からにらみつけ、そそる口元が目に飛びこんできたとたん、全身の筋肉がこわばった。静かに悪態をついた。

――どうしよう。もしかしたらゼーンを選ぶべきだったのかも。彼なら少なくともいやがらなかっただろうし、ずっと簡単だったはず。それに、どうなってるのか問いただしたりしなかった……

「いいかげんにしろ！」チェイスは彼女の肩をつかみ、軽く揺すぶった。食いしばった歯のあいだからうなるように言う。「そのとおりだ。ゼーンなら迷いもしなかっただろう。とっくにきみを肩にかついで裏のオフィスに入っている。だがおれはゼーンじゃないし、これを始めたのはおれじゃない。きみだ」

アリソンが血の気の引いた顔で愕然《がくぜん》と彼を見つめた。いつもの嫉妬《しっと》のせいで少々手荒なまねをしてしまった。いつものように社交的な分別はどこへ行った？　これまで私生活は秘密にしてきた。僧侶《そうりょ》というわけではないが、弟のゼーンのように社交的な女好き女好きでは断じてない。華奢《きゃしゃ》な肩をつかんだ手に力をこめ、身を乗りだして言った。「ゼーンのことはいますぐ頭から追いだしたほうが身のためだ」

アリソンが彼を見あげたまま、目をしばたたいた。首筋で脈が駆けているのがわかる。

「な……なんの話？」

ふたりの距離があまりに近いので、彼女の眼鏡が少し曇り、かわいらしい鼻梁《びりょう》を滑りおりた。チェイスにはダークブルーの瞳に浮かぶ小さな金色の斑点《はんてん》まで見えた。まるで熱の小爆発のようだ。なにを言うべきか、しばし考えてから、ほんの少し落ちついた声で言った。

「よくも弟のことを考えられたものだ」

アリソンが息を呑み、彼の胸に両手のひらを押し当てた。その感触にチェイスは燃えあがり、欲望はいっそう激化した。うなりたかった。大人になってからこんなことが起きたのは——急に欲望が暴れまわり、手に負えなくなったのは——はじめてだ。四人の兄弟のなかでもっとも物静かで外面にこだわるのがチェイスなのだ。そして自制心は——とりわけ相手が女性のときは——絶対に譲れないものだった。

アリソンがそわそわと周囲を見まわし、早口にささやいた。「チェイス、いったいどうしにじんでいた。

たの?」彼女の顔は赤く、目は大きく見開かれ、表情には気まずさと警戒心と大きな不安が

チェイスも周囲を見まわした。何人かがこちらを見ていた。もちろん兄弟たちも。あの三人にはレーダーがついているにちがいない。いったいどうしてチェイスが醜態をさらすと知っていたのだろう。とはいえチェイスが女性がらみで醜態をさらすなどめったにないことだから、見て見ぬふりをしないのはもちろん、この先ずっと忘れさせてくれないだろう。

どうにか怒りの形相ではなく穏やかな表情をつくろい、アリソンに向きなおった。「話がしたい。ふたりきりで」言葉を歯のあいだから絞りだし、むりやり口元に笑みのようなものを浮かべた。

アリソンは唇を噛《か》んでまだ用心深い目をしていたものの、やがてうなずいた。だが態度は〝喜んで〟とはほど遠く、とてつもなく緊張して見えた。チェイスは彼女の緊張を実際に感じるような気がした。緊張だけでなく、ほかのすべても。

アリソンの気が変わったときに備えて腕をつかみ、バーを通りすぎて裏のオフィスへと向かった。バーの後ろにいたマックが驚いた顔で首を振った。通り道にいたコールは心配そうに眉をひそめ、女性たちに取り囲まれていたゼーンはばかみたいににやにやした。チェイスは弟ふたりを無視してコールの前で足を止めた。「ちょっとふたりだけにしてほしい」

兄がアリソンとチェイスを見比べ、目を狭めた。

説明しようもなかったので、簡潔にきっぱりと言った。「なるべく早く戻ってくる」うむ

を言わさぬ口調だった。

コールは一瞬ためらったが、結局はうなずいた。「ゆっくりしてきていいぞ。いまのところ、そう忙しくない」

「恩に着るよ」チェイスが向きを変えると、アリソンがとなりでよろめいた。彼女をむりやり引きずっているように見えるだろうと気づいたものの、それはアリソンがほんの少し抵抗しているからだ。チェイスは彼女を上からにらみつけた。「騒ぎを起こすな」

「わたしが？」いまやバーのメインルームから見えない場所まで来ており、チェイスがオフィスのドアを開けると、彼女はまた抵抗した。「乱暴なまねをしてるのはあなたでしょ。いったいどうしたっていうの？」

チェイスは鼻を鳴らした。「しらを切るつもりか？」ひと晩中彼女のことを考えて、個人的で秘密めいた性的な想像で焦《じ》らしていたくせに。なぜわかるのかわからないが、とにかくわかったのだ。確信があまりに強いので、一瞬たりとも疑わなかった。やさしく彼女をオフィスのなかへ入らせると、ドアを閉じた。

鍵が静かにカチリとかかった。

デスクの上の小さなランプだけが灯っていた。アリソンが数歩さがり、それから身がまえた。なにに対して？

「アリソン……」

――わたしにはできる。きっとできる。できるはず……

「できるって、なにが?」チェイスはまた平静を失ってどなり、彼女のほうに詰め寄った。

アリソンがぎょっとして後ろに飛びすさり、膝《ひざ》の裏をやや古びたやわらかいソファにぶつけた。バーでの夜が長くなり、仮眠を取らなくてはならないときのために、数年前、コールが運びこんだものだ。アリソンがバランスを失って、ふわりとソファに着地した。例のセクシーなドレスのやわらかいフレアスカートが周りに広がる。アリソンがはっとした様子で背中をソファの背もたれに押しつけた。それから急いで立ちあがろうとしたものの、チェイスが目の前にいるので、そうするには彼にぴったり密着するしかない。

表情から察するに、それはしたくないらしい。

アリソンがしばし彼を見つめ、それからささやいた。「なんの話だかさっぱりわからないわ」

チェイスは身をかがめ、片手を彼女の頭からすぐそばのソファの背もたれに載せ、もう片方の手で肘掛《ひじか》けをつかみ、彼女を閉じこめた。「おれが欲しいんだろう? ひと晩中おれのことを考えて、おれの気を散らして、おれの頭のなかに侵入してきたじゃないか。そしていまは自分にはっぱをかけている――」

アリソンが目を丸くし、そわそわと眼鏡を押しあげた。唇を動かしたものの、言葉は出てこない。しばらくして口ごもりながら言った。「どうしてわかったの?」

チェイスは眉をひそめ、首を傾けて彼女をしげしげと眺めた。なにより刺激的に映るのは古風なドレスだが、彼女が醸しだす女らしく官能的な雰囲気にもかぎりなく惹《ひ》かれた。どういうわけか興奮させられるものの、それがなぜかは自分でも理解できなかった。

「チェイス？」

純粋な驚きの声を聞き、彼女の体から波のように放出される衝撃を肌で感じて、ようやく悟った。思いめぐらす心の声をチェイスがずっと聞いていたとは、思いもよらないのだ。彼女が無言で話しかけていたのではなく、彼のほうがいきなり彼女の声を聞き取れるようになったということらしい。なぜ？

アリソンの頬に触れると、指にほてりを感じた。心の声を聞かれていたと知って、恥じ入っているのだろう。怒りの一部が消え、どうにかして彼女を励ましたくなったものの、なにが起きているのかたしかめるのが先決だった。

背筋を伸ばして言った。「そこにいろ」

アリソンが黙ったまますうなずいた。聞こえてくる心の声があまりに乱れているので、笑みが浮かびそうになった。かわいそうに。彼と同じくらい混乱している。アリソンが状況も彼のことも操作していないとわかったいま、チェイスにはこの新奇さをおもしろいと感じる余裕さえ生まれかけていた。

彼女の鼻のてっぺんに触れ、こめかみのそばの金色の巻き毛を撫でた。この女性に触れるのが好きだ。そう思うと同時に手を引っこめた。彼女に触れるのが好きでいたくなかった。

「解決するには少し時間がかかりそうだ。飲み物を取ってくるから、それから話そう。いいな？」

アリソンの胸がすばやく上下し、ビーズのついた胸元をきらめかせた。「いいわ」

「アリソン？」

しぶしぶといった感じで視線がこちらに戻ってきた。

「なにも問題はない」彼女の顔を探るうち、目の美しさに気づいた。ただのダークブルーではなく、さまざまなブルーの色調。複雑で独特。「つまり、きみがおれを欲しても」

アリソンのまつげがさがり、両手は膝の上でこぶしを握った。ささやくように言った。

「ああ、そんな」

ようやく優位に立てたと思ったチェイスは、笑みを浮かべてオフィスの外に出た。なにが起きているかはわからないが、ひとつだけはたしかだ。アリソンは彼を欲していることを否定しなかった。なにも否定しなかった。動揺してまごついて混乱するあまり、ただ彼を見あげるだけだった。彼に考えを読みとらせ、彼女の欲望をありありとわからせた。

そして彼の欲望に火をつけた。

全身が熱く燃え、息を吐きだせば湯気が出そうだった。筋肉はこわばり、腹がよじれる。彼だけのために用意された前戯に一時間も浸っていたような気分だったが、ある意味ではそのとおりだった。アリソンの心の声を聞き、ちょっとした妄想を見せられつづけていたのだから。どれも非常にリアルで、影響を受けずにはいられなかった。

なにもかもが現実を超えていた。もしだれかにこんなことが起こりうると説明されたとしても、きっと笑い飛ばしていただろう。読心術？　ばかばかしい。そんなものが存在するなどいままでこれっぽっちも信じていなかったが、いまなら信じられた。

それより不思議なのはアリソンだ。急に魅力的になって、急に彼を求めて。彼女にはいつも礼儀正しく接してきたが、どちらかというとよそよそしい間柄だった。彼の特異な欲求を満たしてはくれないことを、本能的に察知していたからだ。アリソンはたいていいつも穏やかで、人好きのする活発なところがあり、まちがってもセクシーという雰囲気ではない。小柄でかわいらしく、きわどいとか大胆という言葉は似合わない。どう見ても彼の性的嗜好を満たすような女性ではない。だからチェイスはいつも礼儀正しく接し、彼女も同じ礼儀を返してきた。

いま、穏やかな外見の下には熱い衝動が隠されているとわかった。彼の衝動に匹敵するとはいえないものの、それでもひどく興味を惹かれた。

急いでバーに戻り、コーラの瓶をふたつ手に取った。コールが話しかけようとしたが、あえて無視した。説明しようのないものを説明する手だてなどない。コールにはおかしくなったと思わせておけばいい。

マックとゼーンが顔を寄せてひそひそと話しはじめたが、チェイスはそれも無視した。目もくれなかった。

これだけ離れていても、アリソンがなにを考えているかがわかった。そばに戻って力づけたかった。彼女はいま、チェイスがどう思っているかと心配し、受け入れてもらえそうな説明を探して頭のなかを引っかきまわしている。この奇妙な状況を思えば、彼女の不安は理解できるばかりか愛《いと》おしくもあった。

どういうわけか、アリソンは急にチェイスを求めるようになり、チェイスはその求めを拒むべきだと思えなかった。とんでもない。彼女がなにを怖れているにせよ——そう、彼女はなにかを怖れている——彼がめんどうを見る。

コールがまた歩み寄ってきた。「チェイス……」

「大丈夫だ、コール。心配ない」

これっぽっちも納得していない顔で、コールが表情を探った。「だが……アリソン？」

チェイスはにやりとした。「ああ、わかってる。驚きだよな。もうすぐハロウィンだし、もしかしたらなにかの黒魔術でも働いているのかもしれない。あるいは、今夜は満月か」

コールは冗談に乗らなかった。「自分がなにをしているか、わかってるのか、チェイス？」

たしかに自分らしくないふるまいをしているから、兄の質問はもっともだと考え、チェイスは肩をすくめた。「解決しようとしているところだ。いまはそれしか言えない」

コールはまだ心配そうだったが、それでも譲ってこう言った。「アリソンはおれの妻の友人でアシスタントだということだけは忘れるな。おまえのせいで面目を失いたくない」

チェイスは笑った。コーラの瓶と紙ナプキンを手にオフィスへ戻る途中、天井からぶらさげられた、黒い紙で作った猫とオレンジ色の紙でこしらえたカボチャのちょうちんの下をくぐった。もしかしたら、急にアリソンの心が読めるようになったのも、これまで気づいていなかった魅力を発見したのも、本当にハロウィンと関係があるのかもしれない。

だとしたら、魔法が続くかぎりは楽しむつもりだ。
だがまずは、なんらかの答が欲しい。

2

チェイスが戻ってくるまでのあいだ、アリソンはオフィスのなかをうろうろと歩きまわった。ここに入ったのはこれがはじめてで、緊張よりも好奇心が勝り、周囲を見まわさずにはいられなかった。主にオフィスを使うのは、バーの経理を担当するコールだ。チェイスはバーテンダーの地位に甘んじている――とはいえ、並はずれたバーテンダーだけれど。口数は少なく、聞き役に徹することが多い。客の不満を最小限に留めるコツを心得ているから、用心棒は必要ない。店は活気にあふれて親しみやすく、男女を問わず気に入られ、既婚者からも受け入れられている。

オフィスは広々として、片側の壁を背に大きなデスクがあり、隣接する壁の前には豪華なソファが置かれている。椅子が数脚に、ファイルキャビネットが二台。さまざまな年代の兄弟四人を撮った写真が壁に飾られているのを見つけ、アリソンは胸を高鳴らせながら、チェイスの古い写真の前に近づいた。いまより若いけれど、それでも内に秘めた炎が見て取れる。ほかの人にはわからないらしい抑えたエネルギー。みんなは彼を四兄弟のなかでいちばん物静かとみなしている。アリソンは首を振った。いまと変わらずゴージャスな写真を見ていると、お腹がきゅっとよじれた。急にこれ以上は無理だと思えてきた。

「ねえローズ、やっぱりこれはまずい考えだったのよ。わたしが求めてると知って、彼は腹を立てたわ。どうしてジャックじゃいけなかったの？　あの人にはわたしの心の声が聞こえなかったし、チェイスみたいにわたしをときめかせはしないけど、喜んで受け入れてくれるのはわかっていたじゃない。彼はあなたの計画に気づいてもなかった。ずっと楽だったはず――」

ドアがばんと開き、驚いて振り返るとチェイスがいた。手には飲み物を、顔にはしかめ面をさげて。「最初は弟のゼーン、お次はジャックとかいう男か。いったい一日に何人の男を妄想すれば気がすむんだ？」

ああ、また怒らせてしまった――

「ああ、怒ってるさ！」

彼の怒りにつられたようにかんしゃくに火がついて、緊張の一部がかき消された。「もうやめて！　わたしの心を読まないで」

チェイスが彼女を見つめ、ゆっくりとしかめ面をやわらげていった。それでもまだ不機嫌そうな顔で、オフィスに入るとデスクにコーラの瓶を置いた。「おれにはどうしようもない。きみが頭のなかで叫んでいるようなものなんだ」

「でも、どうして？」アリソンはそわそわと両手を擦りあわせた。「わけがわからないわ」

「それはこっちのセリフだ。今夜、きみが店に現れて、気がついたらおれについて思いめぐらす心の声が聞こえていた」

　これ以上顔が熱くなったら、耳に火がつくだろう。勇気を奮い立たせ、最後までやり抜こうと決心して――彼の笑顔から察するに、この決意も聞こえているのだろう――思い切って打ち明けた。「これがはじめてじゃないの」

「おれについて考えるのは？」

　ごくりと唾を飲んでうなずく。「ええ」

　チェイスがセクシーに目を狭め、近づいてきた。低く熱い声で尋ねた。「みだらなことを？」

　興奮で胃が引っくり返りそうになった。「そうよ」

「知らなかった」

「でしょうね。あなたはわたしに気づいてもいなかったもの」痛烈な事実だった。彼にとって透明人間でしかないことに傷つき、ひとり寂しく家に帰った夜は数え切れない。

　チェイスが手を伸ばし、また頰に触れた。「悪かった」

　ばか。もう少し頭に浮かぶことを検閲しないと、絶対に最後までやり抜けない。

　チェイスがにやりとした。「おれのことは気にするな。きみの頭の中身を知るのはいやじゃない」

精一杯の怖い顔をして、アリソンは言った。「おあいにくさま、わたしはいやなの！」

チェイスがまた苛立った顔になった。「ゼーンやジャックとかいう男のことも考えるからか？」

「そんな！」すっかり面食らって、必死で首を振った。ほかに道はないと悟って、小さな声で認めた。「ゼーンもジャックも求めてないわ。欲しいのは……」

チェイスの目がやさしくなった。「おれだけ？」

「ええ。だけどそんなのはどうでもいいの。あなたがわたしを気にもかけていないのは、読心術が使えなくたってわかるもの。いきなりわたしの考えてることがあなたの頭に押し入ったのなら、ごめんなさい。だけどそれについてどうしたらいいのか、わたしにもわからない」

チェイスの顔にしかめ面が戻ってきた。ただし今回は怒っているというより混乱しているように見える。「おれを欲しているのに、それはどうでもいいだと？」

アリソンは彼に背を向けた。ああ、なんて説明したら――

チェイスにくるりと振り向かされて、胸に引き寄せられた。彼の両手にしっかりと腕をつかまれ、痛くはないけれど逃げることもできなかった。また揺すぶられると思って身がまえたものの、彼女がそう思った瞬間、チェイスが目を狭めてため息をついた。「くそっ、きみを傷つけるようなまねはしない」アリソンがすぐに答えないでいると、彼がつけ足した。

「約束する。信じてくれ」

深く頼もしい声に胸を高鳴らせ、アリソンは答えた。「いいわ」

「よし」熱いまなざしには大きな満足感が表れていたが、決意もにじんでいた。さらにほんの少し引き寄せられて、アリソンは思わず息を呑んだ。「さてと、物事を整理しようか。おれを相手に計画や策略を企てないでもらいたい。きみが正直でいてくれないと、ややこしくなる一方だ」

こんなにそばにいられては頭が鈍って、論理的な説明をするのは容易ではなかった。「わたし……あなたには正直になれない」

「なぜ？」

「だってあなたはわたしの言うことを信じないだろうし、わたしのことを頭がおかしいと思うだろうし、わたしとはいっさい関わり合いたがらないだろうし、だけどわたしはあなたに……」しゃべりすぎてしまったことにわれながら驚いて、アリソンは口をつぐんだ。

魅入られたように目を見つめていた彼の視線が口元へ、それから乳房へとさがった。腕をつかんでいた指が、なだめるようにさすりはじめる。やわらかく穏やかな口調で彼が言った。「そもそもこの状況すべてが常軌を逸してる。それがきみの言葉ひとつで悪化するとは思えない。それに白状すると、どうやらおれはきみとすごく関わり合いたがっているらしい。もしかしたら、どれほどきみに求められていたかを知って、男特有の反応を示しているだけかもしれないが、きみの心のつぶやきを聞きはじめたときからずっと、おれは勃起している。念のために言っておくと、おれが頭に描いたのはきみで、ほかのだれでもない」

アリソンはうめいた。彼の言葉は媚薬《びやく》のように血流を加速させ、つま先を丸まらせた。いくらローズでもこれほどの展開はもくろめなかっただろう。だけどなにもかもまちがっている。たとえいまはチェイスにしてほしいことを彼自身がやる気になっているとしても、その理由は――

チェイスが身をかがめ、唇をこめかみに押しつけた。「おれになにをしてほしいのか教えてくれ、ハニー。ハニー」

ハニー。彼にそう呼ばれたのは、これがはじめて。すごく気に入った。

「よかった」

うなだれると彼の胸におでこがぶつかり、アリソンはまたうめいた。今回は、言うことを聞かない自分の心にすっかり取り乱して。

チェイスがくっくと笑い、頭のてっぺんに鼻先を擦《す》りつけた。「すまない。きみの心の声と会話しないほうがいいか？」

アリソンは首を振った。この状況は奇妙すぎて、滑稽《こっけい》にさえ思える。とはいえあの家に越してきてから彼女に起きた出来事は、すべてが信じがたかった。「いいえ。ただ……うろたえちゃって」

彼の両手が背中を上下にさすり、アリソンは目を閉じてその温もりを味わった。チェイスがおでこにキスをして言った。「おれもだよ。きっといまごろ兄弟は全員ドアの外に集まって、あれこれ見当ちがいな憶測をめぐらしているだろう。それが真実からかけ離れているのはまちがいない」

アリソンははっとして身を引き、彼を見あげた。「みんなには言わないわよね？」チェイスに秘密を知られただけでもじゅうぶん悪いのに、これ以上、だれかに知られたくない。

大きな手のひらに頬を包まれた。そのやさしい仕草に、アリソンは息苦しくなった。「わからない。正直、なにが起きているのかさえ、まだよくわかっていない。だがそれできみの気持ちが落ちつくなら、いまのところはだれにも言わないと約束する」

アリソンは安堵《あんど》に目を閉じた。「ありがとう」

「きみの秘密って？」

ああ。それは打ち明けるつもりはなかったのに。だけどそう思ったが最後、言ったも同然とあきらめた。「お願いだから、少し時間をもらえない？」

「なんのために？」

「どうやってあなたに説明するか、どうやってこれに慣れるか、どう心の準備をするか、考えるために」

チェイスは同意したくなさそうだった。というより、まったく同意できない顔をしていたが、しばらくしてうなずいた。「その代わり、いくつか質問に答えてほしい」

「答えられる質問なら」

「ジャックというのはだれだ？」

望ましい話題ではないけれど、容易に答えられる。「何度かデートした男性よ。向こうは関係を進展させたがってるけど、わたしはその気になれなくて。お断りするつもり」

その説明を聞いて、チェイスは満足とはほど遠い表情を浮かべた。「なぜ？」

「彼は……正しい相手じゃなかったから」

「どういう意味で？」

ずっと触れられていては話すのも難しかった。大きな両手が肩や背中を撫でまわす。おまけに唇を見つめられて、ひどく照れくさかった。

それさえ彼に知られている。

チェイスが首を振った。彼の声は深く感情にあふれ、欲望でかすれていた。「すまない。だが考えずにはいられないんだ、きみにキスしたいと――それ以外のいろんなことも。きみが知ったら大急ぎでそのかわいいお尻をまくってここから逃げだすだろうことを」

彼が言ったほとんどのことを聞き流した。なにしろ筋が通らない。アリソンは尋ねた。

「本当に……わたしにキスしたいの？」

「もちろんさ」さらに低い声で言い、唇を見つめた。「だがきみはそれを望んでいない。まだ」

アリソンはさがろうとしたが、彼が放してくれないので、代わりに顔を覆った。「ああ、こんなの難しすぎる」

気がつけばチェイスの胸に引き寄せられ、両腕でしっかり抱きしめられていた。慰められていた。「なんであれ、難しくさせようとは思っていない。だがきみの困惑を感じる。きみはおれを求めているのに、求めたがっていない。ちがうか？」

アリソンはため息をついた。彼はすごくいいにおいがして、こんなに近くにいるとすごく気持ちがいい。なによりの望みは彼と一緒にいること。想像しうるあらゆる形で。

チェイスが深く息を吸いこんだ。「あらゆる形で？」

アリソンは言葉を失って彼を見つめた。いまの口調はあまりにも不穏に聞こえた。それでも同意していただろう――忘れてならない約束さえなければ。

チェイスの目が狭まった。「約束だって？」

まったく、プライバシーはゼロ！　自制心を総動員してこぶしを抑えた。彼をたたきたくてたまらなかった。

チェイスが抱きしめる腕に力をこめた。「だめだ」

いまや彼に考えを読む力があることを疑いさえしなかった。やるせない気持ちでいっぱいで、頭のなかを整理する方法などないと認めたアリソンは、うめき声を漏らすと体を引いて彼を見あげた。「わたしを求めてない男性を求めるのが幸せだと思う？」

「ついさっき言っただろう、おれは――」

「ええ。あなたは……勃起してる」顔が熱くなったが、目は逸らさなかった。「わかってるわ。だけどそれはわたしだからじゃない。チェイス、あなたはわたしを知りもしないし、知りたいと思ったことさえない」

チェイスは無言でじっと彼女を見つめていた。

「ソフィーとあなたのお兄さんが結婚してからの八カ月で、あなたがわたしにかけた言葉はせいぜい十個。そのどれもが月並みで丁寧な挨拶よ。調子はどうだ？　とか、いい天気だな、とか。いま、わたしがあなたのことをちょっぴり妄想していたとわかったからって――」

「ちょっぴりじゃない。たっぷり妄想してたからって――」

「いいわ。たっぷりだ」

チェイスの唇の片方の端があがった。「どんな妄想か、聞かせてくれ」

低く堂々とした声に、アリソンのお腹はぞくぞくした。怖い顔でにらみつけた。「いやよ。どうせすぐにわかっちゃうんだし」

チェイスの眉がつりあがった。「なにか計画でもあるのか？」

アリソンは口を開けたが、からかうような得意笑いを見て、また彼をたたきたくなった。

「ありません！　わたしが言いたかったのは、どうせまた頭の中身を読まれるんだしってこと。だけどこれから先は、あなたのことなんてこれっぽっちも考えないよう全力で取り組ませてもらうわ」

「つれないな」

「笑える話じゃないのよ、チェイス」

彼がにやりとし、アリソンの鼻のてっぺんにキスをした。「おれにとっては大いに笑える。血の通った男なら、いまのおれと入れ替わるために大金を払うだろう。男にとって、女性を理解できたり女性の考えがわかったりすることは、めったにない経験だからな」

アリソンは鼻を鳴らした。「あなたに理解できるとでも？」

チェイスは無視して言った。「きみの妄想にはじつに興味があるが、どうしてもと言うなら待とう。それで、きみがまくしたてたもうひとつのくだらない話だが」

アリソンに警戒心が戻ってきた。「くだらない話って？」

「おれがきみを求めていないというやつさ。いいだろう、たしかにこれまできみに深い関心を払ってこなかった。というより、どんな女性にも深い関心を払ったことはない——少なくとも、あまり長いあいだは。その女性が義理の姉の友人でアシスタントなら、なおさらだ。おれはだれとも長期的な関係を築きたいと思っていないし、きみとソフィーの関係性を思うと、楽につき合うには少しばかり距離が近すぎる。きみは一夜かぎりの相手というタイプじゃないが、最近のおれは一夜かぎりの関係しか持たないことにしている。だからきみを無視してきた。きみ自身の魅力とは関係ない」

アリソンは彼を見つめた。いまの言葉が本当にチェイスの口から出てきたなんて信じられなかった。「驚いた。そこまで考えてたの？　つまりわたしを無視してきたのは、じつはお世辞の裏返しということ？　わたしはそういうお手軽な関係にはもったいない女性だから？」

「嫌味を言うなよ」

「どこが嫌味？　あなたの言葉なんて信じない。あなたと知り合ってから、三人の女性と一緒のところを見かけたわ。彼女たちがあなたが惹かれる女性のタイプをほのめかしてるとすれば、どうしていつもわたしを無視してきたのかがよくわかる。その件と、わたしとソフィーとの友情は、まったく関係ない」

女性のことを持ちだすと、チェイスの体がこわばった。「つまり？」

「つまり、あなたが惹かれる女性はみんな美しくて……グラマーってことよ」自分の選んだ言葉に顔をしかめたが、まぎれもない事実だった。アリソンはヒップはたっぷりしているものの、上のほうはややボリュームに欠け、全体的にいたって平凡な外見だ。反してチェイスの好みは、背が高くスリムで、バストは豊満――いずれもアリソンには当てはまらない。

チェイスがやれやれと首を振った。「まったく、女ってやつは奇妙な生き物だ」

「奇妙！」

「それに体形にこだわりすぎる。アリソン、きみの体形にまずいところはひとつもない」

唇がよじれた。罰当たりでない考えなどひとつも浮かばなかった。

「ああ、まったくだ。とりわけきみがくだらないことばかり考えているときは」

「くだらないこと？　チェイス、わたしの家にも鏡はあるから、自分の外見はよくわかってます」

「きみの外見は悪くない。いや、むしろいい。それから、きみが言った女性たちにおれが惹かれた理由は外見じゃない」

「じゃあ、なんなの？」

チェイスがためらい、しばし彼女を見つめてからほほえんだ。「まだ言えない。だがもし機会があれば、いつか教えよう」

あえて秘密にされるともどかしくなった。「ほらね？　あなたは単に関心がないだけ」

彼女の強情さに、チェイスのかんしゃくにも火がついた。「それならなぜおれがまだ勃起したままなのか、説明してみろ！」

彼がどなったとき、ドアにおずおずとノックの音が響いた。ふたりともぎょっとして向きを変えた。チェイスが先にわれに返り、大声で言った。「なんだ？」

呼びかけたマックの声には、抑えようともしていない笑いが含まれていた。「いや、アリソンに会いたいって男が来てるんだけど」

「わたしに？」チェイスがゆっくりと向きなおってにらみつけたので、アリソンは咳払いをし、落ちつかない声でマックに答えた。「じゃあ、ええと、すぐ行くわ」

チェイスの顔に暗雲が立ちこめた。「だれが会いに来たって？」

「ジャックかしら？」チェイスがどんな反応を示すかわからなかったので、質問口調で返した。

チェイスは思案顔でしばし黙っていたが、やがてこう言った。「帰れと言え」

「そんな、無理よ！　チェイス、わたしと彼は今夜ここで会う約束をしていたの。こんなことになるなんて思いもしなかった。彼と話をしなくちゃ。伝えなくちゃ――」

「きみが欲しいのはおれだと」

「だめ！　それは言えないわ」

「ならおれが言う」

チェイスがドアのほうを向いたので、アリソンは彼の背中に飛びつき、腰にしっかり両腕を巻きつけて足を踏ん張った。「待って！　あなたはわかってないのよ」

チェイスがやすやすと彼女を引きはがし、背中から正面に連れてくると、華奢な両肩をつかんでやわらかいお腹に腰を押しつけ、ドアに押さえつけた。アリソンの心臓は約二秒止まり、それから暴走しはじめた。彼の息が頬にかかり、熱い瞳で見つめられる。唇と唇が触れそうな距離でささやかれた。「おれ以外の人間に会ってほしくない」

彼の香りに包まれ、体の奥で熱が生じた。ずっと前からこうしたかった。ただしこんなふうにではなく。彼が、いわばこうするべく追いこまれた形ではなく。

「おれはだれにも追いこまれていない、アリソン。きみが欲しい、単純そのものだ」

「この件に単純なところなんてひとつもないわ。あなたも知ってるはず」だけどアリソンはこのややこしい一件に身を投じるほかなかった。ローズは彼女をあてにしているし、バークも同じだ。唇を舐めると、チェイスの味がわかる気がした。「まだ説明しなくちゃいけないことが山ほどあるの」

チェイスがさらに腰を押しつけ、硬くそそり立った長いものの存在を感じさせると、アリソンは息を呑んだ。「ローズとバークというのは何者か、とか？」

眼鏡が傾いたので整え、彼の目ではなく首筋を見つめた。「ええ。それと……どうしてあなたに家に来てもらわなくちゃいけないか、とか……なぜわたしと愛を交わしてほしいか、とか」

そっと彼の顔を見あげた。熱いまなざしに、体の内も外も燃えあがった。そのとき彼が顔をかがめ、キスをした。唇は飽くことを知らず、舌は自由に這《は》いまわった。アリソンは彼にしがみついた。圧倒され、興奮し、起きていることを理解できなかった。ふいにチェイスが彼女の両手をつかんで頭上で押さえつけ、深い声でうめいた。

それからほんの少し身を引いて、ざらついた声で言った。「その男と別れろ、アリソン」

彼に両手をつかまれて、宙ぶらりんも同然だった。つま先立ちで、両腕をめいっぱい伸ばされ、股間を押しつけられて身動きのできない状態。「そ……そうするわ」興奮の最中、どうにか言葉を絞りだした。「だけど正しくやらなくちゃ」

「失せろと言えばいい」

「そんなの酷よ」穏やかに叱るつもりで言い、急いでつけ足した。「彼はいい人なの、チェイス。それにわたしとのことを真剣に考えてくれてる。プロポーズしてくれたんだから、そんなふうにあっさり切り捨てるわけにはいかないわ」

チェイスはしばらくのあいだ彼女を見つめていた。心のなかで葛藤《かっとう》しているのがよくわかる。やがて彼がぎゅっと目を閉じてささやいた。「いままで嫉妬したことはない。最悪だ」

「どうしたの？　嫉妬する理由もないのに」

ふたたびキスされた。今度はやさしく、包みこむように。心地よさのあまり、胸のなかで心臓が大きくふくらみ、窒息するのではないかと思った。

「そいつに指一本触れさせるな。約束だ」

「無理よ」彼のキスと言葉に、ほとんど喘《あえ》いでいた。「できないわ」

チェイスがため息をつき、ゆっくり慎重に彼女の手首を離してさがった。「おれが勃起していて、それを大声で宣言していたことを、マックがみんなに言いふらす前に、行こう」

想像しただけでぞっとして、尋ねた。「言いふらしたりしないわよね？」

「いや、あいつならやりかねない。それでおれが恥をかくと思ったら。まあ、ゼーンとコールには話すだろう。あのふたりにはいちばん知られたくないが」

ふたりがバーに戻ると、三兄弟はそこにいて、ばかみたいににやついていた。マックはもうしゃべってしまったにちがいない。けれどありがたいことに、三人がからかいたがっているのはチェイスだけのようだった。そのときみんなの向こうからジャックが声をかけ、全員の注目を集めた。

「アリソン？　なんなんだよ、これは？」

アリソンはジャックを見つめ、お願いだから事を荒立てないでと無言で祈ったが、その思いに荒々しく答えたのはチェイスだった。「忘れろ、ハニー」それから前に出た。兄弟三人がその背後を固める。

対するジャックが好戦的に胸を張った。身長はチェイスとほとんど変わらず、百八十センチを超えるものの、ふたりはあらゆる意味で対照的だった。チェイスの黒髪と黄金色の目に対し、ジャックはブロンドに明るい緑の瞳だ。ふたりはいまにも相手に飛びかかりそうな猟犬に見えた。アリソンは恥ずかしくてたまらなくなった。

「コール、なんとかして！」

コールがアリソンを見おろして目をしばたたき、それから弟のほうを向いた。「やめろ、チェイス」

チェイスもジャックも無視した。コールがアリソンに視線を戻し、〝やってはみたが〟と言いたげに肩をすくめた。が、続けてふたりにこう提案してくれた。「少なくとも人目につかないところでやってくれ、チェイス。彼女が恥をかくぞ」

チェイスはわかったとうなずき、向きを変えてオフィスに戻っていった。アリソンが止めるのもかまわず、ジャックがあとに続く。

むっとしたアリソンは急いでジャックを追いかけ、ふたりのあとからオフィスに入ると、背後でばたんとドアを閉じた。「こんなことする必要はないわ」

チェイスが言う。「彼は同意しないだろう」

アリソンが聞いたこともない挑戦的な口調で、ジャックが応じた。「そのとおり。同意できない」

どうにかこの場をとりなしたくて、アリソンは言った。「ジャック、あなたが考えてるようなことじゃないのよ」

チェイスが鼻を鳴らした。「やつがアホじゃないなら、考えているとおりのことさ」

アリソンはくるりとチェイスのほうを向いた。「約束したのに！」チェイスの目はジャックに据えられたまま、彼女を見向きもしなかった。

それでもこう言った。「彼と話す時間をやるという約束はした。だがこいつがきみをばかにしたようなもの言いをすることに関しては、なにも言っていない」

「アリソン？」

しびれを切らしたジャックの声に、アリソンはふたたび彼のほうを向き、ささやくような声で言った。「ローズの思いつきなの。本当よ。あとで説明するから……」

「ローズ？」ジャックが急に表情を崩し、低い声で笑いさえしながら、愉快そうな顔でちらりとチェイスを見た。「つまり、またローズの言いなりになってるのか？」首を振り、あざけるように笑った。

チェイスが好戦的な態度で一歩彼に近づいた。「アリソン、いまこそローズが何者なのか、おれに話すときじゃないか？」

ジャックが眉を片方つりあげて言った。「ぼくから説明してやろうか、アリソン。まあ、ぼくにも信じられなかった話だから、この男に信じられるかどうかは疑問だが」

まだ愉快そうなジャックを見て望みを失ったアリソンは、失うものはなにもないと結論をくだした。怖い顔でふたりを見た。「ジャック、今夜のデートのことは忘れて。というか、どのデートのことも忘れて！」

ジャックが彼女をにらみつけた。彼の顔には怒りが浮かんでいたものの、それはじきに動揺に変わった。「おい、アリソン……」

アリソンは胸の前で腕組みをした。

ジャックがちらりとチェイスを見て、また彼女をにらみつけた。「きみが冷静になったころに電話をする」そう言い残すと、憤然とオフィスを出て、たたきつけるようにドアを閉じた。

チェイスが首を振った。ジャックがいなくなったいま、くつろいで落ちつきを取り戻したように見えた。アリソンに視線を向け、からかうように言った。「いい人だと聞いたと思ったが」

「それからあなた！」怒りのあまり、ほとんど頭から湯気を立てていた。なにもかも予定どおりに運ばなかったばかりか、今夜はひとりの女性が耐えられる以上の驚きを味わわされた。「ローズがどう思おうと、あなたにはこっちが努力する価値なんてないわ！」

向きを変えて颯爽《さつそう》と出ていこうとしたが、ドアを開ける前にチェイスの手がドアを押さえ、彼女の耳元でうなるように言った。「今夜は遅くまで抜けられないから、話し合うのは明日の朝だ。午前十時に会おう。おれにとっては死ぬほど早い時間だから、睡眠時間を削ることを評価してほしい」

「わたしは――」

「話し合うことは山ほどあるし、状況を考えればおれはかなりの忍耐力を示していると思うが」

地獄へ落ちろと言ってやりたかった。今夜の無惨な展開を思うと、どこかに隠れてしまいたかった。

「だが言わないし、隠れないだろう？」

アリソンがドアノブを回すと、チェイスがドアを押さえつけていた手を放した。完全に打ち負かされた気分でオフィスを出たアリソンは、うなるように言った。「たぶんね。おやすみ、チェイス」

「十時だ、アリソン。待たせるな」

尊大で、不愉快で、仕切り屋のろくでなし……

彼の笑い声が聞こえ、アリソンはうめいた。逃げだすのが唯一の選択肢に思えたので、急いでそうした。けれどバーを出るとき、ウィンストン家の兄弟全員に視線を注がれているのを感じた。ああ、今後はすべてが変わるだろう。

3

チェイスはうわのそらでバーの店じまいをした。もうすぐ午前二時、店には彼とゼーンしかいない。マックは明日の朝の授業に備えて少し眠りたいからと数時間前に帰宅したし、コールはこのところいつも早めに店を出る。いまや家で妻が待つ身なのだ。ソフィーのことを考えて、チェイスはにやりとした。内気そのもののあの女性がコールと結婚する直前に弄《ろう》した策略のことは、今後一生忘れられそうにない。まさに妄想の源だ。コールに勝ち目はなく、彼女を手に入れた兄をチェイスは恐ろしく幸運だと思っていた。

だがソフィーとコールについて考えるうちに、あることを思い出した。アリソンが極度の混乱と苛立ちを抱えてバーを飛びだしていってから、ずっと胸の片隅がざわついているのだ。まったく、こっちの苛立ちは頂点を越えてしまった。おまけに彼女が去ったいまもまだ少し興奮している。頭から彼女を追いだせないばかりか、そばにいないので心の声はあまりはっきり聞こえないものの、ときどき断片が心の耳に届くおかげで、欲望は強いままだった。

　客と簡単な会話をするのさえ、今夜は不可能に近かった。

　ゼーンが口笛を吹きながら裏のオフィスから出てきた。兄弟四人のうちで、いちばん野性的なのがゼーンだ。この三男は、だれにも拭い去れない荒々しさを秘めているように思える。コールがそれを拭い去ろうとしたことはなく、抑えられるときに抑えるだけで満足していた。弟のそんな部分がチェイスの気に障ったことはなかったが、アリソンが一瞬ゼーンを頭に浮かべたという事実を考えつづけていたいまは、どうしようもなく気に障った。

　顔をあげたゼーンがチェイスの視線に気づいた。口笛がやんだ。「おれがなにをした？」

「なにも。というか、そう願っている」

　ゼーンが廊下のフックにかけられたコートに手を伸ばし、ついでにチェイスのぶんもつかんで、前に出た。「どういう意味だ？」

「聞きたいことがある、ゼーン。正直に答えてほしい。いいな？」

　ゼーンがチェイスのコートを放って寄こすと、両手を腰に突いた。「おれはもう二十四だ。説教されるには少々歳を食いすぎてると思わないか？」

「説教をするつもりはない」

「へえ」ゼーンがにやりとした。「ならよかった。説教を聞くつもりはないからな」

　チェイスはバースツールに腰かけ、弟を見つめた。「コールとソフィーが結ばれたきっかけを覚えているか？」

「忘れられると思うか？」ゼーンがバーの端にひょいと飛び乗った。「まったく、コールはおもしろかったよな。兄貴がおたおたするのを見たいがために、おれは自分の店もおろそかにして、時間外までここで働いた」

チェイスもにやりとした。「コールにとっては辛いときだった」

「ああ。しかしまあ、ソフィーのおかげでじゅうぶんその甲斐《かい》はあったわけだが」

「あのころからアリソンを知っていたんだろう？　つまり、ソフィーとコールがくっつく前から」吐きだすように言ってしまったが、それもしかたがない。原因不明の欲求不満で一秒ごとに苛立ちが募《つの》っているのだ。まるで、なにかがおかしいのに、それがなんなのかわからないような。

ゼーンが肩をすくめた。「アリソンだけでなく町の女ほぼ全員を知ってるよ。だがそのしかめ面から察するに、兄貴が思ってるような意味でじゃない」そう言うと、にっと笑った。「デートに誘ったが、きっぱり断られた」

驚いた。「そうなのか？」

「ああ。じつを言うと、一度じゃない」

つまりゼーンは何度も彼女を誘ったということか？　気にくわない。「なにも聞いていないぞ」

「冷たく袖《そで》にされたのをおれが吹聴《ふいちょう》するとでも？　目を覚ませよ。それに今日の様子からすると、彼女はあのころから兄貴に気があったんじゃないかという予感がするね。兄貴は女となると、てんで鈍いものな」

「どういう意味だ？」

「何人もの女が気を惹こうとがんばってるのに、兄貴はまったくなびかないって意味さ」

それは、ああいう上品で控えめな女性たちには、欲求を満たしてもらえそうにないからだ。チェイスは首を振った。「デートはする」

「ああ、年に五回くらいだろう？」ゼーンが鼻で笑った。「それでよく生き延びられるよな。ときどき兄貴はリビドーが尽きて男を放棄したんじゃないかと思うよ。でなければ、氷の男なのかと」

「あるいは単に、同時にいろんなものに手を出すのが好きじゃないか」

ゼーンがくっくと笑った。「今日はいろんなことに手を出してたみたいだが。アリソンを裏のオフィスへ引きずっていくのを見て、雌馬に突進する種馬を連想したよ。いつもの冷静さはこれっぽっちもなかった」

チェイスはうんざりした顔でつぶやいた。「ああ、今日のおれはどうかしていたな」が、いくら鉄のように固い自制心を取り戻そうとしても、不安は胸をざわつかせ、店を出ろとせっついた。立ちあがってバースツールから離れた。

ゼーンもバーから滑りおり、チェイスと一緒に店を出ようと、コートのボタンをかけはじめた。「おれの目が節穴じゃなければ、それは欲望のせいだ。そろそろいい頃合いじゃないか？」

急にアリソンに会いたくて居ても立ってもいられなくなった。彼女の家を訪ねたい衝動は圧倒的なまでに強く、ひと晩中暴れまわっていた欲望に負けないほどだった。必死でこらえなくては、店を駆けだしてまた恥をかいてしまいそうだ。正確な住所を知らないという事実だけが、彼を押し止めていた。ちらりと弟を見て、顔をしかめたくなった。ゼーンは訳知り顔でこちらを見ていた。

「まさか知らないだろうな——」

ゼーンが愉快そうに笑った。「彼女ならここからそう遠くないステート・ストリートに住んでるよ。大きくて古いクリーム色の、羽目板造りの家だ。もともと農家で、ほかの家より屋根がぐんと突きだしてるから、見逃すわけはない」

目を狭めてチェイスは尋ねた。「どうして知っている?」

「口説《くど》きに行ったわけじゃないぞ、気にしてるのがそういうことなら。それにさっきも言ったとおり、彼女はおれに興味がない。おれの知るかぎりでは、彼女は子どものいない歳取った叔母さんからあの家を相続したそうだ。コールとソフィーが彼女の引っ越しを手伝ったときに、おれも手を貸した」

「ありがとう」抑えきれない漠とした衝動に突き動かされ、チェイスはドアへ向かった。すばやくゼーンを見やる。「戸締まりを頼めるか?」

ゼーンが驚いて目をぱちくりさせた。「確認しなくていいのか?」

チェイスは答えなかった。時間がない。戸口を抜ける前に走りだしていた。アリソンのところへ行かなくては。なぜかはわからない。だがこの不安は本物で、心臓は早鐘を打ち、あごには自然と力が入った。数分もしないうちに車に乗りこみ、猛スピードで疾走していた。ステート・ストリートの角を曲がった瞬間、ふたたびアリソンの心の声がはっきりと聞こえてきた。あらゆる考え、一言一句が。そして聞こえてきた言葉に、筋の通らない怒りがこみあげた。

——あなたがここにいるのが、いやだっていうんじゃないわ。ただ慣れてないから、ちょっと落ちつかないだけ。シャワーを浴びるときなんか、とくにそう。終わるまでどこかに行っていてくれたらいいのに。

彼女がシャワーを浴びようとしているときに、だれかがそばにいる、だと？　しかも帰ろうとしない？

アリソンの緊張は本物で、チェイスの感覚に押し寄せてきた。それは緊張というより恐怖に近く、チェイスは突然怒りに襲われ、視界には赤いもやがかかった。閑静な住宅街ではないのをこれ幸いとばかりに、タイヤを軋《きし》らせてドライブウェイに車を停めた。車から飛びだすと、舗装された小道を大股で進み、大きなカボチャちょうちんとトウモロコシの茎で飾りつけられた広々とした木のポーチに向かった。が、ドアをノックしようとしたそのとき、正面の部屋の端にある細い窓がわずかに開いているのに気づいた。十月下旬の夜気は冷たく、窓はすべて閉じるのがふつうだ。おまけにここは袋小路の一軒家。しかも女性のひとり暮らしで、もうすぐ午前三時になろうとしている。本能が目覚めた。

そっと窓に歩み寄り、音を立てずになかへ忍びこむと、窓を閉じて掛け金をかけ、それから周囲を見まわした。どうやら客間らしい。彫刻や刺繡《ししゅう》を施された家具、かぎ針編みの小さな花瓶敷き、布のシェードをかぶったランプ。ほの暗くても、玄関ホールのシャンデリアが投げかける光で、壁紙の花柄がはっきりと見て取れた。時代をさかのぼった気がした。

この家の古めかしさに、感覚を惑わされた。

慎重な足取りで客間を出て、となりの部屋をのぞいた。一方は黒く重厚な木製の書棚が並んだ書斎、もう一方は現代的といえる居間で、テレビと厚い詰め物をしたソファが置かれている。部屋はどれも細長く、分厚いカーテンがかかったアーチ形の戸口は、中央の廊下につながっていた。廊下の端には広々としたカントリーキッチンがあるらしく、そのとなりには、床と壁に黒とピンクの陶器のタイルを敷き詰めた小さなバスルームが見える。玄関を入ってすぐの左手には、驚くほど曲がりくねった壮麗な木の階段が、二階へと続いていた。

頭上で床板が軋る音が聞こえ、チェイスは見あげた。どうやらアリソンは上で静かにだれかと話しているらしい。

熱く暗い嫉妬が、彼女を守りたい欲求と一緒に全身を駆けめぐった。いまも彼女の不安を感じた。原因の主を突き止めたら、かならず後悔させてやる。足音を忍ばせて階段をあがった。古い家によくあることだが、一段一段が重みを受けてうめくように思えた。そのとき突然、切迫感が静まって苛立ちに変わった——彼のではない。となると、彼女の？

階段をのぼりきるとまた廊下に出た。片方の端には細長い菱形窓があり、ガラスの向こうの闇夜《やみよ》を四角く切り取っている。廊下の両脇にはベッドルームがひとつずつ、反対端には主寝室と大きめのバスルームがあり、チェイスはそこを目指した。いまではアリソンの心の声が鮮明に聞こえ、チェイスは思わず眉をひそめた。いったいだれと話している？　バスルームのドアの前で足を止め、耳をすました。

「本当にばかげた思いつき。心から求められてもいないのに、チェイスと寝るなんてできないわ。それから言われる前に言っておきますけど、彼がわたしに反応したのは、あなたのいたずらのせいでしかありませんからね。まったく、彼にわたしの心を読ませたりして」アリソンがうめく。「自分が想像したことを思い出しただけで、顔から火が出そう。あんなことさえなければ、わたしはいまも彼にとって透明人間のままだったのに——いいえ、あのドレスはなんの関係もありません。まあ、たしかに着心地はよかったわ。はた目にはどう映ったか知らないけど、セクシーな気分にさせてくれた」かすかに笑う。「そうね、下着もすてきだったわ。すごく気に入った」

チェイスは目を狭め、開いたドアのすきまからのぞきこんだ。が、部屋のなかにはだれもいない。アリソンだけだ。裸で。バブルバスに浸かって。

ブロンドの髪は頭のてっぺんにピンでまとめられ、細い巻き毛がところどころほつれている。むきだしの腕は、猫脚の白い陶器のバスタブの縁に載せられていた。目は閉じられ、やわらかそうな唇はほほえんでいた。

アリソンが深いため息をつくと、水面の泡が漂って、小さなピンク色の乳首の片方がのぞいた。チェイスは魅入られたように見つめた。ものも言えず、息もできなかった。

「ふたりががんばってくれたのはわかるわ。本当よ。だけど最後までやり抜けるかどうか、自信がなくなってきたの。だからチェイスのことはもう忘れない？」

チェイスは欲求に体を脈打たせながら、バスルームに完全に足を踏み入れた。「いや、忘れないでくれ」

アリソンが大きな悲鳴をあげ、さんざんもがいて水を跳ね散らしてから、ようやく彼のほうを向いた。バスタブの底に両膝を突き、両腕で胸を隠して目を見開く。眼鏡をかけていない目でじっと彼を見つめた。

チェイスは反射的に言った。「おれだよ、チェイスだ」

「わかってます！　いったいここでなにをしてるの？　わたしのバスルームで。どうやって家のなかに入ったの？」

チェイスは口を開けて答えようとしたものの、大声で遮《さえぎ》られた。「どうでもいいわ！　とにかく出てって」

チェイスは顔をしかめた。「だれと話していた、アリソン？」

アリソンがうめく。「ああ、こんなの信じないわよ。信じない。これは現実じゃない……」

「おれにヒステリーを起こすのか？」

「そうよ！」

アリソンが眼鏡なしで彼を見ようと、大きな青い目を丸くしてにらみあげた。いまもバスタブのなかにいて、腰から下は泡で隠れているものの、小さな両手だけでは完全に胸を覆いきれていない。交差させた腕の向こうに見え隠れする、豊満とはいえないがやわらかそうな白いふくらみは、じつに魅惑的だった。それなのに彼女は足りないと思っている……

チェイスは咳払いをした。「廊下で待っている。だが早くしてくれ。説明してもらいたいことがある」

バスルームを出て廊下の壁に背中をあずけ、目を閉じた。腹筋がきりきりと引き締まる。ドアを開けっ放しにしていたので、彼女にどなられた。「のぞいたら承知しないわよ!」

チェイスはただ首を振った。「急いでくれないか? 忍耐力が底をつきかけている」

水の跳ねる音とくぐもった悪態のあと、アリソンがぽたぽたと水を垂らしながら裸足でバスルームから出てきた。刺繍が入った古風なシュニールのバスローブをきつく体に巻きつけ、いまは眼鏡を取り戻している。右耳の上の小さな巻き毛の端に泡がくっついており、首筋と胸元はまだ濡れていた。ローブにくるまれているものの、襟《えり》の合わせ位置が低いので、白いローンの下着の縁がかいま見えた。これもビンテージものか? アリソンが大股で彼の目の前まで来ると、ローブの裾《すそ》がはだけて脚がのぞき、膝まで届きそうな古風なドロワーズが見て取れた。チェイスの心拍数は急上昇したものの、アリソンはすばやくローブを閉じなおした。

彼の胸に人さし指を突きつけて言った。「他人の家に勝手に入ってプライバシーを侵害するなんて、いったいどういうつもりなの?」

チェイスは彼女の手をつかんで引き寄せ、キスしたい欲求に屈した。アリソンはいまも温かく湿り、花のような香りがした。両手で顔を包んでつま先立たせ、長くやわらかく深いくちづけを捧げた。やさしく唇をむさぼり、舌をつかまえて彼の口のなかに導き入れる。アリソンが低い声でうめいたとき、廊下の明かりが楽しそうに点滅した。

「なにごとだ?」見あげたが、だれもいなかった。「どうなってる?」

アリソンの両手はいまも彼のシャツをつかみ、表情はとろけ、唇は開いたままだった。喘ぐような息づかいで言った。「んん?」

「明かりが点滅しただろう、ストロボみたいに」

「ああ」アリソンがゆっくりと体を離し、眼鏡を直した。それから顔をしかめて周囲を見まわした。「古い家だから。ときどき配線が、その……気まぐれを起こすの」

チェイスは落ちつきを取り戻そうとする彼女を見つめ、首を振った。「ちくしょう、なんてセクシーなんだ」ローブの縁をつまんだ。「下にはなにを隠している?」

アリソンが目を丸くしてローブを押さえた。「チェイス、やめて」

チェイスが歩み寄ると、彼女はあとじさった。「だれに話しかけていた、アリソン?」

「わたし自身じゃない?」

チェイスは首を振った。「だまされないぞ。ちゃんと答えろ」

「だれもいなかったでしょ」

「一階の窓が開いていた」

「そうなの？」

「そうだ」彼女の顔に視線を据えていられなかった。裸に近い姿を見てしまったし、目にした光景はいたく気に入った。股間の目覚めは痛いほどで、想像力は暴走し、彼女にしたいさまざまなことを頭のなかに描きだした。「ひとり暮らしなのに、危険だとは思わないのか？」

「窓は開けてないわ、チェイス」

のんきな声に、チェイスはまた眉をひそめた。アリソンが続ける。「それより、ここでなにしてるの？　人の家を訪ねるにはちょっと時間が遅すぎるんじゃない？」

ここにいる理由？　どう説明したら、彼女が心配だったと――なんらかの異常を感じたと――わかってもらえる？　葛藤をそのまま口にしようとしたとき、また明かりが、今度はさっきよりも激しく点滅し、その数秒後、階下でなにかが割れる音が響いた。チェイスはアリソンの腕をつかんでバスルームのなかに押しこみ、どなった。「ドアに鍵をかけろ」それから一気に階段を駆けおりた。本能が警鐘を鳴らすあまり、アリソンが指示に従うのを確認するまで待たなかった。従うものと信じていた。

激しく明かりが点滅するので容易ではなかったが、一段抜かしで階段をおり、数秒後には階下に着いた。また物音が聞こえた。今度はなにかを殴ったような、くぐもった音。最初に入った客間のほうからだ。客間に駆けこむと、数分前に通り抜けた細長い窓のこちら側で、重たいカーテンが風にあおられて揺れていた。

さっきはまちがいなく窓を閉じて鍵をかけた。つまりたったいま、何者かがこの家から出ていったのだ。

音もなく室内を動きまわり、あちこちをくまなく見まわした。が、彼がこの家に来たとき窓が開いていて、その後閉めたのにいままた開いていたという事実を踏まえると、彼が来る前にだれかが家のなかに忍びこみ、いましがた去っていったと考えるしかない。そうでなければ、内側から鍵をかけられた窓がどうやって開く？

アリソンの様子をたしかめに行こうと向きを変えたとたん、彼女本人にぶつかった。尻餅《しりもち》をつきそうになったアリソンの、二の腕をつかまえて支えた。

「おい！　上にいろと言っただろう」指示に従わなかったとは、まったくおもしろくない。アリソンがにらみ返した。「ここはわたしの家よ。それに、異常がないのはわかってるわ。これくらい古い家はいろんな音を立てるものなの。怖がる必要なんてありません」

彼女をつかんで揺すぶりたかった。アリソンといるとつい、かんしゃくを起こして揺すぶりたくなることに、ひどく不穏な気持ちにさせられた。女性相手にかんしゃくを起こしたことは一度もないし、もちろん揺すぶったことだってない。むしろ強靭《きょうじん》な自制心を保ち、支配権を握るのが大きな喜びだった。それが彼をかきたてた。

ところがアリソンといると、そのすべてを忘れてしまう。

互いの鼻がくっつきそうなほど身をかがめ、低くうなるように言った。「だれかがきみの家にいた」

アリソンが鼻で笑った。

「くそっ、アリソン、どれだけ証拠が必要だというんだ？　おれがここに来たとき窓は開いていた。ちなみにおれはその窓からなかに入った。だが入ったあとにきちんと閉めて鍵をかけた。それがいままた開いていて、テーブルはひっくり返され、床には割れた皿が転がっている。この家に幽霊が棲《す》みついてでもいないかぎり、認めるしか――」

「そうなの」

アリソンの言葉とかすかなしかめ面に、チェイスは思わずあとじさった。「そうって、なにが？」

アリソンが長い息を吸いこんで勇気をかき集め、意を決した顔でささやいた。「この家には幽霊が棲みついてるの」

恐ろしいことに、真剣に見えた。「なんだと？」

アリソンがもう一度深呼吸をし、彼の目を見て言った。「この家を相続したとき、もれなくふたりの幽霊がついてきたの。よかったら、ローズとバークを紹介するわ」

4

チェイスがただじっと見つめるあいだ、アリソンは不安な思いで待った。彼は疑わしそうで、少し心配そうにも見える。やがてついに口を開いた。「大丈夫か?」

「チェイス」彼の手をつかんでソファに連れて行き、むりやり座らせると、いくつかランプを灯した。彼の言ったとおり、ひっくり返ったテーブルと割れた皿が転がっている。アリソンは顔をしかめ、部屋中に聞こえる声で言った。「どうもありがとう、ローズ。彼を怖がらせて追い返そうと思ったのなら、首尾は上々よ」

「ええと、アリソン――」

黙ってと手を振り、やわらかいバスローブの上から腰に両手を突いて、ぐるりと周囲を見まわした。「それで、ローズ? 彼をここへ連れてきたんだから、せめて姿を見せたらどう? なあに? もう電気ぴかぴかはおしまい? 客間のいたずらも?」

静寂。アリソンはまた顔をしかめ、それから不安になってちらりとチェイスを見た。チェイスはふたつ頭の怪物を見るような目で、こちらを見ている。アリソンは少し気恥ずかしくなり、乱れた前髪をかきあげた。まったく、しゃくに障るゴーストたち！

「なあ、聞けよ」チェイスがいやに穏やかなやさしい声で言った。ソファの自分のとなりをぽんぽんとたたく。「少し座ったらどうだ？　なにか飲み物でも取ってくるから」

アリソンが首を振ると、チェイスがソファを離れて彼女のそばに立ち、たったいま自分が空けた場所に座らせようとした。

アリソンは不満そうな声を漏らした。「きっとバークのしわざよ。ローズはたいていすごくいい人だもの――ときどきちょっぴり風変わりだけど。でもバークは」と、彼に聞こえるように声量をあげた。「本当に頭痛の種！」

冷たい風が部屋に吹きこんで、アリソンは身震いした。チェイスが周囲を見まわし、それから彼女を温めようと腕をさすってくれた。「ほかにも開いている窓があるのか？」

「いいえ、いまのはバークよ。わたしに侮辱されるのが大嫌いなの」

チェイスが彼女に疑いのまなざしを向けた。「やっぱりきみをひとりにするのはよそう。一緒にキッチンへ行かないか？」

アリソンは笑った。「チェイス、わたしの心が読めるんでしょう？　作り話じゃないってわからない？」

こんなに慎重に扱われては、精巧な陶器にでもなった気がした。「本気で幽霊に話しかけているると思っているのはわかった」チェイスが兄のような仕草で彼女の体に腕を回し、廊下のほうへとうながした。「だがいまは、その問題は置くことにして、一緒にキッチンへ行こう。きみが飲み物を用意してくれたら、そのあいだにほかの窓をチェックしてくる。ひとつはまちがいなく開いているはずだ。ほら、きみの髪が躍ってる」

アリソンは片手を掲げ、ほつれた巻き毛を耳の後ろに押しやった。廊下だけでなく途中の部屋のすみずみにまで目を凝らしたものの、どういうわけかローズもバークもどこかに隠れてしまったらしい。

「シーッ。大丈夫だ。さあ、窓とドアを確認してくるから、ちょっと座って待っていてくれ」

アリソンはため息をついた。「わたしは壊れ物じゃないのよ、チェイス」

「わかってる」そう言って髪を撫でられると、今度は小犬になった気がした。「すぐに戻る」チェイスはそう言い残してキッチンをあとにした。

アリソンは空っぽのキッチンを見まわし、叫びたくなった。声に出して言った。「さあ、これで満足？　彼にイカレてると思われたわ。わたしの精神状態が危ういと信じこませたって、彼の欲望に火がつくとはとうてい思えないけど」

生ぬるい風が吹きつけ、寒気を取り去った。「ありがとう。寒いのは大嫌い」それから顔を覆った。「ねえ、こんなのうまくいきっこないわよ。あなたたちがうまくいくと信じてるのは知ってるけど――」

チェイスが険しい面持ちで戻ってきた。信じがたい幽霊との会話についてなにか言いたいかっていた。二階はまだ調べていないが、もう風はやんだらしい」

アリソンは用心深い目で彼を見た。「そうね」

「これほど古い家にしては、鍵はずいぶん頑丈だな。最近、つけ替えたのか？」

その話題なら安全だ。「わたしにこの家を遺してくれた叔母は、生涯独身だったの。ひとり暮らしだったから、用心深くなったんでしょう。たしか二年ごとに鍵を新しくして、定期的に点検もしていたわ」にんまりしてつけ足した。「幽霊と暮らしたせいで神経質になったのね。わたしほどうまく受け入れられなかったみたい」

チェイスが椅子を引き寄せ、ふたりの膝頭がくっつきそうなほど近くに向き合って座った。彼女の両手を取り、じっと目を見つめた。「少しでいいからきみの幽霊のことを忘れてくれないか？　本物の問題が起きた」

「なんですって？」

「じつは、玄関を開けたら、ポーチをおりたすぐの地面に、去っていく足跡が残されていた。大きな足跡だ。きみのじゃない」小さなむきだしの足を見おろし、また顔をしかめてつけ足した。「何者かがあの窓から急いで逃げだし、ポーチから飛びおりたんだ。幽霊じゃない、生身の人間が。だれかがきみと一緒にこの家にいたんだ」

うなじの毛が逆立ち、アリソンはものも言えずにチェイス・ウィンストンの黒い真剣な目を見つめた。だからひと晩中落ちつかず、バークとローズはバスルームにまで侵入してきたのだ。

チェイスがもどかしげな声を漏らした。「アリソン、おれには――」

黙ってと手を振り、ようやく上の口蓋《こうがい》から舌を剝《は》がすのに成功した。「わからない？　ふたりはいつもわたしのプライバシーを尊重してくれるの。そばにいても、立ち入ったまねはしないし――まあ、それほどは――着替えたりバスルームを使ったりするときは絶対に邪魔しない。だけど今夜はずっとバスルームをうろちょろしてた。たしかに向こうは幽霊だけど、すごく落ちつかない気分にさせられたわ。だって、わたしは裸だったのよ」

チェイスがゆっくりとまばたきをした。「ああ、気づいたよ」

アリソンはその言葉を聞き流し、さらに論理を展開させた。「少なくともわたしはそのせいで落ちつかないんだと思ってた。でもいまになって考えると、きっと侵入者のせいだったのよ。ローズはわたしをそわそわさせて、気づかせようと……。ああ！」ことの重大さをようやく悟った。「だれかがうちにいたのね！」

チェイスが唇の端を嚙むのを見て、考えているのがわかった。彼には単なる妄想としか思えないものをなんと呼ぼうか、考えているのが。やがて彼女の頰に片手を添えて、かすかな笑みを浮かべた。「つまり、きみはこの家に幽霊がいても平気なのに、生身の人間がいると――」

「ああ、勘弁して、チェイス。あなたは生身の人間だけど、怖くなんかないわ。だけどあなたは窓から忍びこんだりしてないもの！」

彼の親指がこめかみを擦ると、つい意識が逸れた。「いや、さっきも言ったとおり、忍びこんだんだが」

大きくて温かい親指から、どうにか意識を本来の軌道に引き戻した。「わたしの言いたいことはわかってるくせに。あなたがここへ来たのは、わたしを心配したからだわ。ねえ、ちょっと待って。それよ！　きっとローズは、バーでわたしの心をあなたに読みとらせたみたいに、侵入者のことをあなたに知らせたんだわ。あなたが現れなかったらどうなってたと思う？」

混じりけのない恐怖に身震いが起きた。「ローズにお礼を言わなくちゃ」

チェイスは彼女が言ったことを考えている様子だった。「よし、まずはそこから取りかかろう。なぜ窓に鍵をかけなかった？」

アリソンはむっとして答えた。「わたしはばかじゃないわ、チェイス」

「だが……」

「ちゃんと鍵はかけました」と言い張る。「それから先に断っておくけど、ローズとバークは絶対にそんないたずらはしないわ」

チェイスが天井を見あげた。「するとは思っていない」

「ああ、そうよね。だっているとは信じてないんだもの」

「おれが信じているのは、だれかがこの家に忍びこんだことと、そいつがあの窓から入ったことだけだ。鍵をこじ開けて入ったというより、かかっていなかったから入ったように思える」

「だけどいつも鍵をかけてるのに」

「あの窓にはかかっていなかった」

アリソンは考えた。どうしてそんなことが起こりうるの？　そのときまた明かりが点滅し、ふたりとも、キッチンテーブルの上にぶらさげられた古いティファニーふうのシャンデリアを見あげた。アリソンは唇をすぼめた。「見た？　ローズかバークにはなにか考えがあるんだろうけど、ふたりとも気まぐれで自分のやり方を曲げないから、すんなり出てきて教えてくれたりはしないの」

「ふたりは、その、きみに話しかけるのか？」

「あれを話すと呼べるのかしら。つまりね、ふたりの声は聞こえるけど、実際にしゃべっているかどうかはわからないの。言いたいこと、わかる？」

チェイスの表情は皮肉っぽかった。「もちろんさ。わからないことなんてなにもない」

アリソンは目を狭めた。「わたしが話しかけてないときにわたしの声が聞こえたって言わなかった？」

「だがきみは幽霊じゃない」

「だから？」

チェイスが口を開け、また閉じた。

彼が耳を傾けてくれることに満足し、アリソンは立ちあがってうろうろと歩きだした。

「要するに、ふたりは姿を現して教えてくれはしなかったけど、次善の策を取ってくれたのよ。つまりあなたを来させてくれた」ちらりとチェイスを見やったが、彼の表情は勇気づけられるものではなかった。「今夜は遅くまで引き止めることになってごめんなさい。仕事のあとで疲れてるのに」

チェイスの表情は、彼女を絞め殺したがっているようにも、テーブルに押し倒してみたらなことをしたがっているようにも見えた。アリソンはごくりと唾を飲んだ。どちらをしてほしいかは、よくわかっている。

「おれもどっちをしたいかはわかっている」バスローブの大きく開いた襟ぐりをにらみながら、尖《とが》った声で言った。「だがまずは、いくつか正しておきたいことがある」

「わたしの正気とか？」

「きみがイカレているとは言っていない――」

アリソンはまた歩きまわりはじめた。「わたしは混乱してないし、話をでっちあげたり幻覚を見たりもしてないわ。電気の点滅を見たでしょう？　あれは、ふたりが動揺や興奮を伝えるためにやるの。つまりローズとバークは実在するということ。まあ、幽霊にとって可能なかぎりの形で」

「電気の点滅がその証拠か？　なあ、言いたくはないが、たぶんこの古い家はあちこちにガタがきてる。いまにも崩れそうなほどの年代物じゃないか。まったく、このキッチンを見てみろ」

アリソンがこよなく愛するキッチンを見まわしながらの言葉には、いささかの批判がこめられていた。チェイスの視線が、片方の端に手押しポンプがついた旧式の流し台に留まる。この家をかばいたいという気持ちが潮のように満ちてきた。「おあいにくさま、わたしはこの家が大好きなの」

チェイスが首を振った。「おれには大々的な修理が必要に思える」

彼の口からその言葉が飛びだすやいなや、果物が詰まった大きなプラスチック製のボウルが、角の丸い冷蔵庫の端から転げ落ち、彼の頭に激突した。チェイスが跳びあがり、体をこわばらせて悪態をつきながら周囲を見まわした。丸いオレンジが床を転がり、アリソンのむきだしの足にぶつかって止まった。アリソンはかがんでオレンジを拾った。リンゴ数個にバナナにブドウが、彼の周りに散らばっていた。チェイスの屈辱の表情が不審のそれに変わった。「いまのはなんだ?」

「バークかしら?」チェイスがにらみつけたので、アリソンは肩をすくめた。「バークはこの家を愛してるの。結婚したあと、ローズのために買ったのよ。小さな愛の巣といったところね。まあ、いまの時代には巨大といえるけど。とにかく、バークはだれだろうとこの家をばかにする人は許せないの。わたしがあなたなら、言葉に気をつけるわ」

「くそっ、アリソン、そんなの納得できるか。それにおれはこの家をばかにしたんじゃない、わかりきったことを述べたまでだ」

「バークはあなたが述べたことが気に入らなかったみたい」

チェイスが首を振った。「床は傾いているし壁はたわんでいる。さっきのボウルは遅かれ早かれひっくり返る運命だった。おれの頭に当たったのは偶然でしかない」

「なんとでもお好きなように」

チェイスが胸の前で腕組みをし、冷蔵庫に寄りかかった。冷蔵庫は旧式でずんぐりと低いから、立っている彼のほうが頭ひとつぶん高かった。「きみの動揺を強く感じたのは、ちょうど仕事からあがったときだった。こんなに遅くまでなにをしていた？」

アリソンはもじもじし、どこまで話したものかと思案した。が、ひと目彼の顔を見るなり、隠しごとをしてもどうせ読みとられてしまうと悟った。それでもやはり気恥ずかしい
……

「言ってしまえよ。ごまかしてもばつが悪いだけだ」

アリソンは唇を噛んだ。チェイスの言うとおりだけど、それでも恨めしかった。せめて明日まで、考えを整理するための時間がほしかった。「眠れなかったの。ずっと……ずっとあなたのことを考えていて。キスされたことや、それがどんなにすてきだったかを」彼の瞳が色を増し、表情は手に取るようにわかった。アリソンはまた身震いしたが、今度は寒気のせいではなかった。やわらかい声でつけ足した。「考えてたの、すべてまちがいだったって」

チェイスが肩をこわばらせ、頭からつま先まで彼女を眺めまわした。「なにがまちがいだったって？」

彼の口調は穏やかさを取り戻していたが、断固としていた。アリソンは咳払いをした。

「あなたは本当にはわたしを求めてないわ、チェイス。ローズのいたずらで、求めてると思

いこまされただけ。話すと長くなるから——」

「明日の仕事は早いのか？」

「いいえ。正午までに行けばいいの。明日はソフィーが店を開ける番だから」

「それなら、その長い話を聞かせてもらう時間はたっぷりあるわけだ」

残念ながら、断る理由はひとつも思いつかなかった。

チェイスがほほえむ。「手始めに、侵入者のことを警察に通報したほうがいい」

「だめ！」アリソンが言うと同時に、また明かりが激しく点滅した。

チェイスが顔をこわばらせ、明かりを見あげた。「アリソン、だれかがきみの家に侵入したんだぞ。もしおれが来なかったら、きみは怪我をしていたかもしれない——」

「きっとただの悪ふざけよ。ほら、ハロウィンだから、子どもがいたずらをしたの」

「ハロウィンはまだ先だ」

「でも、そういうのって早めに始まるじゃない？　もういなくなったんだし、今後はわたしも毎晩、戸締まりは二重にチェックするし、だから心配する必要なんてないわ。警察をわずらわせる理由もない」

チェイスは簡単にだませる男ではなかった。身を乗りだし、アリソンを寄せ木造りのカウンターのほうに追いつめた。「どういうことだ、アリソン？　なぜそこまで警察を嫌う？」

こんなに近くに迫られると、豊かなまつげがよく見えて、香りまでわかる……

「こらっ、おれのまつげなんかどうでもいい！　きみを誘惑しようとしているんじゃない。

少なくとも、いまは。警察に通報しない理由を知りたいだけだ」

　驚くほどセクシーな唇を見あげ、それが歪むのに気づいて慌てて言った。「ローズとバークはこの家を他人に引っかきまわされるのが嫌いなの。落ちつかない気分にさせられるんですって」

　チェイスの眉が疑わしそうにつりあがった。「幽霊が？」

「まあ……そうよ」

　チェイスが体を戻し、うなじをさすった。アリソンは視線をおろし、彼の体を眺めまわした。なんてゴージャス。そのときはたと気がついた。彼はまた硬くなっている。ジーンズは体によくフィットし、やわらかく色褪《あ》せた布は問題の部分をぴったりとくるんでいた。アリソンの体の奥で熱が爆発し、胃は欲求でよじれた。

　チェイスがうめいた。「おれを殺すつもりか、アリソン？」

「じつは……あなたに見てもらいたいものがあるの」ごくりと唾を飲んだ。「これ以上、先へ進む前に」

　チェイスが熱く期待に満ちたまなざしで彼女の目を見つめた。

「その……二階にあるわ。ベッドルームに」

　チェイスがほほえんだ。

　アリソンはそわそわと身じろぎして言った。「ちょっとあがって身支度をしてから、ここに持ってくる——」

チェイスに腕を取られると、半ば床から浮きあがりそうになった。彼が首を振って言った。「そのままのきみが好きだ」ささやくと、鉄の自制心で欲望を抑え、やさしくキスをした。「髪をまとめて、そのやわらかいローブの裾からときどき色っぽいコットンの下着をのぞかせて、そんなふうに眼鏡をちょこんと鼻に載せた姿は、ものすごくセクシーだよ」

アリソンはこれ以上なにも見せまいとローブの襟元をぎゅっと閉じ、か細い声で尋ねた。

「コルセットカバーやドロワーズが好きなの？」

「見たかぎりでは、気に入った。おれのためにファッションショーをしてくれれば、もっとはっきり答えられるが」

彼の前でローブを脱ぎ去ると思っただけで、頭が真っ白になった。チェイスがにやりとしたので、急いで尋ねた。「眼鏡もセクシーだと思うの？」

チェイスが彼女を抱き寄せて言った。「きみのすべてがセクシーだ。その点に関して、きみの幽霊はまったく関係ない」

「でも……めがね？」

チェイスがまたほほえんだ。「二階へあがろう。もうじゅうぶん待った」

目を丸くしてアリソンは言った。「でも、まずは見てもらいたいものがあるのよ、あなたが……その気になる前に」

大きな手の片方で彼女のウエストを撫でながら、チェイスが言った。「とっくにその気になっている」

「チェイス……」

「それほど大事なものなら見せてもらうが、それでなにも変わらない」

アリソンは向きを変え、不安な気持ちのまま、先に立ってベッドルームへ向かった。小声でつぶやいた。「どうかしら」

チェイスが皮肉を聞きつけて、お返しに彼女のお尻を軽くたたき、手のひらを必要以上に長くその場に留まらせた。アリソンはどうにか決意を奮い立たせ、階段をのぼった。ベッドルームに入ると、彼のほうは見るまいと努めた。見たが最後、彼に飛びついて、大事なことがおろそかになるのはわかりきっている。

いそいそとナイトテーブルに歩み寄り、いちばん上の引き出しを開けて、古びた赤い革装丁の日記帳を取りだした。チェイスに差しだす。「だれにも見せたことはないわ。だけどことを起こす前に、一部でも読んでもらうのが筋だと思って」

チェイスが日記帳を見おろし、それからアリソンを見つめ、さらにマホガニー製の大きな四柱式ベッドに目を移して、ため息をついた。日記帳を受け取って、言った。「きみのベッドに不服はない。大きさはじゅうぶんだし、柱には想像力をかきたてられる」アリソンに視線を戻して表情を探り、それから尋ねた。「きみは？」

アリソンは息を呑んだ。「わたしが、なに？」

チェイスがあごでベッドを示した。「楽しいことは思いつかないか？」

彼に頭のなかを読まれているのがわかった。そこにあるものは、声にするにはどぎつすぎる。楽しいこと？　思いつきますとも。頭に浮かんだ想像図は、どれも裸の彼を呼び物にしていた。

チェイスがにやりとして、マットレスの端に腰かけた。「おれが思い描いているものとは少しばかり異なるようだが、その点は話し合いで解決しよう」日記帳を掲げた。「おれがこれを読み終えたら」

チェイスは長々とベッドに横たわり、くつろげるよう頭の後ろに枕を置いた。最後にもう一度、まだぽかんとその場にたたずんでいるアリソンを見て、低い声で言った。「おれが速読家でよかったな」

その言葉に秘められた約束に、アリソンの息は詰まって全身がわなないた。「わたしは、その、さっきから話題にのぼってる飲み物を用意してくるわ」

「なにか食うものはあるかな？　腹ぺこなんだ」

「見てみるわ」アリソンは逃げるように部屋を出た。彼が読むのを見ていられなかった。今夜の目的がどんなものになるかを告げる、日記帳の文章を。

5

アリソンはピーナツバターとジャムのサンドウィッチを四つこしらえて、それぞれ半分にカットし、大きなグラスふたつにミルクを注いだ。不思議なことにローズとバークは姿を見せないが、きっと日記帳を読むチェイスを観察しているのだろう。ふたりが気の毒でたまらない。なすべきことをチェイスが受け入れてくれるよう、心から願った。

ゆうに二十分は階下に留《とど》まっていたものの、これ以上、先延ばしにするのは単なる臆病者だと肚《はら》をくくった。それでも階段をのぼる足取りは重かった。ベッドルームに入ってみると、案の定、まだ日記帳に没頭しているチェイスの上方にバークとローズが漂っていた。いまやチェイスはブーツを脱いで、靴下を履《は》いた足をくるぶしで交差させ、長い片腕を頭の後ろに回していた。とても背が高いので、横たわった体はベッドの頭から足元まで届く。アリソンなど、あまりの広さにときどき途方に暮れてしまうのに。

戸口で足を止めると、彼がこちらに目を向けたものの、それ以外は動かなかった。表情は考えに耽っているようで、もの憂《う》い。

アリソンはローズとバークを無視して咳払いをした。「ええと、ピーナツバターとジャムのサンドウィッチを作ったわ。それでよかった？」

チェイスが開いたままの日記帳をマットレスの上に伏せ、横向きになって肘を突くと、手のひらに頭を載せた。それでもまだなにも言わない。

「その、読んでみて、おもしろかった？」

「じつに」

「どれくらい読んだの？」

「きみがおれになにをしてほしいのか、わかるくらいに」

「ああ」顔が熱くなるのを感じながら、少し近づいてサンドウィッチを載せたトレイを差しだした。

チェイスがトレイをベッドの中央に置き、反対側をぽんぽんとたたいて、一緒に座るようながした。アリソンはおずおずとマットレスにあがった。伸ばした脚の上にローブを撫でつけ、背筋を正して、膝の上に両手を載せた。自分になにかすることを与えるだけのために、サンドウィッチの半分をつまむと、むきだしの足を見つめながら小さくかじった。

彼女がどれだけ緊張しているかをよくわかっているチェイスは、アリソンが口のなかをいっぱいにするのを待ってから、切りだした。「おれはきみの〝激しい情熱〟のパートナーになればいいんだな？」

アリソンはのどを詰まらせた。

チェイスは助けるどころか自分もサンドウィッチをひと切れつかむと、彼女が息をしようともがくのもかまわず、ふたくちで食べ終えた。

アリソンはしばし喘いで咳払いをし、ようやくかすれていない声が出せるようになってから、慎重に尋ねた。「宝石のところは読んだ？」

「ああ。バークはローズに愛の証《あかし》として宝石を贈ったが、バークが麻疹《はしか》で亡くなり、最期まで片時も離れず献身的に看病していたローズも病《やまい》に罹《かか》ると、彼女はいまいましい親戚に宝石を奪われないよう、この家のどこかに隠した。その宝石は、ローズの言葉を借りれば〝激しい情熱〟の象徴で、彼女もバークもまちがった人の手に渡ることを望まなかった」

アリソンはヘアピンからほつれて肩にかかった巻き毛をそわそわといじった。「そのとおりよ。ローズも同じ病気で亡くなったんだけど、経過はバークのときより速かったの。ずっと看病していたせいで、すっかり弱っていたから」ちらりとチェイスを見た。「悲しい話じゃない？」

チェイスが肩をすくめた。「夫を愛する妻なら、だれでも同じことをするだろう。逆もしかりだ」

幽霊たちはこの答を気に入ったのだろう、明かりが楽しそうにまたたき、温かな光が室内を満たしたように思えた。今回は、チェイスは光の点滅に気づきもしなかった。彼の意識はすべてアリソンに注がれていた。

アリソンは咳払いをした。「永遠の愛とか、そういったものの象徴じゃないのよ」伏せたまつげ越しにちらりと彼を見た。「だけどローズとバークは、宝石を受け継いだ子孫の女性に……その……情熱的であってほしいと願ってるの。いままでその条件を満たすと思える女性はひとりもいなかったから、宝石は隠されたまま、ふたりはここに居座ったままだったんですって。宝石の遺産がぶじに受け継がれるまで、ここを離れたくなかったから」

「つまり本当に情熱の遺産なのか？」

彼がからかっているのか否《いな》か、信じてくれたのか否か、アリソンにはよくわからなかった。チェイスの顔は感情をまったく表していなかった。「ローズもこの世を去ったとき、この家はバークの妹のマリアンに遺されたの。だけどマリアンの若いご主人はもう亡くなっていて、彼女は再婚しなかった。マリアンのひとり娘のシビルが次にこの家を受け継いだんだけど、彼女は結婚に興味すらなかったみたい。ローズはこのふたりを自分と同じ、その、〝炎の女〟だとは思えなかった。マリアンもシビルも幽霊を信じなかったし、男性にそれほど関心がなかった。宝石が誤った手に渡るのをローズが心配したからこそ、ローズとバークは真の安らぎを見つける代わりに、ここで足止めを食らうことにしたの」

チェイスがもうひと切れサンドウィッチを食べて、ミルクを半分飲んだ。まるで彼女に飛びかかるタイミングを見計らっているかのように、用心深い奇妙な目でアリソンを見つめたまま。「ローズにはほかに条件に見合う親戚はいなかったのか？」

アリソンが首を振ると、さらに巻き毛がふた筋、ほつれて落ちた。まとめなおそうとしたものの、その途中でピンが一、二本、どこかにいってしまった。チェイスの熱くもの憂げな瞳が彼女の髪を眺めまわし、それから顔に戻ってきた。

「それは……ええと、ローズの親戚はみんな、彼女が〝格下〟の相手と結婚したと思っていて、だからほとんどの人とは疎遠だったの。だからこそ宝石に意味があったのよ。ローズの親戚に認めてもらうには、バークは必死で働かなくちゃならなかった。だけどローズはお金で買えるものを求めたことなんてなかった。それでもバークは彼女にこの家と宝石を買って、そして──」

「そしてふたりはこのうえなく情熱的な結婚生活を送った」

アリソンは首をすくめた。「ええ」それから小さな声でつけ足した。「ローズがバークに期待したのはそれだけ。だけどバークは起業家で、じきに事業は好転しはじめた。ローズは最初から夫を信じていたから驚きもしなかったし、それを理由に愛を深めることもなかった。そのころには家族もローズとの縁を取り戻したいと思うようになっていたけれど、ローズは拒んだの。目に見えるものの価値でなく、彼そのもののすばらしさを認めてくれなかった家族とは、関わり合いたくないといって」

最後のサンドウィッチもチェイスの口のなかに消え、結局アリソンはひと切れしか食べなかった。チェイスがミルクを飲み干し、それからトレイごとナイトテーブルに移した。彼の手が伸びてきたので、アリソンは身をこわばらせた。興奮と緊張の両方で。ぎゅっと目を閉じた。

チェイスの手がやさしく腕をさすった。「きみは情熱的な後継者の役割を果たそうとしているんだな？」

彼と視線を合わせられないまま、答えた。「ローズはわたしが適任だと思ってるわ。といっても、わたしは自分をとりわけ情熱的だと思ったことはないけれど」

「へえ？」チェイスの指が腕をゆっくりと上下し、それから首すじをかすめた。

アリソンはごくりと唾を飲んだ。「本当よ。だけどわたし、じつを言うと、その……はじめてなの」

チェイスがぴたりと動きを止め、それからうなりながらベッドに仰向けで倒れると、前腕で目を覆った。「信じるものか」

アリソンはそっと彼を盗み見た。苦しんでいるように見えた。体をこわばらせ、唇を引き結んで、歯を食いしばっている。「チェイス、大丈夫？」

彼の笑い声はまったくユーモアを欠いていた。「いまいましい《ダムド》処女、か」とつぶやく。

「わたしは自分が呪《ダムド》われてるとは思わないけど。ただ、そこまで深い関係を持ちたいと思える人に出会わなかっただけ……あなたをのぞいて。性的に、という意味よ。そしてあなたはわたしに無関心だったから……」

「信じられない。処女だとは」

「そんなに驚かなくても」

言い終える前に、チェイスにのしかかられていた。驚きの悲鳴をあげたものの、彼の目に浮かぶ表情と乳房を押しつぶす広い胸に、息を奪われた。片手で両手をつかまえられて頭上で押さえつけられると、アリソンはもうまばたきするしかできなかった。食いしばった歯のあいだから、チェイスが言った。「おれがきみになにをしたいか、わかるか？」

アリソンは口を開いたが、かすれた音しか出せなかった。

チェイスが彼女の顔からやさしく髪を払いのけた。その繊細な仕草は、押さえつける手と口調の荒っぽさとは、みごとなまでに対照的だった。「きみはおれをほとんど知らない」

急に明かりが目もくらむほどまぶしくなり、ふたりとも反射的に目を閉じた。アリソンは首をひねり、部屋の隅にいるローズのほうを向いた――とたん、あんぐりと口を開いた。

「ああ、そんな」

チェイスが片手を目の上にかざしてどなった。「どうした？」

アリソンは彼に向きなおった。衝撃のあまり、まぶしいのも気にならなかった。「本当なの？」

「ちくしょう、なにがだ？」

「たったいまローズが言ったこと」

「なにも聞こえなかった。つまり幽霊もいま、この場にいるってことか？」

チェイスには見えないのだ。アリソンはその事実を悟って、どうやって説得しようかと悩んだ。そのとき気づいた。もしローズの言ったことが本当なら、チェイスを説得する必要はほとんどないはず。

チェイスに胸をさらに押しつけられて、アリソンはわれに返った。彼が皮肉っぽく笑って言う。「それで、ローズはおれがなんだって？」

容易には言葉にできなかった。二度唾を飲んでから、どうにかささやいた。「あなたには……ちょっと変わった性的嗜好があるって」

「なんだと！」

アリソンはうなずいた。「その……ベッドでは支配したがるって」チェイスの驚愕の表情はユーモラスとも呼べた。「だから寝る相手を選《え》り好みするし、わたしを無視してきたんだと言ってるわ。わたしがあなたと性のゲームに興じるとは思えなかったのか、あなたの好きな拘束具を受け入れるとは思えなかったのか、それとも――」

チェイスが片手で彼女の口を押さえ、言葉の流れを遮った。ほかの人に聞かれまいとするかのように、小さな声で尋ねた。「本当に幽霊がいるのか？」

アリソンはうなずいた。

チェイスの顔から不審の表情が消え、怒りが取って代わった。怖い顔でさっと彼女から離れると、しなやかな一連の動きでベッドからおりて床に立った。室内を見まわしたものの、明かりはほの暗さを取り戻し、ローズとバークは身をひそめていた。チェイスが咎《とが》めるような目をアリソンに向ける。アリソンは身動きひとつできずにいた。チェイスの慈悲に身をゆだねるという思いに、まだ心を奪われていた。彼がどんなことをするのか、彼にどれだけの慈悲があるのか、具体的にはわからなかったけれど、知りたくてたまらなかった。

「おい、こら、だめだ！　またセックスでおれの気を逸らすのはやめろ」チェイスが人さし指を振りかざす。「今夜、幽霊が見ている前で、おれに愛してほしいって？　おれをふたりの余興にするつもりだったのか？　ローズとバークはまともじゃない。のぞき趣味の変態幽霊だ！」

ベッドから枕がひとつ飛んできて、チェイスの顔にぶつかった。チェイスは枕を払いのけたが、すぐまた別のひとつが飛んできた。チェイスは悪態をついて言った。「すばらしい。今度は幽霊を怒らせた！　これ以上のことはないと思わないか、アリソン？」

まだベッドに横たわっていたアリソンは、状況の変化に励まされて、にんまりした。「じゃあ、ふたりの存在を信じるのね？」

チェイスがいらいらと髪をかきあげた。「なぜ信じちゃいけない？　完ぺきに筋が通るじゃないか」

アリソンがいまにも笑いだしそうな顔になったのを見て、チェイスは自分がばかげたふるまいをしているのに気づいた。アリソンはベッドに仰向けで横たわり、チェイスの歯を疼《うず》かせるほど熟《う》れて食べごろに見える。それなのに彼は躍起《やっき》になって幽霊を怒らせている。

ベッドで支配されるという考えにアリソンが嫌悪感を示していないことにも気づいた。それどころか、もし彼女の心を正しく読んでいるなら――正しいとわかっているが――アリソンは興味を抱いている。すばらしい。

また枕が飛んできた。

「ローズはあなたに謝ってほしいんだと思うわ。バークと愛し合うときはいつも目を閉じていたから、あなたを見たいなんて絶対に思わないって」

しぶしぶながらチェイスの口元に笑みが浮かんだ。ようやくこの特殊な状況に慣れはじめていた。「彼女がそう言ったのか？」

「ええ」アリソンがためらってからつけ足した。「だけどバークは、それは嘘だって言ってるわ。愛し合うときのローズは一心に彼を見つめていたんですって。ローズの目はこの世でいちばん美しくて表情豊かなんだそうよ」

チェイスはその感傷的な言葉に思わず心を動かされた。幽霊。それもただの幽霊ではなく、冗談を言って、からかって、愛し合う、情熱的な幽霊だ。いったいだれが信じただろう？　アリソンは真実を語っているにちがいない。そうでなければ、彼の嗜好を知りえたはずがないのだから。それにあのいまいましい枕は、本当にアリソンの手を借りずにベッドから飛んできた。アリソンはただベッドに横たわり、彼を見ていた。待っていた。

ある意味ではローズとバークに感謝していた。ふたりのおかげでアリソンという女性に真の意味で出会えたのだから。ふたりのおせっかいがなければ、彼女の人間的な深みに気づくことはなかっただろう。いま、チェイスの妄想を現実に変えたがっているアリソンを見ると、彼女なしではいられない気がしてきた。

ベッドに近づいた。「教えてくれ。ジャックと試してみようとは思わなかったのか？」

アリソンは鼻にしわを寄せたが、嘘をついても意味はないと悟ったのだろう、正直に答えた。「バークとローズに永遠の安らぎを与えるためには、わたしがなにか情熱的なことをしなくちゃならなかったの。ふたりはここにいるのは嫌いじゃないけれど、このままだといつまでも落ちつけない。だけどジャックを選ぶことには賛成してくれなかった――正直言って、ほっとしてるわ。たしかにバーではあんなふるまいをしたけど、本当はいい人だし、すごく思いやりがあってやさしいのよ。だけどわたしにはどうしても踏み切れなかった。想像できなかった……彼と……」

アリソンのピンク色に染まった頬と言いよどむ声に、チェイスの胸はいっぱいになった。やさしく言葉を継いだ。「彼と情熱を交わすところは？」

アリソンがうなずき、ささやくような声で続けた。「あの人とそうなるところを想像してみようとがんばったけど、妄想のなかでは結局いつも相手はあなたになってしまって。どういうわけか、ローズはそれに気づいたの。いくらわたしがむだだって説明しても、あなたを追い求めるべきだと言って譲らなかった。わたしの着るものまで選んで――」

「ああ、あのセクシーなドレスのことか？」

アリソンがうなずく。「ローズが屋根裏で見つけてきたのよ」

「彼女のものだったのか？」

「いいえ。だけどこの現代的で丈の短いスタイルは大好きなんですって」アリソンがほほえんだ。「ローズには、かなりきわどく映るのよ」

チェイスは片方の眉をつりあげてゆっくりと彼女を眺めた。「おれにもだ」

「そうなの?」アリソンが唾を飲み、それから続けた。「ローズはわたしがいま着てるものも選んでくれたのよ。だけどそのときは、あなたに見られるなんて思ってもみなかった」

チェイスはベッドの彼女のとなりに膝を突き、なにも言わずにローブの布ベルトをほどくと、胸元を開いた。シルクのようにやわらかいコットンのスリップとドロワーズを見おろした。スリップの襟元には小さな貝ボタンが並び、その下にはかぎ針編みの一輪のバラが施され、裾にも小さなバラが散らされている。ドロワーズは幅広の興味深いフラップで閉じるようになっている——男の手ほども大きい。思わず息づかいが荒くなった。「心から満足しているとローズに伝えてくれ」

アリソンがほほえんだ。「いまので聞こえたはずよ」

チェイスはやわらかそうな乳房を見つめた。小さな乳首がツンと立ってコットンを押しあげている。鼻孔がふくらみ、胃がよじれた。視線をあげずに言った。「悪いがふたりきりにしてくれ。アリソンとおれはちょっと用事がある」

明かりが薄れて、やわらかな光がベッドに届くだけになった。温かいそよ風が体の上を通りすぎ、バークとローズがふたりきりにしてくれたのがわかった。チェイスは一秒もむだにしなかった。アリソンの腰にまたがって彼女の体を見おろした。深い呼吸に合わせて胸が上下するさまを。シャツのボタンを外すと、もどかしい思いで脱ぎ捨てた。

むきだしになった胸を見てアリソンが感嘆の声を漏らし、手を伸ばしてきた。チェイスはにやりとしてその手をつかんだ。

「だめだ、おれにはおれのやり方がある。この先、何度もすることになるから――」

「そうなの？」

「そうとも。まちがいない。だから、正しく始めよう」アリソンの上体を起こさせて眼鏡を取り、かたわらに置いてから、ローブを肩の下までおろした。見開いた彼女の目を見つめながら、やわらかいシュニールの腰ひもをベルト通しから引き抜いた。

アリソンが震えているのがわかった。不安と興奮で。「絶対におれを怖がるな、アリソン」静かに命じた。アリソンが唇を舐めてやわらかい腰ひもを見やり、それからうなずいた。

「いい子だ」受け入れられて、喜びと刺激を感じた。「じゃあ、もう一度横になれ」

アリソンはほとんど喘いでいた。まばたきもせず、唇は開いたまま。チェイスは彼女にほほえみかけずにはいられなかった。「腕を頭の上に掲げろ。できるだけ上に。ヘッドボードに届くくらい」

アリソンはごくりと唾を飲みこんだが、ゆっくりと命じられたとおりにした。その従順さに、チェイスの体内を血流が駆けめぐった。なおいいことに、彼に負けないくらい彼女も興奮しているのが伝わってきた。まさに匹敵する相手、完ぺきなソウルメイト。心も体もその事実を認識し、あらゆる感情をより鋭く大切なものに変えた。

わざと時間をかけて期待を高めつつ、彼女の両手首をつかんで腰ひもで縛ると、ベッドの頭のほうにある頑丈な柱の一本に結びつけた。結び目がほどけないのをたしかめてから、指先で白い腕を撫でおろし、鎖骨に触れた。アリソンがかすかに震えて身をよじったので、ささやいた。「だめだ。じっとしていろ」

アリソンはたちまち動くのをやめた。

チェイスは張りつめた彼女を見つめた。「痛くないか?」

「平気よ」

そんなに小さな彼女の声は聞いたことがなかった。興奮を聞きつけたチェイスは、襟元のバラに触れた。「きみの胸をじかに見ようと思う」

アリソンが目を閉じかけたので、やさしい声でふたたび命じた。「おれを見ていろ」

アリソンは下唇を噛んだが、どうにか視線を彼の顔に向けた。小さなボタンはシルクのボタンホールをやすやすと抜け、チェイスは少しずつ彼女をあらわにしていった。腕をめいっぱい伸ばしているせいで、大きくはない乳房がいっそう小ぶりに見える。アリソンのかすかな恥じらいを感じたものの、そんなものに悦びを邪魔させるつもりはなかった。

尖った乳首の片方に触れてささやいた。「きみはおれがいままでに見たなかでいちばん美しい女性だ」

アリソンがなにか言いかけたので、乳首を軽くつまんで引っぱった。言葉は息を呑む音に吸いこまれた。

「これが好きか?」

「ええ」

もう片方の手も掲げ、両方の乳房を揉んだ。アリソンがじっとしていろという命令に背いて背中を反らしたが、チェイスはこのささやかな不服従を許した。彼の手の下で身をよじる姿はこのうえなくセクシーで、チェイスはその光景を堪能し、彼女の官能的な悦びの波が彼の体にも押し寄せる感覚を味わった。

なんの警告もなく前かがみになり、片手を口と入れ替わらせた。甘くやわらかく吸いつく唇と這いまわる舌に、アリソンが悲鳴をあげた。

「シーッ」いまや濡れた乳首にそっと息を吹きかけた。

「チェイス、こんなの耐えられないわ」

「いや、耐えられる」

彼女のもどかしさが爆発し、体がいっそうこわばるのを感じた。腕をいっぱいに引き伸ばされているので、彼がそっと歯を当てると全身を震わせる。チェイスは腿《もも》のあいだに彼女の腰を挟んで動きを封じ、意のままに従わせようとした。

もう片方の乳房に移って、同じみだらな拷問を加えた。乳首を咥《くわ》えたまま、ささやいた。

「おれはこんなふうに女性を支配するのが好きなんだと、早い段階で気づいた。女性の快楽を操り、セックスで征服するのが。だがきみほど支配するのが楽しい女性はひとりもいなかった」

アリソンがうめき、脚を掲げようとしたが、うまくいかなかった。チェイスはにやりとした。「むだな抵抗はよせ。じっとしていろと言っただろう」

「チェイス……」

「怖くない。一緒にこのドロワーズをどうにかしよう」

上体を起こし、ぴったりと閉じた彼女の太腿に手を伸ばした。やわらかいコットン越しに、ドロワーズのとじ目を中指で擦った。

アリソンが首を左右に振り、手首のいましめを引っぱった。とはいえこれは本能的な反応でしかなく、本当は自由になりたいと思っていないのはチェイスにもわかった。アリソンが感じるすべてを感じ、彼の独特な前戯が彼女を欲求で乱れさせていると思うと、快楽は倍増した。アリソンはすでに濡れ、ドロワーズの指で触れた部分は湿っていた。あまり触れすぎて高みへと近づけすぎないよう、慎重に指を動かしつづけた。

アリソンが巧みな指との深い接触を求めて、お腹をへこませ、乳房を宙に突きだした。チェイスは彼女の顔を見つめながら尋ねた。「なにが欲しい、アリソン?」

「わからないわ」すすり泣くような声で答えた。

「いや、わかっているはずだ。おれに嘘をつくな」

アリソンがぎゅっと目を閉じたので、チェイスは手を放した。「おれを見ていろと言っただろう」

アリソンが息を吸いこんで目をこじ開けた。「あなたに触れてほしい」

「こんなふうに?」指でとじ目を伝いおり、ぐっとうずめてから離した。

アリソンの体を大きな震えが通りすぎていった。「いいえ。下着の……なか」

心臓の鼓動がチェイスの全身を揺すぶった。とじ目のなかに手を滑りこませ、まだほとんど触れないまま尋ねた。「こうか？」

アリソンが腰を突きだそうとしたので、チェイスはまた手を引っこめた。アリソンが泣き声で言う。「いじわるしないで」

「どうしてほしいか言ってくれ、ハニー」

「指を……指をなかに入れてほしい」

アリソンの顔は抑えきれない欲求と恥じらいで真っ赤だった。その姿に心から満足したチェイスは、前かがみになってむさぼるように唇を奪い、舌をねじこんだ。純真なささやきに、自制心が砕けそうだった。くちづけを解いて体を離すと、息を詰めたアリソンが期待のまなざしで見あげた。チェイスはドロワーズのとじ目を開き、隠されていた部分をあらわにした。

濃いブロンドでしっとりと濡れた縮れ毛を見ると、チェイスは彼女自身を味わいたくてたまらなくなった。歯を食いしばって誘惑にあらがい、長い人さし指をひだのあいだに少しずつうずめていった。潤《うるお》いと温もりを感じた。彼女がじゅうぶんに興奮しているせいで挿入は難しくなかったが、そのきつさにあやうくわれを忘れそうになった。

さらに深く指をうずめると、アリソンが低く鋭い声をあげた。「これが欲しかったんだろう？」

アリソンが答えもせずに腰をびくんと震わせ、もう少しでチェイスを押しのけそうになった。チェイスは上体を起こすと、彼女の顔をじっと見つめながらもう一度、深く激しく貫いた。

アリソンが快感で叫んだ――彼の名前を。

チェイスは激しく悪態をつき、またがっていた彼女からおりて、となりに横たわった。アリソンの脚を押し広げ、閉じようとするのを押さえつけた。行く手を阻むドロワーズの布を引き裂き、すべてを見ようとした。彼を待ち望む繊細な部分を。

アリソンがはっとした。チェイスは彼女の戸惑いと期待を感じ、ふたたび指を一本、さらにもう一本、なかに滑りこませた。彼女の腰がマットレスから浮きあがったとたん、チェイスはこらえきれなくなった。前かがみになって彼女を口で愛した。熱くざらついた舌で容赦なく舐めまわし、小さなクリトリスを見つけてやさしく吸った。

アリソンは全身を揺るがす激しい快感とともに絶頂を迎え、チェイスはそのすべてを顔で感じた。体の震えや心の揺れや、飽くなき欲求を。両手でお尻を抱いて秘所に唇をしっかりと押しつけ、悲鳴や弱々しい抵抗にもかまわず、彼女のオーガズムを薄れさせまいとした。とうとうアリソンが静かになってぐったりと横たわると、チェイスはベッドからおりてジーンズとボクサーショーツを脱ぎ捨てた。

「アリソン？」

うっすらと彼女の目が開き、彼の裸を見るなりぱっと丸くなった。大きな青い目を見開いて、全身をくまなく眺める。「痛むところはないか？」

眼鏡をかけていないアリソンがもっとよく見ようと目を凝らしたので、チェイスは思わずほほえんだ。「あなたに触れたいわ、チェイス」

「おれの質問に答えろ」

アリソンがそわそわと両脚を動かして、うなずいた。「手首もどこも痛くないわ、聞いてるのがそういうことなら」

「よかった。それから心配ない。あとでかならずきみの番も回ってくる。だがいまは——」

ふたたび燃える瞳で彼女を眺めまわした。アリソンの脚は開いたままで、レースとコットンの縁取りの奥に湿った縮れ毛が見える。「——いまは、そのままでいてほしい」

コンドームを着けて彼女にのしかかった。そっと体を重ねると、両手で顔を包んで唇越しにささやいた。「こんなふうにきみと愛し合うのが大好きだ、アリソン。頻繁《ひんぱん》にしようと言ったら、断るか？」

アリソンが目をしばたたき、それから無言で首を振った。

「よかった。なにしろ永遠におれのベッドに縛りつけておきたいくらいだから」

「チェイス……」

アリソンが尋ねたがっている質問を感じた。未来にまつわる質問を。だがこの気持ちは自分にもうまく説明できなかった。彼女と一緒にいるときに感じる正しさ、肌と肌を合わせたときの何倍にもふくらむ悦び。まるでソウルメイトのように、彼女といるだけで完全になれるような気がした。最初にアリソンと言い争った昨夜以降、自分がどれだけ生き生きしているかを悟った。彼女を欲し、理解しようと努め、もっとよく知ろうとあがいた。どうしようもない独占欲に駆られたが、この気持ちはすぐには去らないだろう。もしかしたら永遠に。

質問を遮るために唇を重ね、彼自身の揺れ動く心を落ちつかせようとした。それから彼女の脚のあいだに手をおろしてそっとひだを分かつと、はじめてペニスで貫いた。ベッドがやさしく軋り、アリソンが唇を重ねたままうめいた。

「すごくきつい。すごく濡れてるよ。ああ、なんて気持ちいいんだ」

アリソンの体は最初こそ抵抗を見せたものの、まるでわが家に招き入れるかのごとく、じきに彼を受け入れた。大きくて長いものを、根元まで。アリソンが喘いで首を反らし、縛られた両手をこぶしに握った。秘密の筋肉は小さな痙攣《けいれん》をくり返して締まっては緩み、全身はわななないた。あまりにもすばらしく恍惚《こうこつ》とする感覚に、チェイスは自分を抑えることもこれ以上我慢することもできなくなった。

熱心な彼女の目を見つめながら、両肘で体を支えて、一定した突きの深さをコントロールしようとした。その努力に自然と歯を食いしばり、肩がこわばる。

いまいましいことにベッドの脚は長さが均一ではないのだろう、彼が動くたびにがたがたと揺れた。両手で乳房を撫でると手のひらに尖った乳首を感じた。アリソンが彼を求めて腰を掲げ、チェイスは彼女の内側の筋肉にペニスを締めあげられながら、いっそう速く激しく貫き、そしてとうとう達した。突き抜ける快楽に目を閉じた。

人生でこれほど正しいと感じたものはなかった。

この女性だけは手放せないと悟った。

6

ふと気がつくと、アリソンが体の下で身じろぎしていた。なんてことだ、眠ってしまったのか？　チェイスは愕然として身体を起こし、彼女を見おろした。なんと愛おしい顔。輝いてバラ色に染まり、幸せそうで少し内気そうな。チェイスはほほえんでそっとキスをし、いまやほとんどがほつれ落ちて乱れた髪を撫でた。「大丈夫か？」

アリソンが恥ずかしそうに首をすくめ、手首を拘束されたまま伸びをしようとした。「すばらしい気分よ」

チェイスは彼女の手首を見あげ、結び目をほどいた。慎重に腕をおろさせてから、感じているかもしれない痛みを癒《いや》そうと、やさしくさすった。「処女と愛し合ったのはこれがはじめてだ」にやりとしてみせた。「ほかにないくらい満足のいく体験だった」

アリソンがちらりと彼を見た。「縛られたのはこれがはじめてよ。あなた以外の人とだったら楽しめたかどうか」

「おれとは？」

「すごく……すてきだった。あなたがすてきだった」

チェイスは仰向けに転がって彼女を上に引きあげた。アリソンはすぐさま、束縛のせいで叶《かな》わなかった探索の一部に取りかかった。両手で胸を撫でまわし、感嘆のため息をついた。

「あなたって言葉にできないくらい美しい男性ね、チェイス・ウィンストン」

満足感が骨まで染みわたった。裸のアリソンがのんびりと上に重なり、愛し合った余韻《よいん》で体は満ち足りて、この女性は彼のものだという思いで心は穏やか。これ以上の幸せがあるだろうか。

アリソンがやわらかい唇を彼の胸に押しつけると、チェイスは笑って彼女を抱えなおした。「いい子にしていろ。もうすぐ朝の四時だぞ。少しは眠ったほうがよくないか？」

アリソンがふくれ面をしてみせた。「わたしの番も回ってくるって言わなかった？」

「くるさ。明日な」

アリソンがなまめかしい目で彼の裸体を眺めた。「そのときはあなたを縛ってもいい？」

「冗談じゃない」反抗的なしかめ面が返ってきたので、チェイスは低い声で笑いながら合間に入念なキスをした。「誓ってもいいが、同じ効果は得られない。それに、きみにしたいことはまだいくつか残っている」

「チェイス……」アリソンの目が急に温もりを取り戻した。

チェイスは彼女の頬に触れた。「きみは賢くて自立心旺盛でセクシーな女性だ、アリソン・バロウズ。そのままのきみでいてほしい。ただし」誉め言葉にうろたえた彼女を見て、チェイスはつけ足した。「ベッドルームでは別だ。ここではおれが王様になる。きみもそれが好きなことはもうわかっているから、むだな抵抗はよすんだな」

アリソンが枕をつかんで彼をぶとうとした。ベッドが傾ぐ。チェイスは枕をつかまえて眉をひそめた。「このベッドは前から傾いているのか？」

簡単に考えを読まれてしまうなんて不公平だと言わんばかりの顔で、アリソンがつぶやいた。「だとしても気づかなかったわ。でも、あなたはわたしより五キロは重いでしょう？こんなに大きなベッド、わたしひとりじゃどうやったって動かせないもの」

チェイスが起きあがって試しに体を弾ませてみると、また巨大なベッドがぐらつくのを感じた。どういうことかとマットレスをおりて、大きなベッドを支える四本の支柱を見おろした。片手をマットレスの端に当て、押してみる。足元の左側の支柱が一瞬浮いた。ほかのより五ミリ強、短いのだ。その柱の下から布の端がのぞいている。チェイスは腰をかがめたが、布は支柱の下に引っかかって取れない。「アリソン、ちょっと来てくれ」

「どうしたの？」アリソンがベッドの端からのぞきこみ、眼鏡なしでよく見ようと目を凝らした。その視線は支柱ではなく、彼の裸体に向けられていた。

チェイスは愉快な気分で首を振り、彼女の注意が逸れないよう、ジーンズを穿《は》いた。「ベッドの端を持ちあげるから、あの布きれを引っぱりだしてくれ」

アリソンがマットレスから滑りおりると、チェイスはつかの間、探索を忘れた。乳房はあらわで、ドロワーズは開いたまま、みずみずしいお尻に低く引っかかっている。新たな熱の波に襲われて、あやうく目的を忘れそうになった。とりわけ彼女が目の前で両手両膝を突き、こちらを見あげたときは。「どうしたの？」

まったく。頭のなかに描きだされたエロティックな光景は、いくつかの州ではまだ違法にちがいない。やっとの思いで決意を奮い立たせ、腰をかがめて重たいベッドの端を持ちあげた。五センチほどしか浮かせられなかったものの、アリソンがすばやく薄地の白いローン布を引っぱりだした。布にはなにかが記されていた。

「眼鏡をどこへやったの？」

チェイスは小さな布切れに手を伸ばしたが、アリソンに手の届かないところへ持って行かれた。「わたしが取ったのよ。先に見せて」

「アリソン……」

床の上に座ったまま、アリソンが目を狭めて彼を見た。「セックスは好きなだけ支配していいわ、チェイス、だけどほかはだめ」

チェイスはゆっくりと満足の笑みを浮かべると、眼鏡を取ってから彼女のとなりに腰をおろし、ベッドに背中をあずけた。「おれが支配したいのはそれだけさ。つまり意見は一致しているということ」用心深い目でこちらを見ている彼女の鼻に、眼鏡を載せた。

「なぜだか信じちゃいけない気がする」

チェイスは身を乗りだし、かわいらしい乳房を見おろした。「あとでいちばん好きな体位を教えてやる。そうしたら確実に信じられるだろう」

アリソンがしぶしぶ彼から視線を逸らし、布を見つめた。「なんてこと！　これがなにかわかる？」

「見せてくれないからわからない」

「宝石の隠し場所への道案内よ！」

チェイスは好奇心がふくらむのを感じた。「地図か？」

「ではないわ。地下のある場所へ行けと書いてあるだけなの。複雑だから、この指示に従わなければ絶対に見つけられないはず」

心からの笑いがこみあげて、チェイスはもう少しでひっくり返りそうになった。アリソンが肩をたたく。「どうかした？」

「わからないか？」チェイスは目から涙を拭い、さらにくっくと笑った。「この道案内はベッドの支柱に隠されていて、だれかがその存在に気づくには――」

アリソンの目が丸くなった。「ベッドで情熱的な行為に耽るしかない！　そうでもしないとこの重さだもの、ベッドは絶対に揺れないし、だれも隠された案内図に気づかない」

「そのとおり。認めるしかないな、ローズはかなりの切れ者だ」

アリソンが勢いよく立ちあがった。「来て」

「おいおい」チェイスは彼女の手をつかみ、大きく広げた脚のあいだに引き戻した。「なにか着るのが先決だと思わないか？」

「どうして？」

「さもないと」お腹にキスしながら簡潔に言った。「地下までたどり着けなくても責任を負えないからだ」

「そうなの？」

チェイスはそそる乳首の片方を見つめた。

アリソンがにんまりした。「あなたといると、自分がすごくセクシーになった気がするわ、チェイス」

「それはきみがすごくセクシーだからさ。ものすごく」

「処女はふつう、初体験を楽しめないって聞いてたけど」

チェイスは乳房の両方を手で覆った。宝石への好奇心が急速に薄れていく。「きみは並みの処女じゃない」

アリソンがはにかんだ笑みを浮かべ、クローゼットに歩み寄った。「それか、あなたには独特のなにかがあるのかもね、わたしの……セクシーな面を刺激するなにかが」腰をくねらせてドロワーズを脱ぐと、ハンガーからドレスを取った。頭からかぶるさまをチェイスは見つめた。

これまた古風な一着で、上半身はぴったりと体に吸いつき、丈《たけ》はふくらはぎまで届く。襟はなく、胸元が細いV字型に開いているだけだ。身ごろには無数の小さなくるみボタンが縦に並び、細いループ状のボタンかけに通すようになっている。チェイスは彼女がボタンをかけはじめるのを見て、また脱がせるにはうんざりするほど時間がかかるだろうと思った。彼にとっては、いわば終わることのない前戯だ。

いまから待ちきれない。

アリソンがヒールの太いしゃれた靴を取りだし、ウインクをして言った。「とっておきのセクシーパンプスよ」

チェイスは目を狭めた。「下は裸だろう」

「そうよ」なんでもないことのように颯爽と部屋を出た。「来て、チェイス。地下に案内するわ」

チェイスはにやりとして彼女に続き、ゆったりとしたスカートの下で揺れるお尻に見とれた。

アリソンは暗い地下へおりる前に機転を利かせ、まずはキッチンに入って懐中電灯を取りだした。地下におりると、ふたりは土を固めた床の上を右往左往した。照らすものといえば、階段のいちばん下にぶらさがる裸電球だけで、それでは明かりがじゅうぶんではない。空気はかび臭く、壁は湿っている。ふたりは慎重に案内図の指示に従い、歩数を数え、向きを変えて、邪魔な配管をかいくぐった。ついに奥の隅で立ち止まった。手製の洗濯といのざらついた先端が、天井の梁《はり》からほんの少しだけ見える。

アリソンがうっとりした面持ちで彼の周りを歩きまわった。「古い洗濯といよ。ローズが手回し式の洗濯機で洗濯しなくちゃならなかった時代のもので、バークが作ってあげたの。

この家を買ったころはまだメイドさんを雇ったりできなかったから、なるべく家事がしやすいように、バークはできるだけのことをしたの。といは一階のバスルームの流しの下から始まってるんだけど、前の相続人がキッチンに新しい洗濯機を取りつけたとき、板でふさいでしまったのよ」

「台かなにかが必要だな」チェイスは言い、といの真下に移動した。アリソンの手のなかの布切れに懐中電灯の光を向ける。「宝石はこの真上だと書いてある」

懐中電灯の光が長く深いといの上で躍り、内部を照らした。六十センチほど上に、小さな箱がテープで留められていた。「まちがいない」チェイスは低い声でささやいた。

「あれが宝石？」

「だと思う」

アリソンの興奮が押し寄せるのを感じた瞬間、チェイスははたと気づいた。「バークとローズはどこだ？　明かりの点滅も隙間風もなにもない。いつから……？」

アリソンが凍りついた。「たしか、あなたがふたりきりにしてくれと言ったときから」

チェイスはやさしく彼女の頰を撫でた。「たぶん、もう安心だと思ったんだろう」

アリソンが唇を嚙み、眼鏡の奥で目を見開いた。それからささやく。「行ってしまったの？」

「まさか本当に幽霊だなんてたわごとを信じていたのか？」三人目の声にふたりとも飛びあがった。愉快そうな見下した声。

アリソンがくるりと向きを変えた。「ジャック？」

チェイスは前に出て、彼女を背後に隠した。ジャックは階段のふもとの裸電球の下にいた。手には銃を握っている。穏やかな声でチェイスは尋ねた。「また来たのか？」

ジャックはほほえんだ。「ああ。今夜、この家にひそんでいたのはぼくさ。アリソンはベッドにもぐっているだろうと思ったし、あんな夜更けにおまえが訪ねてくるとは想像もしなかった。ところが訪ねてきたばかりか、一夜を過ごしたとは」表情が険しくなり、チェイスの肩越しにつま先立って見ようとしているアリソンをにらんだ。「後悔のかけらもなくぼくを追い払ったのは、別の男を迎え入れるためだったんだな。上品な女性だと思っていたのに」

アリソンが息を呑んだものの、侮辱されたからではなかった。「どうやってなかに入ったの？　あなたが帰ったあと、玄関にはこの手で鍵をかけたのよ！」

「ああ、だがその前に居間へ入って話をしただろう？　きみがもう会えない理由を熱心に説明している隙に、窓の鍵を開けておいた。がっかりして窓の外を眺めているように見せかけて、じつは計画を練っていたのさ」ジャックがにやりとした。「そうそう、玄関をちょっといじらせてもらったよ」

「でも、どうして？」

「宝石のために決まってるだろう。この家のどこかにあるという宝石、そいつをいただく。万金に値《あたい》するはずだ」

チェイスはなにも言わなかった。ジャックの頭上の裸電球がほんの少し暗くなり、それからまた明るくなるのに目を奪われていた。小さな笑みが浮かんだ。「宝石がお望みか？　取れよ、この上にある」

といを指差したが、ジャックは首を振った。「おまえが取れ。アリソンはぼくのそばで待っていろ」

「だめだ」

ジャックが銃を掲げた。「頼んだんじゃない、バ、ー、テ、ン、ダ、ー、。命令だ」

チェイスが止めるより先に、アリソンがさっと前へ出てジャックに駆け寄った。彼女もちらりと電球を見あげた。チェイスは自分たちが夢を見ているのではないことを祈った。もうそばにいないかもしれない幽霊たちに望みを託していた。

アリソンをぴったりと引き寄せてジャックが言った。「ほら、早くしろ。宝石を取ってこい」

一秒でもアリソンをほかの男のそばにいさせたくなくて、チェイスは重く錆《さ》びついた洗濯桶《おけ》をひっくり返すと、その上にのぼった。かろうじて指先が包みに届く。懐中電灯の先を使ってなんとか剝がそうとすると、数分後、ついに包みが手のなかに落ちてきた。

「こっちへ寄こせ」

ジャックが片手を差しだしたので歩み寄ろうとすると、銃を向けられた。「いや、アリソンに放れ」アリソンが乱暴に前へ押しだされてよろめいた。体勢を立てなおしてチェイスを見つめ、両腕を伸ばした。チェイスが重たい包みを慎重に放ると、アリソンが上手にキャッチした。

ジャックがにやりとして彼女の手から引ったくった。「すばらしい。ようやく手に入れて興奮してるが、アリソン、きみをものにするのも悪くなかっただろうな」

アリソンが嫌悪に身を震わせ、見くだした声で言った。「だけどわたしはあなたを求めてなかったし、大事なのはその点よ」

ジャックが笑った。「幽霊が情熱的でなくてはならないと言ったから？」やれやれと言いたげな顔でチェイスを見た。「こんなばかげた話を信じられるか？ はじめて打ち明けられたときは調子を合わせたよ。だってそうだろう？ 彼女は気の毒なほどうぶで、そういうのも楽しいんじゃないかと思った」

チェイスはぎらぎら光る目をアリソンに向けた。「本当にこんなやつと寝る気だったのか？ 理由まで聞かせたのか？」

アリソンの顔が真っ赤になる。「だってまさかあなたが……」

「だろうな。アリソン、こいつに比べたらゼーンのほうがはるかにましだ」

アリソンが恥じ入ってうつむいた。

チェイスはじわりと前に出た。ジャックの計画はわからないが、愉快なものでないことは明らかだ。

もう一歩踏みだすより早く、ジャックがどなった。「そこまでだ。ふたりとも、あっちの隅へ行け」

アリソンが彼を見あげた。「どうするつもり？」

「なに、心配ない。ぼくが遠くへ逃げられるよう、きみたちをここに閉じこめるだけさ」

だがチェイスにはそれが嘘だとわかった。ジャックの真意を悟って眉をひそめた。ローズはこの男の心も読めるようにしてくれたのか？「この家に火をつける気だな」

ジャックが当惑の表情を浮かべ、それから抜け目ない顔になった。「なぜわかった？」

「ローズが教えてくれた」

ジャックがチェイスに銃口を向けたまま、後ろ向きで慎重に階段をのぼりはじめた。あざ笑おうとして失敗する。「幽霊なんかいるものか」

そのとき電球が明滅し、ほとんど消えかけたと思った瞬間、かっと輝いて、あまりのまぶしさにジャックが片手で目を覆った。

チェイスはにやりとした。「おれも信じていなかった、ふたりに会うまでは」

「トリックだ！　たねを見せろ」

「おれはなにもしていない。ローズとバークだ。おまえにも脳みそがあるなら、銃をおろしてアリソンに宝石を返せ」

「は！」あと少しで階段のいちばん上にたどり着く。「彼女が売り払えるようにか？」

アリソンが息を呑んだ。「売ったりしないわ！」

ジャックがいちばん上で足を止めた。冷たい風が階段に吹きおろし、もの悲しい口笛のような不気味な音を立てた。「やめろ！」叫ぶジャックの息が白い。銃を掲げてわめいた。「どんなしかけか知らないが――」

突然、ジャックが突き飛ばされたように前にのめり、銃を握った手が見えない手によって引きあげられ、反動で指が引き金を引いた。アリソンが耳をふさぎ、チェイスは彼女を守ろうと体で覆いかぶさった。ジャックがバランスを失い、悲鳴をあげながら真っ逆さまに硬い階段を転がり落ちて、鈍い音とともに地下室の床に倒れた。銃が一メートル先まで転がる。チェイスは駆け寄って銃をつかみ、ジャックを見おろした。アリソンは気を失っているが、息はある。右脚の曲がり方からすると、折れているにちがいない。アリソンのほうを振り返り、両腕を広げた。

アリソンが小さく息を呑み、胸のなかに飛びこんできた。危険が去ったことを嚙みしめながら彼女を抱きしめるのはじつに心地よく、二度とこの女性を離すまいとチェイスは心に誓った。

ふいに頭上でいくつもの足音が響いた。「チェイス！」

チェイスは眉をつりあげた。「コール？　いったいここでなにをしている？」

狭い階段のてっぺんのドアが開いてコールが現れると、あとから目を丸くしたゼーンとマックが続いた。「なにがあった？　なかに入ってみたら、どこかのばかが銃を握ってわめいているじゃないか」

「アリソンの前のボーイフレンドさ」チェイスが説明すると、いまも片腕でしっかりと抱きしめていたアリソンに脇腹を小突かれた。チェイスはにやりとしてさらに彼女を引き寄せ、階段のほうへと歩きだした。

ゼーンがしげしげと見おろす。「助けようと駆けつけたんだが……」言葉を切ってコールを見る。「兄貴があいつを、その、突き落としたのか？」

コールが身をこわばらせた。「おれが？　おまえがやったんだと思ったぞ」

「まさか」ふたり同時にマックを見た。

「おれを見ないでよ！」

チェイスは低い声で笑いながら階段をのぼり、兄弟のそばに立った。「長い話さ」

「じゃあ手短に頼む。じつは、その、警察に通報してしまった」

「なんでまた？」

コールが首を振り、視線を逸らした。「自分でもさっぱりわからない。ソフィーと一緒に眠っていたら――ふだんならそれでじゅうぶん、ほかのことはどうでもよくなるんだが――いきなり感じたんだ……おまえが危ないと」肩をすくめる。「あんなに奇妙な体験はしたことがない。おれは警察に電話をして、そのあとゼーンとマックにも電話をかけて、外で落ち合うことにした」

いまや全員が集まったキッチンが、急に温かい光で満たされた。兄弟が周囲を見まわす。マックがゼーンのほうを向いた。「おれはそろそろ退散するよ」

ゼーンがうなずいた。「おれも行く」ふたりとも玄関に向かって歩きだした。「なにかあったら電話してくれ」

マックが歩きながらにやにやして言った。「最初がコール、お次はチェイスか。兄貴がどうなるか、楽しみだな」

「は！　おまえがびくついていないといいが。なにしろ次はおれじゃない、おまえだ」

「おれはまだ学生だぞ！」

「おれだって特定の女に入れあげるには、まだじゅうぶん楽しんでない」

ふたりが家のなかを抜けて玄関を出ていくにつれて、声が遠のいていった。コールとチェイスとアリソンは後ろ姿を見送った。

チェイスが首を振り、片方の眉をつりあげてコールを見た。「兄貴は？　ここに残るのか？」

コールがため息をついた。「やれやれ、温かくてセクシーな女性をベッドに置いてきたんだが」そう言って笑う。「ソフィーには待ってもらうとするよ。おまえが警察になんと説明するか、楽しみだ」

数時間後、警察はジャックが正気を失った侵入者だという説明に満足して帰っていった。幽霊がいるとわめくジャック自身の主張が、説明を裏づけてくれた。

いま、アリソンはチェイスとふたりきり、巨大なベッドに横たわっている。例のドレスを脱がせてもらうには、もどかしくて気が変になりそうなほどの時間を要したものの、結果は大満足だった。アリソンは彼のかたわらにすり寄って、ため息をついた。

チェイスが彼女の髪を撫でた。「なにを考えている？」

アリソンはハッとして彼を見あげた。「わからないの？」

彼の顔に浮かんだ表情は滑稽とさえ呼べた。「ええと、わからない」

胸をどきどきさせながらアリソンは尋ねた。「もうわたしの心が読めないの？」

チェイスが眉をひそめ、それから首を振った。「なにも聞こえてこない」

「なんてこと。じゃあ、ローズとバークは本当に行ってしまったの？　もう戻ってこないの？」

チェイスが手を伸ばし、アリソンの首の周りで輝く控えめなエメラルドとダイヤモンドのネックレスに触れた。宝石はきらびやかではなく、コレクターなら別のことを言うかもしれないが、法外に価値のあるものでもなかった。けれどとても美しく、チェイスがネックレスの留め金をかけてピアスをつけてくれると、アリソンは思わず声を漏らしてしまった。指輪は少し大きすぎたので、いまはチェイスの小指にはめられている。

彼が頬にキスをした。「宝石は正しい人間の手に渡った。ふたりが真の平穏を手に入れてもいいんじゃないか？」

「なんだか寂しいわ」

「まだおれがいる」

軽い冗談に少し気持ちが明るくなった。チェイスはずっとそばにいてくれるの？　ふとある考えが浮かんで、ためらいながら尋ねた。「あのときはわたしの心が読めた？　その、愛し合ってるときは」

わざとゆっくりドレスを脱がされ、ベッドの端に連れて行かれて、最後には自分から奪ってと懇願したことを思い出すと、顔が熱くなった。

チェイスの胸の上に引き寄せられ、両手で顔を包まれた。「考えてみると、いや、読めなかった。とはいえ、きみの小さな喘ぎ声を聞けば知るべきことはわかったから、その必要はなかったが」

アリソンはごくりと唾を飲んだ。「ねえ、チェイス。本当に古風なドレスが好き？　じつはね、あんな感じの服が詰まったトランクが屋根裏にたくさんあるの。叔母のひとりが遺したものよ。わたしは着るのが好きだし――」

チェイスが片手で彼女の口を覆った。「もちろん、大好きだ。ああいう服には妄想をかきたてられる。少なくとも、きみが着ていると」

アリソンは彼の手を剝がして尋ねた。「この家は好き？　その、わたしはここを離れたくないの。あちこち修理が必要なのはわかってるけど――」

ふたたび彼が口を覆った。今度はにやりとして。「この家も好きだ。すごく。雰囲気を変えずに手直しをするのは楽しそうじゃないか」

手のひら越しにくぐもった声でアリソンは尋ねた。「わたしのことは好き？」

チェイスがゆっくりと首を振った。「いや、好きじゃない」アリソンは胸が張り裂けそうになり、涙をこらえるのがやっとだった。落胆が生き物のように体のなかを這いまわる。そのときチェイスが手をおろし、唇にキスをしてささやいた。「きみを愛している。きみのすべてを」

「愛してる？」

「きみのような女性ははじめてだ、アリソン。どうしたら愛さずにいられる？ 気さくに幽霊と会話をし、幽霊をかばい、幽霊のために戦う。友達になる。ベッドのなかでおれを燃えあがらせ、おれの持っているすべてを奪い、十倍にして返してくれる。それなのに世間にはいい子だと思わせている。おまけにゼーンの誘いを断った。その点だけでも飛び抜けてユニークだ」にやりとして、彼女の髪に指をもぐらせた。「きみは賢くて自立心があって勇敢で、なによりおれを愛している」

こみあげてきた涙をこらえつつ、アリソンはささやいた。「わたしの心を読んだから、それがわかったの？」

チェイスがゆっくりと首を振った。「いや。きみのきれいな青い目を見たからさ。おれを愛しているだろう？」

「ええ。ほとんどはじめて会ったときから愛してたわ」

「これからもベッドルームでは王様でいさせてくれるか？」

アリソンは激しく首を縦に振った。「もちろんよ」

今度はチェイスも声をあげて笑った。「ずいぶん乗り気だな」

アリソンはたくましい肩におでこを押し当てた。「ローズがわたしの夢をあなたに届けてくれて、本当によかった」

「そもそもきみにおれを夢見るだけの良識があって、本当によかったよ」

ふたり同時ににっこりすると、チェイスが彼女もろとも寝返りを打って、マットレスに組み敷いた。ふたりとも気づかなかったが、最後にもう一度だけ、明かりが幸せそうにまたたいて——消えた。

あの笑顔にもう一度
Tangled Images

1

マック・ウィンストンはいつもどおり、自分の生き方で生きていた。頭のなかでは就職と失望について思いめぐらしつつ、だれにも悩みを悟られまいと、のんきに口笛を吹いていた。今日は雪が降って寒く、夜が更けるにつれてますます気温は下がり、鼻が凍りつきそうだ。が、うわのそらで気にするどころではなかった。

しかし家族が経営するバーに一歩足を踏み入れたとたん、三人の兄とふたりのセクシーな義理の姉がひとつの小さなテーブルに寄り集まっているのが目に飛びこんできた。なにやら……企んでいるらしい。

家族はこのごろやけにうるさくて、励ましを必要としているのを知られたくないときに、励まそうとしてくる。いらいらさせられた。のんきな弟だと思っていてほしかった。愉快な弟だと。そのほうが性に合う。

まだ時間が早いので店はオープンしておらず、ドアが閉じる音に全員がこちらを向いた。

そして目をしばたたいた。女性陣は急に笑顔を浮かべたが、その笑みはどんなに鈍い男でも疑惑を抱くに足るものだった。兄たちにはよくおもちゃにされるものの、マックは鈍い男ではない。

口笛が自然とやんだ。理由をつけて逃げだそうかと思ったが、そのとき兄のゼーンが大声で呼びかけた。「は！　危険を知らない哀れな子羊のお出ましだ。完ぺきなタイミングだな、マック」

長男にしていちばん保護本能の強いコールが首を振り、マックがいまこの瞬間に現れたことを惜しむような素振りを見せた。次男でもっとも物静かなチェイスはちらりとマックを見て鼻を鳴らした。それぞれの妻は、たったいま難問が解決したような顔つきだ。その難問がなんであれ、マックは解決法になりたくなかった。

ゼーンがにやりと笑う。「おまえを助けたいのは山々だが、あいにく町を出るんでね」

コールが天を仰ぐ。「残念だなんて思っていないくせに。腹の立つやつだ」

チェイスはまた鼻を鳴らしただけだった。彼の妻アリソンが夫の腕をやさしくたたく。

「あなたは候補にも考えられてないんだから、安心して。トマスヴィルの女性たちがあなたの完ぺきな肉体をいやらしい目でじろじろ見るなんて、このわたしが許さないわ。もう結婚してるんだもの、そんなふうに見ていいのはわたしだけ」

マックは二歩あとじさった。

コールの妻でただいま妊娠七カ月のソフィーがマックのそばに駆けより、腕にしがみついた。「わかってくれるわよね？　コールに頼むわけにはいかないの。まあ、そもそも引き受けないでしょうけど。彼が控えめなのは知ってるでしょう？　だけどもし引き受けていたら、きっと大騒ぎになっていたわ！　女性たちがコールにどんな反応を示すか、想像できる？」

ソフィーがなんの話をしているのかマックにはさっぱりわからなかったが、それでもほほえんだ。やさしいソフィーは愚かにも、コールは完ぺきだと思っていて、兄が出会った女性はひとり残らず、想像しうるもっともみだらなやり方でコールを手に入れたがると信じこんでいるのだ。

たしかにいちばん上の兄は完ぺきに近い。両親の死後、まだ大人とはいえないチェイスの助けを借りつつ、幼かったゼーンとマックを育ててくれた。立派な親代わりだ。とはいえ、いまや度を超して妻を愛しているから、ほかの女性には目もくれない。どれだけ大きな騒ぎが起きても、まったく意に介さないだろう。

コールもチェイスも結婚したばかりで、ゼーンは次はマックの番だと言い張っている。ゼーンの説によると、どういうわけかウィンストン家には呪いか祝福が降りかかったらしく、残るふたりの独身男はどちらなのか決めかねている、というのだ。もちろん兄ふたりは祝福だと思っているし、義理の姉たちはふたりともすばらしい。ただ、ゼーンには昔から結婚願望がなく、マックもまだ早いと思っている。

意外にも次男のチェイスがあっさり屈服し、この〝ウィルス〟はかなり強力だと証明してからというもの、マックは女性に対して慎重を期《き》するようになった。もちろん交際を避ける理由はほかにもある。大学に通っているあいだは、ほかのなにより学業が優先だった。まあ、ものすごく魅惑的なある女性をのぞいて――マックといっさい関わりたがっていない女性を。彼女を夢見て、またいつかあんな女性に出会いたいと願うときもある。まなざしだけで興奮させてくれる女性。だがそのときまでは……

腕をつかむソフィーの手に力がこもり、マックは離れようとした。あまり遠くへは行けなかった。ソフィーは小柄で華奢《きゃしゃ》に見えるものの、そのしがみつき方ときたら、骨つき肉に食らいついた野良犬のようだった。

ゼーンが愉快そうに目を輝かせ、ゆったりした足取りで近づいてきた。「やっぱりおれがベストの選択だと思うが、コンベンションがあって町を出なくちゃならないから、かわいい弟に任せるしかない」

マックはごくりと唾を飲み、ソフィーとゼーンを見比べた。「任せるって、なにを？」

ソフィーがにじり寄ってきて、言いくるめるようにささやいた。「たいしたことじゃないわ。ちょっとしたモデル役よ」

マックの眉は跳びあがった。「モデル役？」

「そう」

チェイスがまた鼻を鳴らした。

「わかったよ」もうたくさんだった。「ソフィー、逃げないから手を離して。ゼーン、そのにやけ面をやめないとぶん殴るぞ。それからチェイス、もう鼻を鳴らすのはやめてくれ。おれに楽しめないことらしいってのは、わかったから」

「なに言ってるの！」おせっかいな義理の姉にしてマックの大好きなアリソンが、ぱっと立ちあがってソフィーの加勢にやって来た。マックは女性の決意に挟まれた気がした。真ん丸に見開いた純真な目を、慎重に観察した。

コールがため息をついて立ちあがった。「じつは、ソフィーが突飛《とっぴ》なことを思いついて、新たにブティックで男性用の下着を扱いはじめると言いだしたんだ」

男性用下着！　マックは身をこわばらせ、再度さがろうとしたものの、義理の姉たちに容赦はなかった。

「下着じゃないわ、コール」ソフィーがむっとして言い返す。妊娠中とあってか、怒りっぽくなっているのだ。「部屋着よ。すごく人気があるの」

マックはかすかな頭痛を覚えた。「部屋着？」

「そうなの。シルクのボクサーショーツとか、バスローブとか――」

ゼーンが身を乗りだした。「紐《ひも》パンとか、レースのついたヒョウ柄ブリーフとか、レザーのアンダーシャツとか――」

アリソンがすばやく片手でゼーンの口をふさいだ。「女性は男性がそういうすてきなものを身に着けるのを好むの」

マックとゼーンとコールがいっせいにチェイスのほうを向くと、チェイスが横目で妻をにらみながら、兄弟たちにどなった。「おい、いま考えていることをすぐに頭から追いだせ！　アリソンが勝手に思っているだけだ。そんなまぬけなものは死んでも着ない」

みんながっかりして意識を末の弟に戻した。マックはあきらめから期待まで、さまざまな表情をぐるりと見わたし、首を振った。「いやだよ」

ソフィーが怖い顔で見た。「わたしの頼みがなにか、知りもしないのに」

「いや、知る必要ないって。その……男性用部屋着に関係があるなら、おれは関わりたくない」

ソフィーの目が推し量るように狭まった。「わたしはただあなたに――」

「いやだ」

「――新しいカタログに載せる商品を着て、カメラマンに何枚か写真を撮らせてほしいだけなの」

「断る！」

「本物のモデルを雇うなら、ニューヨークとかシカゴから来てもらわないといけないでしょうけど、そんなお金はないし、それにどうせあなたのほうが見栄えがいいはず」

その誉め言葉には悪い気はしないが……マックは首を振った。「ごめんよ」

ゼーンがアリソンの手を引きはがした。「まあ、おれほどよくはないだろうが、さっきも言ったとおり、あいにく――」

ふたりの女性が同時にどなった。「黙って、ゼーン！」

ゼーンはただ愉快そうに笑った。

ソフィーが目を見開き、説き伏せるような声で続けた。「わたしにとっては大きなチャンスなの、マック。カメラマンはわたしの友達で、スタジオの名前が広まるからって、安く引き受けてくれると言っているわ。特別な取引なのよ。撮影はたったの二、三日だし――」

「いやだ」

「――だからあなたの予定を邪魔することもほとんどないでしょうし――」

「ねえ、ソフィー――」

「――それにバレンタインデーは新しいラインを紹介するのに絶好のときなの」

マックはうめいた。

「じゃあ、決まりね。マック、本当に、本当にありがとう」それからちゃっかりした顔で言った。「大学の勉強を見てあげたお礼だと思ってくれていいわ」

運が尽きた。マックはつぶやくしかできなかった。「ずるいぞ、ソフィー」

ソフィーがきれいな青い目をしばたたいて言った。「わたしがいなかったら、解剖学の単位は取れなかったでしょう？」

コールが啞然《あぜん》とした。「夜遅くまで手伝っていたのは、解剖学だったのか？」

マックが天を仰いだ。「女性の生殖器に関してだけだよ。もう、ややこしくて」

ゼーンが噴きだし、今度はチェイスとアリソンも加わった。コールはまだむっとした顔で妻をかたわらに引き寄せ、マックは手探りで椅子を見つけてよろよろと腰をおろした。

「おしまいだ」天を見あげたものの、神の姿はどこにもなく、見えるのはバーの天井だけだった。つまり救いはないということ。

ゼーンのほうに首を傾けて言った。「町を出る予定がなければ本当に引き受けていた？」

「おまえ、寝ぼけてるのか？　女はああいうのが好きなんだ。デートの誘いが山ほど舞いこんで、落ちこんでるひまはなくなるぞ」

「落ちこんでなんかないよ」

チェイスが再度、鼻を鳴らした。

マックはひたいをさすり、全員を無視しようとした。おそらくゼーンは自分をひけらかすのが嫌いではないのだろう。生まれつき人目を引くのが好きだし、女性から注がれる関心には進んで溺《おぼ》れている。だがマックはそうではない――少なくとも、ゼーンほどでは。一緒に溺れたいと思った女性は、いままでひとりしかいなかった。

ソフィーをにらみつけて言った。「ばかばかしいものは着ないからね」

ソフィーがにらみかえす。「うちのブティックにばかばかしいものなんてありません」それから声をやわらげて続けた。「でも心配しないで。どれがいいか選べるようにするから、カメラマンと一緒に決めるといいわ。カタログに絶対載せたい一、二着以外は、好きなものを選んで」

「ああ、うれしい」

ソフィーが差しだした名刺には〈ウェルズ・フォトグラフィー〉という名称とダウンタウ

ンの住所が記されていた。義理の姉がマックをぎゅっと抱きしめて頬にキスをした。「金曜の二時にそこで。いい？」

少なくとも二日間、このアイデアに慣れる時間が与えられた。というより、恐れおののく時間が。

ぶらさげられた木の看板に従って、マックは〈ウェルズ・フォトグラフィー〉の横手にある小さな駐車場に車を停めた。アパートを出る前に郵便物をチェックしたが、教育委員会からの通知は今日も届いていなかった。マックはいい教師だと証明したのに。最高の教師だと。子どもたちから愛され、父兄からも気に入られた。教えたクラスは、テストで過去の平均をはるかにうわまわる得点を――周囲の予想よりはるかに高い得点を――マークした。

それなのに、校長はまだ推薦してくれない。

コートのポケットのなかで両手をこぶしに握りしめ、ひび割れたコンクリートの駐車場を横切った。吹きすさぶ風や、うなじにたたきつける、じきに雪へと変わりそうな冷たいみぞれを無視して、ひたすら足元を見つめた。空は暗い灰色で、いまの気分にはぴったりだ。これほど無力だと感じたことは一度もなく、はじめての無力感はたまらなかった。校長の判断と推薦しないという決定は不公平きわまりないものの、それに関してマックにできることはなにひとつない。

ようやくほとんど空っぽの駐車場を横切って建物の正面までたどり着き、頭を切りかえたマックは、ここはスタジオというより古い家だなと思った。赤煉瓦《れんが》造りの二階建ての建物は、年を経て堂々としている。右手は駐車場に取り囲まれ、左手には貸し部屋ありの広告を掲げた同じように古い建物があった。

凍てつく一月の風に目を狭めながら、マックは除雪用の塩が撒《ま》かれたコンクリートの階段を勢いよく駆けあがり、玄関をきびきびとノックした。

ドアを開けてくれたのは、痩《や》せてそばかすのある十三歳くらいの少女だった。にっこりすると、輝く歯列矯正器がのぞく。マックは笑みを返した。「こんにちは」

「こんにちは」

「ええと……カメラマンに会いに来たんだけど」

少女がうなずいた。「二時の撮影の人ね？」

「そう。マック・ウィンストンだ」

少女がドアを開けてなかへ招じ入れた。「どうぞ。ママはいま別の撮影をしてるけど、もうすぐ終わるから、そんなに長くは待たせないわ。今日は嵐のせいでふたつもキャンセルが入ったの。受付係が病気でお休みだから、あたしが代わりをしてるわけ」

少女はマックの背後でドアを閉じ、板張りの短い廊下を歩きだした。廊下の右手にはカーテンのかかったガラス戸があり、なかにはオフィスのようなセットが組まれているが、壁のほとんどは大きな暖炉が占めている。左手には二階へとのぼる階段があり、のぼりきったところにあるドアは閉ざされていた。マックは周囲を見まわした。「お母さんがカメラマンなの？」

少女が長い茶色の髪を耳にかけてうなずき、ちらりとマックを盗み見た。「そうよ。すごく才能あるの」

案内された部屋には、実用的なベージュのソファと椅子が一脚、何冊もの雑誌が載せられたテーブル、それに飲み物の自動販売機があった。窓の配置や数本のむきだしのパイプから察するに、おそらくキッチンを改造したのだろう。

壁には赤ん坊から花嫁、大家族まで、さまざまな被写体を収めた写真が飾られている。動物と一緒に戸外で撮ったものもあれば、室内でクリスマスツリーを囲んでいるものもある。毛糸の靴を履《は》いた赤ん坊、スーツ姿の紳士、おめかしをした子ども。

どの写真も美しく、カメラマンの才能を証明していた。

不透明なカーテンがおりた別のガラスの両開き扉の奥には、きっとスタジオがあるのだろう。マックはコートを脱いで柱型の洋服かけにつるし、奥の隅に置かれた椅子に腰かけた。

少女が内気そうな笑みを浮かべた。「コーヒーかなにか、飲みません？」

「いや、ありがとう」マックも笑みを返した。「今日はどうしたの？　学校はずる休み？」

「先生が研修で、お昼までだったの」

「なるほど。きみのお母さんにはラッキーだったね。受付係がいないなら、きみが手伝ってくれてきっと大助かりだよ」そう言うと、とっておきの愛敬のある笑みを浮かべた。少女が赤くなって、また髪を耳の後ろにかけた。

彼女がなにか言う前に電話が鳴り、少女は応対しようと駆けていった。マックは抑えた声で笑った。子どもは大好きだ。教師の職に就こうと決めた理由のひとつがそれだった。

もちろんいまは、教えられる可能性は低い。そう思うとしかめ面が戻ってきて、暗い気分に引きずりこまれそうになった。ああ、落ちこむのは大嫌いだ——おれには似合わない。

ありがたいことに、そのときカメラマンがドアを開けた。女性ふたりの声を聞きつけて、感覚がそばだつ。片方の声にはどこか聞き覚えがあり、熱の波がざわざわと背筋を駆けのぼった。過去にこんな影響を及ぼした女性はたったひとりしかいないが、彼女であるはずがない。それでもマックは身を乗りだして、自動販売機の向こうをのぞいた。

身をよじる赤ん坊を抱いた若い女性がこちらを向いて立ち、カメラマンはマックに背を向けて、お尻まで届きそうな長く太い三つ編みを見せていた。まさか、この三つ編み！　滑稽《こっけい》なほど浮き足立ち、息を殺してさらに身を乗りだした。そのとき彼女が少し向きを変え、横顔が見えた。マックはラバに脇腹を蹴られたような気がした。

ジェシカ・ウェルズ。

鼓動が遅くなり、と思うや加速度をつけて走りはじめた。ひどくなじみ深い反応だった。最後に彼女を見たときとまったく同じように、筋肉が震えて胃はよじれ、体は硬く熱くなった。

会ったのは大学以来だ。もう二年になる。それ以降、女性にこれほど強い反応を示したことはない。それなのに、マックがどれだけ親しくなろうと努力したり気を惹こうと手を尽くしたりしてみても、ジェシカは自分が引き起こす騒ぎにまったく気づいていなかった。たしかマックより六、七歳年上で、物静かでとてもまじめな女性だった。少しよそよそしいともいえるほどに。マックはその凛《りん》とした雰囲気と落ちついた物腰に憧れていた。

美しいチョコレートブラウンの瞳を見ると、やわらかく温かいものを連想させられる——愛し合ったあとの女性のような。小さな鼻はすっと筋が通って先がちょこんと上を向いており、頬骨は高く、あごは小さくて丸い。

それに乳房ときたら、これまで目にしてきたなかでもっとも印象的だ。ひと目見れば口のなかはからからに渇き、手のひらは汗ばむ。肉体だけに夢中なわけではない——夜に彼女の夢を見るときは別だが。夢のなかでマックは彼女の飾り気のないセーターと実用一辺倒のブラを脱がせて裸身を拝み、みずみずしい体に触れて乳首を味わい……

ごくりと唾を飲みこんだ。彼女がこちらに気づいていないのをいいことに、ひたすら見つめつづけた。

ジェシカには最初から興味を惹かれた。絶えず色目を使ってくる浮ついたほかの女の子たちとはまるでちがっていた。だが話しかけようとするといつも、小さな鼻をツンと上に向けて無関心を決めこまれた。

それがいま、彼女のほうから話しかけなくてはならない状況がめぐってきた。恩に着るよ、ソフィー。

ジェシカは子ども用のスーツを着せられた小太りの赤ん坊をなだめようとする母親と、気さくに話している。彼女がほほえんだ瞬間、マックはその衝撃を胃の奥で感じた。同じ教室にいたときは、ほほえむところを見たことはなく、ほほえむことがあるとさえ思わなかった。彼女はまじめさの縮図で、それがマックの理性を乱した。

マックは天性の〝笑顔の男〟だ。明るく親しみやすく、だれにでも親切なのが信条。だがジェシカから笑顔を引きだそうとするのは、魚に歌わせようとするようなものだった。

はじめて会った日のことをいまも覚えている。彼女がどっさり本を抱え、居心地の悪そうな落ちつかない顔つきで写真技術の教室に入ってきた日のことを。目立っていた。マックは最前列に座り、ジェシカはできるだけ後ろの席に着いた。真後ろを向いて彼女を見たものの、視線は一度ぶつかったきり、二度と出会うことはなかった。

マックが写真の授業を選択したのは軽い興味からで、知識を身に着けておけば、未来の教え子たちが授業をより楽しめるのではないかと思ったからだ。実際、そのとおりだった。だが彼女にとってはもっとずっと大きな意味があったらしい。

赤ん坊のあごをくすぐりながら、ジェシカが言った。「一週間以内に試し焼きをして連絡しますから、そのときに選びに来てもらう日時を決めましょう」

女性が感謝のため息をついた。「この子がすっかりご迷惑かけちゃって、ごめんなさいね。あんなに辛抱してくれて、あなたは天使だわ。まったく、今日はどうしてこんなにご機嫌斜めなのかしら」

どんな男でも、スーツをむりやり着せられたら機嫌を損ねる。

赤ん坊が足をばたつかせてむずかりはじめたので、母親は慌てて帰っていった。親子が行ってしまうと、ジェシカが腕時計を見おろしておでこをさすり、自動販売機のほうへ向かった。そのとき、マックに気づいた。

ぴたりと足を止め、チョコレート色の目でじっと見つめたが、それも一瞬のことだった。慎重に感情を押し殺した顔で前に出ると、手を差しだした。「ミスター・ウィンストン？」

マックは鼻を鳴らすチェイスのまねをしたい衝動をこらえた。彼だとわからないわけがない。だろう? なんらかの印象を残したはずだ! しかし彼女の表情が変わらないので、だんだん疑問が芽生えてきた。目を狭め、ゆっくりと立ちあがって手を差しだす。こっちはエロティックな白昼夢に耽《ふけ》っていたというのに、向こうは彼を覚えてもいないなんて。「そのとおり」声を穏やかに保って言った。「じつは、何年か前に大学で会ってるよね」

ゆっくりとまばたきをするジェシカの手を包んだ。彼女の顔に礼儀正しい困惑の表情が浮かび、かすかに震えるのがわかった。「そうだった？」

つまり当時から眼中になかったということ。男としての印象などまったく残せていなかったのだ。それでも彼に気づいていなかったとは言わせない。それに二年はだれかを完全に忘れてしまえるほど長くない。

逃すまいと彼女の手を握ったまま、気取った笑みを浮かべた。「ああ。同じ授業を取っていた。写真技術だよ。覚えてないかな？」

急にジェシカがほほえんだ。そのまやかしの笑みに、マックは歯が浮く思いがした。「ああ、覚えてるわ！　マック・ウィンストン。おばかさんな女子生徒たちをいつも夢中にさせてたクラスの人気者ね」

ぐいと引っぱられたのでマックは手を離した。「クラスの人気者？　まさか」

ジェシカが手を振って彼の言葉を謙遜《けんそん》とばかりに片づけた。「そうよ、思い出したわ。頭が空っぽそうな女の子たちはみんなあなたの周りに集まって。あの子たちがひそひそくすくすやってるから、教授の話が半分は聞こえなかったわ。きっと全員とデートしたんでしょう？　じつはちょっと驚いてたわ、あなたの……スタミナに」

口調はやわらかだったが、一言一句がオブラートで包んだ侮辱に聞こえた。マックにとっては慣れない経験だ。とはいえ相手がジェシカとなると、彼の感情も含め、すべてが予想どおりにはいかないのだが。

かかとに体重をあずけて、ゆっくりと彼女の全身を眺めた。ぴったりしたジーンズ、ふんわりした白のセーター、三つ編みにした茶色の髪。見た目はまったく変わっていない。昔同様、マックをかきたてる。いまでさえ筋肉がこわばり、肌の下が熱くなるのを感じた。彼女が欲しくてたまらないのに、これまでのところ、侮辱されただけ。

慎重に言葉を選びつつ、言った。「たしかきみは一匹狼で――ちょっと高飛車だったよね」

彼女の表情が険しくなり、茶色の目は黒に近くなった。「高飛車なんかじゃないわ！　ただちょっと、あなたと比べたら……。その、大学へは勉強するために通っていたの。人づきあいのためじゃなく」

弁解するような口調に疑問が湧いた。あの唇にキスをして頑固な表情を拭い去るのはどんな感じだろう。「こう言ったら驚くかもしれないけど、おれも勉強はしたよ。ただし、楽しみながら」

「ああ、それなら信じられるわ。楽しむ、という部分」

もはやマックにうわのそらなところは皆無だった。剃刀《かみそり》のように鋭く、心はいまに集中し、頭は冴えまくって、興奮していた。生意気なこの女性に〝楽しむ〟とはなにかを教えてやろうとしたそのとき、先ほどの少女が部屋のなかに駆けこんできた。母親とマックが向き合っているのを見るなり、ぴたりと立ち止まった。「ええと、ママ、お話の邪魔して悪いんだけど――」

ジェシカが見るからにほっとして向きを変え、体《てい》よくマックとの対決を切りあげた。「いいのよ。なにも邪魔してないわ……大事なことはなにも」

彼女の言葉の選択に、後まわしにされた気がした。が、距離を置こうと努力しているのだと悟ったとたん、笑いだしそうになった。ああ、彼女はおれを覚えてる。好きなだけ否定すればいいが、だまされはしない。

「じゃあ……」少女が髪をいじりながら、母親とマックをちらちらと見比べた。「今日はもう予約が入ってないから、ジェンナの家に行ってもいい？　彼女のパパが車で迎えに来てくれるって。ジェンナは、その……ほかにも友達を呼んでるみたい」

「友達って、男の子？」

少女が顔をしかめ、それから身を乗りだすと、興奮したささやき声で言った。「ブライアンも来るんだって！」

マックはジェシカが笑みをこらえるのを見守った――今度は心からの笑み。「あらまあ、トリスタ。そういうことなら、ママがなにを言ってもむだね」トリスタが長い歓声をあげる前に、ジェシカがつけ足した。「ジェンナのパパとママはずっと家にいるんでしょうね？」

「うん」

「ならいいわ。帰るときは電話しなさい。迎えに行くから」

トリスタが母親に駆けよって抱きしめ、それから十代前半の専売特許ともいえるエネルギーで部屋を飛びだしていった。

マックはくっくと笑った。「かわいい子だね」

「ありがとう」ジェシカの声には誇りが感じられ、マックははじめて彼女のガードが少し緩んだのを感じた。

「ブライアンっていうのは彼女が好きな子？」

ジェシカが笑いそうになった。「娘は人生初のお熱に苦しんでる最中なの。いまのところ、〝めちゃかっこいい〟ブライアンはトリスタに気づいていないようよ」

「たいへんな年ごろだよな」

「まったくよ！　欲しいものがひと晩でバービー人形からピアスに変わったわ。ショッピングは一日がかりの行軍になったし、いまは歯列矯正器がいやでしょうがないの」

娘のことを語るジェシカがとても自然でくつろいでいるように見えたので、マックは勇気づけられた。目に宿るやわらかさと口元で躍る小さな笑みに見とれつつ、少し近づく。彼女に触れたかったが、もちろんそれは許されない。「娘がいるなんて知らなかったよ。それもあんな年齢の」

ジェシカがたちまち身をこわばらせた。「あなたが知っているべき理由はないでしょう？」

「結婚してるのかい？」

その問いは無視された。「ソフィーから男性モデルを寄こすと聞いたけど」

「おれのことだよ」両腕を広げてみせた。

「プロなの？」

「本職ではない」

ジェシカは餌《えさ》に食いつかなかった。「困ったわね。正しいポーズを取るのだって簡単じゃないのに」

「なんとかなると思うよ――ちょっと教えてもらえれば」

ジェシカが彼を眺め、やがて首を振った。「ソフィーのことは前から知ってるし、結婚したのも聞いていたけど、名字がつながらなかったわ」

マックはジェシカを追ってスタジオに入っていった。ジーンズが彼女のお尻に興味深い効果をもたらし、彼のリビドーに危険な影響を与える。ジェシカ・ウェルズは理想的な丸みを帯びた女性だ。「うん、まあ、つながらなかっただろうね。おれを覚えてもいなかったんだから」

ジェシカが急に立ち止まったので、マックは彼女の背中にぶつかりそうになった。まっすぐな肩を両手でつかんだものの、すぐさま逃げられた。「そうね。さあ、そろそろ始めましょう」また腕時計を見る。「今日はやることがうんとあるから」

マックは胸の前で腕組みをした。「ソフィーからは、すべて終わるまでには二、三日かかると聞いたけど」

「ああ、いえ。運がよければ今日中に終わるわ」必死とも呼べる声でそう言うと、細長いテーブルに駆け寄ってフォルダを手に取った。「カタログのレイアウトをもらってるの。必要な写真は三十枚ほど。何枚かはクローズショットで、その……」

視線が彼の股間にさがり、すぐに逸《そ》れた。「着ている部分だけを写すわ。残りは全身を収める感じでいきましょう」

ジェシカはそわそわと落ちつかない様子で、書類を手にしてはテーブルから別のテーブルへと移した。マックは壁に寄りかかって彼女を眺めた。じつに久しぶりに、未来の教師の職にまつわる不安以外のなにかに心を奪われた。

興味深い部屋だった。どの隅にも小道具がひしめき、棚を満たしている。ひとつの壁は一面空っぽで、さまざまな背景を描きだす大きな引きおろし式のスクリーン装置だけがある。カメラや機材は部屋の向こう側の中央に置かれていた。

スタジオは家の奥に位置し、三方の壁には窓が二つずつある。黒いカーテンが日光を遮《さえぎ》り、代わりにまぶしいライトが点けられていた。ジェシカがようやく気持ちの整理を終えたらしく、床の上の大きなダンボール箱をテーブルのほうに引きずりはじめた。マックは前に出て手を貸した。

彼女が断ろうとするのを軽くいなし、箱を取って尋ねた。「どこに置けばいい？」

ジェシカがあきらめてテーブルのほうを手で示した。「あそこの床に。どれを着るか決めなくちゃ。かなりいいサンプルが入ってるわ、その……ブリーフの。それから向こうの洋服掛けにはほかのものが」

ジェシカは目を合わせようとしなかった。マックは不思議に思って箱を開け、なかをのぞきこんだ。即座にボール紙のふたを閉じ、じっとジェシカを見つめた。

「なに？」ジェシカが箱のほうに身を乗りだしたものの、マックは彼女の手が届かない場所へ引きずっていった。

くそっ。咳払いをして言った。「ほかのものから始めよう」

ジェシカが好奇心とためらいと決意を同じくらい湛《たた》えた顔で言った。「どうして？ブリーフは豊富な品揃えをアピールしたい商品だから、少なくとも十八枚はショットがほしいとソフィーに頼まれてるわ。一ページに九カット、掲載することになってるの」

布の切れっ端しか身に着けていない写真を十八枚？もう半分硬くなっているというのに？冗談じゃない！「マネキンかなにかに着せて撮影するわけにはいかないの？」

無関心を装おうとするジェシカの努力はじゅうぶんとはいえなかった。頬がくすんだバラ色に染まり、視線はあらぬほうを向いている。「わたしはどっちでもかまわないけど、ソフィーがいやがるでしょうね。お客さんには生身の男性《リアル・マン》が着ているところを見てもらって、実際にかっこよく見えることを証明したいと言ってたから」

マックはにやりとした。「本物の男《リアル・マン》、か」ジェシカの頬がさらに染まるのを見て、マックは自分のためらいを忘れた。箱を彼女のほうに押しやった。「いいよ。きみが選んで」

「わたしが？」

「そう。プロの目を持ってるんだから、どれがおれに似合うかわかるんじゃないかな」少し大胆な気持ちになり、彼女に近づいて見おろした。脚を肩幅に開き、両腕を広げてみせる。「先におれを、なんというか、研究したほうがいいよね？　そのほうが、この体になにがいちばん似合うか、決めやすいだろう？」興奮しているのがばれてしまうだろうが、それがどうした？　彼女にどんな影響を及ぼされているか、知ってほしかった。

ジェシカの顔に強情そうな表情が浮かんできた。揺るぎない視線で彼をじっと見つめ返し、それから目を逸らさないまま、箱のなかに手を突っこんだ。しばし探ったあと、ついに取りだしたのはかろうじて股間を覆うていどの小さなペイズリー柄のブリーフだった。挑戦状のようにマックに突きつけた。

マックはあやうく笑いそうになった。小指でブリーフを受け取る。お尻の部分の布はないに等しく、布地はとても薄いので、ハンカチほどの重さしかない。真剣な口調を装って尋ねた。「別のサイズはないかな？」

まじめに受け取ったふりをして、ジェシカが書類をぱらぱらとめくった。「ないわね。フリーサイズみたいよ」

マックは言語道断な下着を疑いのまなざしで眺めた。「ふーむ。となるとおれは特例なんだろうな。このサイズだと合いそうにない」

ジェシカがきれいな茶色の眉の片方をつりあげた。「あらそう？　そのブリーフじゃ……大きすぎる？」

マックはむせそうになったが、すぐに立ちなおった。彼女が冗談を言えるほどくつろいできたのがうれしかった。「ジェシカ、さっきおれが全身を見せたときに、ちゃんと見なかったろ」

ジェシカが肩をすくめた。「見たわ。でも気が散っちゃって」

「ああ。別のことを考えてしまった？」

「というか、眼鏡を忘れたから小さなものはよく見えないの」

これにはマックも噴きだした。ジェシカは彼の顔しか見なかったのか、さもなければとても大きななにかを見てしまったかにちがいない。「男の自尊心を傷つけるのが天才的に上手だね」

ジェシカがばかにしたような声を漏らし、首を振った。「あなたの自尊心に助けが必要だっていうの？」

おどけた気分から侮辱モードにあっさり逆戻り。マックはしゃがんでいるジェシカの前にうずくまり、彼女の気が散らないよう、箱越しに身を乗りだした。「おれに対していくつか思いこみがあって、そのどれも好意的でないように思えるのは、気のせいかな？」

急に目の前に迫られたジェシカが、驚いて息を呑んだ。身を退《ひ》こうとし——尻餅《しりもち》をついた。わかりやすい反応がおかしくて、マックは立ちあがると彼女を助け起こした。触れられるのがとんでもなく気に障ると言わんばかりに、ジェシカが彼の手を振り払い、慌てて二歩さがった。

「ばかばかしい」と抗議する。「一日中、あなたとふざけ合ってるほどひまじゃないのよ」

急にうろたえた姿を見て、口で言うほど彼に無関心ではないのがよくわかった。軽く触れられただけでこれほど動揺するなんて、気がある証拠としか思えない。それなのに、どうして否定しつづけるのだろう？

彼女の気持ちがわからなかった。ついさっきまで旧友同士のように冗談を言ってふざけ合っていたのに、それに気づくなり、自分の殻にふたたび閉じこもってしまうとは。腕組みをし、好奇の目で見つめた。「時間がないなら、早くこの問題を片づけよう」

ジェシカが向きを変えて洋服掛けに歩み寄った。黒いシルクに赤いパイピングを施したオリエンタルな雰囲気のローブと、揃いのパジャマパンツをハンガーから引ったくり、マックのほうに突きだした。「もっといい考えがあるわ。予定どおり、さっさと撮影を終えるの」

マックは衣類を受け取らなかった。「きみはおれをほとんど覚えてないと断言したし、おれはきみに嫌われるようなことをしてないと断言できるから、きみの敵意がまったく理解できない」

「ねえ、ミスター・ウィンストン――」

驚きの笑いをどうにか呑みこんだ。「ミスター・ウィンストン？　勘弁してくれ、ジェシカ。せめて名前くらい覚えてると認めろよ」

震えるような数秒の沈黙のあと、ついにジェシカが爆発した。衣類を脇に放り捨て、彼に向かってあごを突きだした。「女の子たちが始終あなたの噂《うわさ》ばかりしてたんだから、忘れるほうが難しいわよ！」

突然の怒りにマックは火をつけられた。彼女のチョコレート色の瞳は驚くほどに輝き、あごは強情そのもので、頬はほてっている。豊かな胸は苛立《いらだ》ちに上下し、こぶしは丸みを帯びた腰に憤然と突かれていた。

キスしたかった。

怒りともどかしさが情熱に変わるところを見たかった。想像しただけで息が詰まる。動物のようにうなりたかった。まったくこの女性ときたら、彼をスルタンのハーレムにいるよりも熱く燃えあがらせておいて、少しもそばに寄せつけないとは。

彼女のような反応を示した女性はいままでひとりもいなかった。彼を無視し、敵対し、侮辱するほうが、仲良くするより気楽そうに見える。筋が通らない――そして意味不明なことに、ますます興味を惹かれた。

残り少ない自制心を招集すると、首を振って、比較的穏やかな言葉を絞りだした。「おれはなにかを見逃してるらしいけど、それはきみの敵意じゃない。これでもかっていうほどはっきりしてるからね。だからこのさい教えてくれないか、ジェシカ。なにがいけない？」

ジェシカが肩で息をしながら無言で気を静めようとし、やがて深く息を吸いこむと、うなずいた。「いいわ。教えてあげる」

ひどく真剣な面持ちだったので、マックは息を詰めて待った。

落ちつかない様子でジェシカが唇を舐め、それからこう言った。「あなたを恨んでたの。いまじゃなく、あのころの話よ。さっきも言ったとおり、もうほとんど忘れていたわ」

彼女の乳房はいまも魅惑的な上下動をくり返しており、マックは自分を抑えるのに必死だった。彼女の言葉に意識を集中させようとしたものの、容易ではなかった。「なるほど。それで、どうしておれを恨んでた？」

「わたしは大学で遅れを取り戻してたの。ほかの子たちよりずっと年上なうえに、あれこれ責任もある身で復学するのは簡単じゃなかった。トリスタをひとりで育てていたし、授業の半分はなにかしらで邪魔が入った。教授があなたをちやほやしたり、女の子からあなたへのメモが回ってきたり、あなたが女の子に色目を使ったり――」

ついにしっぽをつかまえたのがうれしくて、マックはわざと目をぱちくりさせた。「本当に教授だけを見てたなら、おれが色目を使うのに気づかなかったはずじゃないか？」ジェシカの頬がまた熱くなり、首筋から髪の生え際まで赤くなった。とてもきめ細かな肌をしている。白すぎず、シルクのようになめらか。

絶頂を迎えるときもこんなふうに肌を紅潮させるのだろうか。

化粧をしていない目は、髪のゴールデンブラウンとほぼ同じ色だ。そしてその髪は……大学時代から気になっていた。いまも昔も変わらず長いものの、三つ編みをほどいたところは見たことがない。三つ編みは太く重そうで、ほどいたらどんなだろうと想像するしかなかった。教室ではときどき彼女が席に着くのを待って、後ろの席に座った。だれにも気づかれないよう三つ編みに触れ、密かにその温かさとつややかさを味わった。

少なくとも、当人には気づかれていないと思っていた――ジェシカが四方をほかの生徒に囲まれた席に座り、彼が近づけないようにするまでは。

いま、考えをまとめようとする彼女を見つめた。三つ編みからほつれた細い後れ毛が顔の周りで躍り、彼をそそのかす。手を伸ばしてその髪を撫でつけ、彼女を安心させたかったが、表情から察するに、そんな素振りでも見せようものならぶん殴られそうだった。

「ジェシカ？」

彼女はしばし下唇を噛んでいたが、やがてため息をついた。「あなたの言うとおりよ。断っておくけど、無視しようとしたわ。でもあなたにはひどく気を散らされて、たぶんそれがいちばん恨めしかったんだと思う」

経験したことのない不可解な感情の渦に呑まれつつ、慎重に前へ出た。「どうして？」

ジェシカが笑った。「こんなことを言ったらばかだと思われるでしょうけど、あなたを見ると夫を思い出すの」

まったく予期しなかった答に、マックは言葉を失った。娘をひとりで育てたと言ったから、結婚していないと思いこんでいた。していないようにと祈っていた。まさか……。「ご主人は亡くなった？」

ジェシカが激しく首を振ると、背中に垂れていた三つ編みが左の肩の前にきて、乳房に寄り添う格好になった。マックは唾を飲み、必死で視線を彼女の顔に向けた。

「いいえ、離婚したの。ずいぶん前の話よ。たぶんあなたと同じで、パーティ大好きな人だった。楽しむことがなにより大事だった。トリスタが生まれても、大人になって落ちつくとか、夫や父親らしくなるとか、そういう発想は生まれなかった。わたしが愚かにも彼と結婚したとき、彼はあなたくらいの年齢だったの」

「なるほど」と言いつつ、実際には納得できなかった。マックはだれの夫でも父親でもないが、そうした責任の重さはじゅうぶんに理解している。

ジェシカがほほえみ、また首を振った。「ごめんなさい。あなたが人生を楽しもうと決めたからって、わたしにはなんの関係もないのにね。あなたが決めることだし、それをどうこう言う権利はわたしにはない。ふう。なんだか気が楽になったわ」

気が楽になった？　マックは歯を食いしばった。猛烈に腹が立っていた。マックは無責任な子どもではない。人生でなにを優先するべきかわかっているし、それを守らなかったことはない。大学ではだれよりも勉学に励み、真剣に授業に臨んだ。それなのにジェシカは一方的にレッテルを貼った――彼が大学生活を楽しむことに成功したから。マックが生徒を教えたときは、子どもたちが楽しむことを第一に考えた。知識をより定着させるための彼なりの教育法だ。が、それは空いている教師のポストに校長が推薦してくれない理由のひとつでもあった。彼女とジェシカにはいくつかの共通点があるらしい。ふたりとも独善的でまじめすぎる。

ただし校長には興奮させられないが、ジェシカには熱くかきたてられた。昔と変わらず。マックは無表情をつくろって尋ねた。「じゃあ、これで心のやましさはなくなった？」

「もちろん。だって考えてもみて、この歳になって二年前の恨みに大騒ぎするなんて。それもこんな若い人を相手に」

「おれは二十四だけど」

やっぱりと言いたげにジェシカがうなずいた。「滑稽よね。あなたとわたしじゃ、ものの見方だってちがうのに」

「つまりきみが……年寄りだから？」

「まあ、三十が年寄りなら――あなたくらいの年齢の人にはそう思えるでしょうけど――そうね」もう一度ほほえむ。「それで、わたしのつんけんした態度を許してくれる？　気を取りなおして撮影に取りかかれそう？」

そうしたくなかった。このまま話しつづけてもっと彼女を知りたかった。だがソフィーと約束した。それにこの女性への反応を理由に撮影がうまくいかなかったとわかったら、ゼーンに一生からかわれる。ジェシカはマックを意識していたが、それを認めたがらなかっただけだと考えて、自分を慰めればいい。

躊躇《ちゅうちょ》していると、ジェシカがまたため息をついた。「あなたを責めはしないわ。でもね、わたしはろくに会話も成立しない嫌味なバツイチ女じゃないのよ。二度とこの話はしないって約束する。それに正直なところ、この撮影をすごく楽しみにしてたの。これまでにない、いい機会だもの。ふだんは記念写真とか、そういったものしか撮らないから」

「つまりこの仕事がほしいんだね」

「ええ、そういうこと」

マックはうなずいた。ようやく取っかかりを見つけた。「わかったよ」

ジェシカの肩がほんの少しくつろいだのに気づいた。安堵《あんど》感を必死で隠そうとしていることに。「よかった」

「ただしひとつ問題がある」

「ええ？　どんな？」

「ご主人や離婚の話は二度としないと約束したよね」

「したわ」

マックはほほえんだ。きっと目がぎらぎらと輝いていることだろう。それでいい。簡単に払いのけられる男ではないとわからせてやれ。「ご主人のことを知りたい。離婚のことも。あらゆる細部まで。おれを見ると彼を思い出すそうだから、知りたがるのは当然だ。そう思わないか？」

2

ジェシカはマック・ウィンストンを見つめた。心のなかでは、笑いたい気持ちと彼を殴りたい気持ちがせめぎ合っていた。この反応には慣れっこだ——素直に白状すれば、もっと性的な反応にも。

彼は信じがたいほどゴージャスで、ものすごく若くて、ハンサムでセクシーだ。常に冗談を口にし、常に楽しみながら、大学生活をこともなげに切り抜けた。一方のジェシカは、凡庸なBを取るのにも四苦八苦していた。

のんきな態度とありあまる魅力に、別れた夫を思い出し、だからこそ彼に惹かれるのがものすごく怖かった。どうして落ちついた大人の男性に惹かれないの？　頼りがいと責任感のある男性に。離婚調停が終わった一年後、何度かデートしてみたものの、こんな人を好きになりたいと思う男性にはまるで心を動かされなかった。

心を動かされた唯一の男性——若々しく生き返った気分にさせてくれた唯一の男性は、まさに近寄ってはならないとわかっているタイプだった。

大学を卒業したとき、二度と会うことはないだろうと思った。彼はとてつもない誘惑だったから、その見通しには安堵感を覚えたが、しばしば彼のことを考え、夢に見て夜中に目を覚ますことも少なくなかったから、深い苦痛も覚えた。そしていま、その男性が目の前にいる。信じられないことに、この二年でさらに魅力を増して。ソフィー・ウィンストン、恨むわよ。

深く息を吸いこみ、ふたたびさりげない笑顔をとりつくろってから尋ねた。「厳密には、なにを知りたいの?」彼とこの会話のせいでどれだけ気詰まりな思いをしているか、絶対に悟られたくなかった。

マックがセクシーなパジャマを手に取ってほほえんだ。「しゃべりながら着替えるっていうのはどうかな? そのほうが時間の節約になるし、きみも助かるだろう?」

思いどおりになったから、今度はこちらの都合に合わせてくださるの? ジェシカは鼻を鳴らしたいのをこらえた。「いいわ。あのカーテンの陰で着替えて」

マックが幾多の女性の心をとろけさせてきただろう笑みを浮かべた。マック・ウィンストンがほほえむと、その笑顔はセクシーな唇だけでなく、いつもユーモアで輝いている黒い瞳と、贅肉《ぜいにく》のない頬のえくぼと、全身からにじみだす温もりにまで及ぶ。ケンタッキー州トマスヴィルに住む女性のほぼ全員が、少なくとも一度は彼のことを夢想したにちがいない。けれどジェシカが自分に許すのは夢想だけ。

彼が着替えているあいだにダンボール箱をあさってみたが、肌を見せすぎないものはひとつもなかった。

「どうしてご主人と別れた？」

顔をあげると、フランネルのシャツがカーテンポールにふわりとかかるところだった。鋭い興奮が背筋を駆けおり、ジェシカはごくんと唾を飲んだ。間を空けずに白いＴシャツとベルトが続き、想像力をかきたてる。

「ジェシカ？」

「だから……言ったでしょう。彼は落ちつこうとしなかったの。仕事をクビになってばかりで、なのにお金を使うのだけは上手で。トリスタが七歳になるころに離婚を申請して、八つになる前に認められたわ。わたしは大学へ戻って最新の写真技術を詰めこもうと決心したの。ずっとそうしたかったんだけど、デイブが大学を卒業できるよう、わたしが働かなくちゃならなかったし、そうしたらトリスタが生まれて、それで……実現する時間はなかったの。離婚したあとは、生活を支える手段が必要で——」

「彼とはいまも連絡を取り合ってる？」

穿《は》き古して色褪《あ》せたジーンズがフランネルの上に重なり、ジェシカの舌は上の口蓋《こうがい》にくっついた。マックはいま、このカーテンの後ろで裸——。「だれと？」

「別れたご主人だよ」

「ああ。その、いいえ。まあ、ときどきは。彼はいまフロリダに住んでいて、よくトリスタに絵はがきやプレゼントを送ってくるわ」ブリーフとは名ばかりの布きれの山を見おろし、いちばん露出度の低いものを選びはじめた。

「養育費はもらってる？」

「は！」

「訴えることだってできるんだよ」

手にしたものはどれも、着ていることを周囲にわからせるには存在感がなさすぎた。ジェシカは数えるのもいやになるほどの年月、禁欲生活を送ってきた三十歳の女性だ。こんな仕打ちには心臓が持ちこたえられない。「だけど訴えたら顔を合わせなくちゃならないでしょう？　いまのままなら、わたしの人生からは消えたも同然だし、トリスタの気持ちをかき乱すようなまねもされずにすむわ」

「父親のこと、娘さんにはなんて説明した？」

ジェシカはいまいましいブリーフを見おろし、それがマックのたくましい体で満たされたところを想像して頬を赤らめた。「パパとママはうまくいかなくなったけど、あなたにはなんの責任もないのよって。どうしてパパはもっと会いに来てくれないのと尋ねられたときは、パパはあなたのことを愛しているけど、世の中には家族としての役割を果たすのがあまり上手じゃない人もいるのと答えたわ」

「賢いママだね。離婚を経験すると恨みがましくなって、その気がなくても子どもたちを争いの中心に引きずりだしてしまうことがよくあるのに。結局、それでいちばん傷つくのは子ども《・》だ」

「父親がどんなろくでなしだったか、トリスタに話すつもりはないわ。娘が自分でものごとを理解できる歳になるまでに、彼が大人になってくれることを祈ってる」

マックがカーテンを回って出てきたので、ジェシカは顔をあげ――身動きできなくなった。彼はパジャマパンツのウエストを調節し、薄い布が引き締まった腰の低い位置にかかるようにしていた。ローブは腕にかけている。足はむきだしで、髪は寝起きのようにほどよく乱れ、胸毛の生えた胸は広くセクシーでたくましい。お腹には筋肉が溝を刻み、つややかな毛の筋がおへそから下へ向かっていた。目を逸らしたいのに、できなかった。心臓が痛いくらい激しく脈打ち、お腹はそそられるけれど危険でもある奇妙なジャンプをくり返した。

ああ、裸に近い男性を見たのは本当に久しぶり。

マック・ウィンストンみたいな男性を見たのは、はじめて。

マックはフロアの中央で足を止め、両手を腰に載せてたたずみ、見られるがままにしていた。狭められた目は熱く探り、官能的な笑みはからかうようによじれていた。

どれだけの時間、沈黙が続いたかに気づいたジェシカは、ぱっと立ちあがった。色とりどりのシルクの下着たちが、ばらばらと列を乱す蝶《ちょう》の小隊のように、膝《ひざ》の上から床に舞いおりた。ジェシカは床を見おろし、自分が憎らしいものにほとんど埋もれていることに気づいてうめきたくなった。周囲の小山を見つめて唾を飲んだ。「その……どれがいいか選んでいたの」

彼が動く物音を、聞くというより気配を感じた。「簡単な作業じゃないね」

わかってます！「なんとか見つくろいましょう」荒く咳払いをした。「それで、ローブをはおる？」どうにか礼儀正しい笑みを浮かべ、みごとな肉体のあちこちにあまり視線を留まらせないようこらえながら、彼の顔を見あげた。そのとたん、後悔した。あまりの魅力に息を奪われた。

「ローブは肩のあたりがちょっと窮屈なんだ。写真を撮るときにはおるよ」

ジェシカは無言でうなずき、もう少し見つめてから、はっとわれに返った。いまも昔も、浮ついた女子学生ではない。母親で、自立した女性実業家だ。「いいわ。じゃあ、ちょっと準備してくるわね」

またたくまにセットを望みどおりに整えた。キッチンに見える背景幕をおろし、背の高いスツールとコーヒーマグを近くに置いてから、マックを手招きした。「ベッドから出てきたばかり、という感じでお願い」

「おれはこれを着て寝てたってこと？」

「いけない？」

「寝るときは裸だ」

ジェシカはうろたえて口をぱくぱくさせ、どうにか気を取りなおして彼をにらみつけた。

「あなたがいつもどうやって寝ているかは関係ないの。服が引き立てられさえすれば」

「ジェシカ、まともな男ならこんなものを着て寝ようなんて思わないよ。触ってみた？」そう言って腿《もも》を差しだした。ジェシカは尻込みした。ばかみたいだけど、実際にあの太くたくましい腿に触れることを想像しただけで怖気《おじけ》づいた。

マックがもの憂げにまばたきをして抜け目ない顔になったので、ジェシカはまた頬が染まるのを感じた。「つるつるしてる。それに伸縮性もない。男なら寝るときはもっと――」

「じゃあ、ベッドから出て、着たことにしましょう！」

「ひとりなのに？　なんでそんなことを？」

ジェシカは目を閉じて十まで数え、マックが見事な裸体で彼の部屋を歩きまわっている姿など、想像するまいと努めた。失敗した。想像した光景は頭に焼きついて離れようとしなかった。

まるで体のなかでブンゼンバーナーに火が点けられたみたい。とりわけお腹の下のあたり、熱が脈打っているように思える場所で。「マック」食いしばった歯のあいだから名前を呼んだ。「いいからスツールに座ってコーヒーを飲むふりをしてくれない？」

マックが肩をすくめた。「きみがそう言うなら。ばかげてるけど」

ジェシカは降参した。「わかったわ。じゃあ、あなたならどういう設定にする？」

「そうだな。夜で、暖炉の前」彼女の目を見つめる。「だれかと一緒に」

「だれか？」

彼が一歩近づいてきた。たくましい肩にまぶしい照明の光が降りそそぎ、肌を温める。

「そう。この服は女性にアピールするためのものだろう？　だったら女性がいるときにしか着ないんじゃないかな」

認めたくないけど、一理《いちり》ある。「いいわ。やってみましょう」背景幕をキッチンから赤々と燃える石造りの暖炉に替え、スツールがあった場所にはマックの手を借りてふかふかの安楽椅子を運びこんだ。スツールは椅子の脇に移動させ、ワイングラスを持った女性のマネキンの腕を置くのに使った。腕は肘から先だけがファインダーに収まり、マックにグラスを差しだしているよう演出した。

これにはマックも納得した。

くつろいで、腕だけの女性にほほえみかける彼の写真を何枚か撮った。ローブの前をはだけ、硬い腹筋と彫刻のような胸筋をあらわにした彼を。

もしかしたら必要以上の枚数を撮ったかもしれないが、マックがあまりにも自然なので、あやうくプラスチック製の腕に嫉妬《しっと》してしまいそうだった。

そのあとはやわらかなシルクのボクサーショーツを穿いたマックの写真を二セット撮影した。マックはこれは嫌いではないと打ち明け、ジェシカも密かに、彼ならソフィーの予想どおり、まちがいなく女性客を惹きつけるだろうと認めた。

雪は降りつづき、気温はさがりつづけたものの、ジェシカの体はほてっていた。彼の写真を撮るだけで興奮したのだと悟り、当人に気づかれませんようにと祈った。

「お次は？」

「テラスで新聞を読んで——だめよ、下着姿で外には出ないなんて言わないで」

「言うよ」

手に負えない彼に、もう少しで笑いそうになった。ふたりでセットを組みなおし、小さなビストロテーブルと椅子、絹製の造花を活けた花瓶を置いて、背景幕は朝日と青空を映したものにした。

「じゃあ、下着を選びましょうか」

ジェシカが床の上に積んだ下着の山を、マックが疑わしい目でちらりと見た。「どうかな……」

ジェシカもためらった。シルクやメッシュやビニールの切れっ端しか身に着けていない彼を見たくなかった。想像しただけで脈があがる。いまいましいボクサーショーツもじゅうぶん難しかったが、露骨なまでに思わせぶりではなかった。男性自身をぴったりくるむというより、覆い隠していた。だけど小さなブリーフは……

選択肢はないも同然。

これがマック・ウィンストン以外の男性だったら、問題にさえならないのに。

腕時計を見おろし、撮影が予定より遅れているのにがっかりしたジェシカは、声にあるていどのプロらしさをにじませて言った。「このショットのあとは、ブリーフだけを何枚か撮りましょう。腰の部分だけを写すわ」

マックが目を見開いた。無理もない。ジェシカの声は容赦なく首を絞められたカエルのようだった。

それでも彼女は前進した。「自分でブリーフを選びたい？　わたしに任せる？」

マックが下着の山に手を振った。「任せるよ」

なにがなんでも終わらせようと、ジェシカはてっぺんに近い一枚をつかんだ。「これ」

マックが顔をしかめた。「なんだこれ？　しわが寄ってる」

あらためてすけすけの青い下着を見おろしたジェシカは、自分を蹴飛ばしたくなった。あごをあげて説明した。「後ろに縫い目があるの」

「どうして？」

「それは……その……いいわ。商品説明を読んであげる」テーブルに駆け寄ってファイルを取った。何ページかめくって商品番号を見つけた。「こう書いてあるわ――〝バックシームでお尻を強調。心地よく包みこむ――〟」

「そいつはなし！」

どうしても彼を見られなかった。「マック……」

「おれの尻は強調される必要なんてないよ。お世話さま」

ジェシカもまったく同感だった。「ええと、いいわ。あなたが選んで。着なくちゃいけないのはあなただものね。でも忘れないで、Tバックを選んだらシェービングが必要よ」

「どうしてひげ剃り？　写るのはへそから下だけだろう？」

心臓がのどにつかえた気がした。「そうよ、そこの毛を剃るの。体毛が濃すぎると――」

「Tバックもなし！」

安心したせいでおしゃべりになった。「了解。いいわ。そうね、だったらあなたが物干し綱につるしてるところでも撮りましょうか――」

その案にもまったく惹かれないと言いたげにマックがうなったが、別の道よりましだとあきらめたのだろう、しぶしぶ受け入れた。

「準備はいい？」彼が時間をかければかけるほど、ジェシカの神経はぴりぴりしてきた。「まだ選んでる最中。でもいまのところ言えるのは、Tバックなし、アニマル柄なし、メッシュ素材なしってこと」

書類を整理するふりをしながら目の隅でのぞくと、マックは次から次へと手に取って掲げ、ついにいちばん布地を使った一着を選んだ。

「すぐ戻る」彼が大股でカーテンの陰に回ると、ジェシカは苦しいくらいに息を詰めた。ばかばかしい、と自分に言い聞かせる。わたしは三十なのよ。結婚歴と離婚歴がある。自立した女性。その場しのぎの軽薄な男性についてはもう学習した……

マックが姿を現した。

一瞬にして理性は吹き飛び、論理を説く心の声は消えた。感動的。そう思うと同時にぎゅっと目を閉じた。なんてこと。わたしは男性の象徴を吟味したりするような、セックスに飢えた女じゃない。だけど――ああ、なんてすてきなの。すてきどころではない。完ぺきだ。抜きんでた男性。

マックがそわそわと咳払いをしたので、ジェシカは目を開けた。表向きはなんとか無関心を装いつつ、裏では彼の魅力に引き起こされた数え切れない反応を必死で抑えた。

そのときマックがまぶしい光のなかに踏みだし、ジェシカは素材が奇跡的にシースルーになるのを目の当たりにした。ああ、なんて、こと。

「ジェシカ、じろじろ見てるよ」

黒のブリーフはもはやただの影にしか見えず、これほど心をそそるものを見たのは生まれてはじめてだった。

「じろじろ見るのをやめないなら、なにが起きても責任は取らないぞ」

ジェシカはごくりと唾を飲んで視線を移そうとしたが、それは彼女の能力を超える作業だとわかった。この男性はほぼ裸。まともな女性なら目を逸らさない。

「セクシーな女性に物欲しそうな目で眺められたら、どうなっても不思議はないからね」

その言葉でわれに返った。さっと彼の顔を見あげる。「セクシーな女性?」

マックはほんの少し眉をひそめただけで、身動きもしなかった。「きみだよ」

「わたしはそんな――」

「いや、そうだよ」マックの声は断固として、目は熱く輝いていた。「すごくセクシーだ。女性として最高に」ジェシカがぽかんと見つめると、マックの表情がやわらかくなった。

「知らなかった?」

「でも……そんなのばかげてる」

「残念ながら、ばかげてない」

「一度もわたしに関心を払ったことなんてなかったじゃない」ほとんどムキになって言った。

マックが前に出たのでジェシカはさがった。けれど少なくとも彼は光の輪を離れ、ブリーフはシースルーから元の黒い布に戻った。ほっとしたおかげで理性のかけらを取り戻した。

「マック、わたしたちは一年間、同じ授業を取ってたわ。そのあいだ、何度かにこっとしてくれたけど、それ以外はずっと無視してたでしょう」

「おれの記憶ではそうじゃない。真剣に思い出せば、きみの記憶でもそうじゃないはずだよ」マックはさらに前に出て、彼女から三十センチと離れていない場所でようやく止まった。ジェシカの顔を探り、唇を見つめた。「ジェシカ、きみにはいつも魅了された。関心を惹こうとあれこれ手を尽くしたけど、鼻であしらわれるだけだった」

ジェシカはさらにさがったが、お尻がテーブルの端にぶつかった。後ろに手を伸ばし、支えを求めてテーブルをつかんだ。「あなたには何百人もガールフレンドがいたじゃない。みんな若くて元気がよくて――」

「ただの友達さ。それ以上じゃない」

ジェシカは憤然と鼻を鳴らした。「わたしにそれを信じろっていうの？」彼が答える前につけ足した。「どのみちわたしには関係ない話だけど。あなたが教授と寝ていたとしても、どうでもいいわ」

「いや、どうでもよくないだろう？」

「残念でした、勘違いよ」

「ジェシカ、おれにはたくさん友達がいる。女友達が。だからってその全員と寝てることにはならない。全員に、いまきみに引き起こされてるような——二年前と変わらない——反応を示すことにもならない」

心臓が胸骨をたたき、ジェシカは震えた。「いったいなんの話？」

マックの唇の片方の端があがり、少年のような笑みが浮かんだ。「勃起してるんだ。このばかみたいなぴちぴちブリーフを穿いてたら、隠しようもないけど」

もちろん気づいていた。彼もそれをわかっている。

マックがやわらかい声で笑った。「きみが凝視するからこうなったんだぞ。今日のうちにもっと写真を撮りたいなら、事態をちょっと冷まさなきゃ」

彼はわたしを求めているの？　その事実は雷のようにジェシカを揺るがした。両手が震え、こぶしを握る。息づかいが浅くなり、肌がほてりだす。おぼつかない息をゆっくりと吸いこんだが、役には立たなかった。

「いや」彼女の表情に興奮のしるしを読みとり、マックが低くかすれた声で言った。「その必要はないかな」

ジェシカは彼の体からあふれだす熱と性的な高まりを感じた。顔をあげたとたん、陥落した。彼の目は色を増して一途に見つめ、頬骨のあたりは染まっている。指先で彼女のあごを掬《すく》い、もう少し上を向かせた。それからゆっくり、ジェシカに逃げる隙を与えながら、顔をかがめた。

ジェシカは逃げなかった。最後に男性と親密な時間を過ごしたのは遠い昔、離婚調停が終わるよりずっと前のことだ。懸命に否定しようとしたけれど、体が欲求で疼《うず》くときもあった。が、いまほど強い疼きを感じたことはない。マックには、可能だと思ってもいなかった形で影響を及ぼされた。あらゆる神経の末端が目を覚まし、彼を欲していた。

彼の唇がかすかに触れ、離れて、ふたたび戻ってきた。キスはためらいがちで、試しているかのようだった。唇が唇をかすめ、焦《じ》らし、あごから鼻のてっぺんへ、あご先へと飛びまわる。ジェシカは息を弾ませて彼の唇を追った。飢えていた。もっと欲しくてつま先立ちになった。

マックは片手だけで彼女に触れ、顔を上向かせて期待を高めていた。論理的な思考を失ったジェシカは、もっと近づこうとテーブルから離れた。

ふたりの体が擦《こす》れ合い、マックがうめいた。「くそっ、ずっとこれを夢見てた」

「マック……」

唇が重なると、ジェシカは湿った熱と得もいわれぬ味に溺れていくのを感じた。彼が手を開き、たこのできた指先であごを撫でてそのまま髪の毛にもぐらせる。彼女の頭を抱いてわずかに傾けさせると、唇を動かして、舌を受け入れてくれと無言で訴えた。

いまも体の脇で両手をこぶしに握ったままのジェシカは、こちらからうながさなければ彼がもっと近くに来ないのを悟った。熱と欲望と切迫感にめまいを感じながら、両腕を掲げた。手のひらに触れた肩はたくましく、肌は信じがたいほど熱くなめらかで、ジェシカは貪《どん》欲《よく》に撫でまわした。さらに近づき、硬い壁のような胸に乳房を押しつける。マックが漏らした低くかすれた声に、背筋がぞくぞくした。彼にしがみつくと、たくましい片腕にウエストを抱かれ、ほとんど床から浮きあがった。

お腹に押し当てられたペニスが脈打つのを感じた。

「マック……」唇を離して喘《あえ》いだ。

彼女ののどや肩にくちづける合間に、マックがささやいた。「きみの声で名前を呼ばれるのが好きだ」ジェシカのおでこにひたいをあずけてため息をつく。「ジェシカ、おれはことを急ぎすぎてるかな？」

うめくしかできなかった。マックはそれを誘いと受け取り、またキスをしながら片手で背中を撫でおろすと、お尻を抱いてぴったりと引き寄せた。彼の指が愛撫し、かわいがって、ぎゅっとつかむ。マックの手はとても大きく、ジーンズ越しでも手のひらの熱を感じた。彼がジェシカの下唇をそっと嚙《か》んで言った。「ああ、いまにも自制心を失いそうだ。きみがすごく気持ちよくて、セクシーでやわらかいから」

男性にそんなことを言われたのははじめてだった。夫は体を求めてきたけれど、愛をささやくタイプではなかった。それに結婚して間もなく、飽きて目移りしはじめた。

思い出して体がこわばった。すぐさまマックが変化に気づき、鼻先を擦りつけながら大きな両手で彼女の顔を包んだ。軽くキスをして、真剣な目で見つめた。「どうした？　なにかいやだった？」

　言葉にするのはとても難しかった。マックは見るからにやさしさと欲望にあふれている。筋肉が震えるほど激しい欲望に駆られていながら、同時に心配もしている。求めつついたわるという二重攻撃に、ジェシカの心はもろくなった。理性をかき集めようと目を逸らした。こんなことをしてはいけない。もう二度と。「こんなのばかげてるわ」ささやくように言った。

　親指でこめかみを擦られ、ふたたび彼のほうを向かされた。マックの笑みは穏やかだった。「おれにはばかげてるとは思えないな」彼女の顔を探る。「正しいとしか」

「マック」彼の手首をつかんで手をおろさせ、一歩離れた。脚がおぼつかないので、テーブルに片手を突いたまま言った。「お互いをほとんど知らないのに、どうして正しいなんて言えるの？」

「ジェシカ……」

「だめよ。あなたがここへ来てまだ数時間しか経ってないのに、もうこんな……動物みたいなまねをしてる」

　マックが軽く三つ編みを引っぱった。見なくてもほほえんでいるのがジェシカにはわかった。「まるで悪いことみたいに言うんだね」

　こっちは熱く燃えているというのに、向こうにはからかう余裕があるなんて。この人らしい。こういう人だと思っていた。最初の印象どおり。ごくりと唾を飲みこんだ。「ちょっとしたお楽しみを探してるんでしょう？」

　マックが驚いたような短い笑い声を漏らした。「まあ、楽しくないなら、する意味はないだろう？」

　ジェシカはうめいて手で顔を覆った。

「ジェシカ？」彼の声が低くなり、親密さを増した。「きみも楽しめるよ。約束する」

　彼よりも自分を説得しようと、激しく首を振った。「考えるのはそれだけ？　楽しむことだけなの？」

　彼の指が髪に触れて三つ編みを撫でおろし、乳房のとなりで止まった。「きみのことを考えてるよ。ずっと前からきみが欲しかった」

　マックはいま熱い表情を湛え、ほんの飾りていどの布しか身に着けていない。とてもではないが、そんな彼を見られなかった。彼女にも限界はあるし、わざわざ自分の背中を押すようなまねはしたくない。深く息を吸いこんで心を落ちつかせ、ささやくように言った。「正直に言うと、ちょっと気詰まりなの。あなたは女性が身を投げだしてくるのに慣れてるかもしれないけど、わたしはいつもはこんなことしないのよ」

「それはお互い、相手をものすごく意識してることの証明でしかないよ。きみがどう思ってるにせよ、ぼくだっていつもはこんなことしない」

　ああ、なんて言葉巧みなの。だけどもちろんだまされはしない。マックは経験豊富だから、いつ、なにを言うべきか、心得ているのだ。ジェシカは唇を嚙み、もっともらしい説明を探した。この状況から救いだしてくれるなにかを。

　真実でさえ足らないように思えた。「その……なんていうか、すごく……久しぶりなの。たぶんそのせいで――」

「最後はいつ？」三つ編みをもてあそびつづけるマックに、ジェシカは心を乱された。

　離れたいのに足が動かなかった。圧倒的な熱い欲求がいまも体のなかで脈打っていた。

「離婚する前よ」

　マックが手を止め、かがんで彼女の顔をのぞきこんだ。彼の表情は驚いたようにも魅了されているようにも見えた。「つまり……何年も？」

　ジェシカは彼に背を向けた。もし笑われたら……

　マックが近づいてきて、ジェシカは背中に彼を感じた。神経という神経の末端がなにかを叫んでいるものの、それが警報なのか嘆願なのか、自分でもわからなかった。

「信じないかもしれないけど、おれにとってもすごく久しぶりなんだ。きみほどじゃないが……まあ、じゅうぶん長かった。きみと同じで、こんな展開はまったく予期していなかった。このごろはまともな男なら、見境のないセックスはしないんだよ」ジェシカはその言葉に、思わず咳きこみそうになった。「きみがおれの道徳観念をあまりよく思ってないのは知ってるけど、おれはばかじゃない」

「そんなことは言ってな――」

「おれをクラスのお調子者呼ばわりしたのを忘れた？」

下唇が震えだしたのがわかったけれど、彼の前で泣くくらいなら死んだほうがましだった。「あなたを侮辱するつもりはなかったの」

「どうかな、あったと思うよ。なぜだかわかる？　きみはおれと一緒に楽しんでいて、それが怖かったからさ」

「そんなことない」

「そしておれを欲してるから」うなじに彼の息を、彼の温もりを感じた。「二年前、おれがきみを意識してたのに負けないくらい、きみもおれを意識してた。当時もいまも、きみはそれが気にくわないんだ」

ジェシカは考えもせずに振り向いた。「嘘よ！」

彼の表情がやわらいだ。ジェシカの顔を見つめ、頭から爪先まで眺めまわした。視線が胸元で止まると乳房が疼き、乳首が硬く尖《とが》ってセーターを押しあげた。無慈悲な笑み。マックを無慈悲だと思ったことはなかった。

「それでもおれを欲してる」マックが低い声で言った。「それを認めて、流れに任せてみないか？」

長身でたくましいうえ裸に近い体で接近されると、追いつめられた気がした。男性に備わる、女性とのすばらしい差異を忘れていた。得もいわれぬ香りと、熱も。いや、ほかの男性だとこうはいかないのかもしれない。否定しようとしてきたが、昔からマックを前にするといつも驚くほどの化学反応が起こり、感覚をかき乱された。同じクラスに在籍したときは、彼のどんなささいな動きも痛いくらいに意識した。マックが言ったことは図星――そんな自分が怖かった。

「今日はここまでにしましょう」

マックがため息をついた。「わかった、帰るよ。だけど約束して――おれの言ったことを考えてみるって」

「考えるべきことはなにもないわ」

「これがある」そう言うなり、かがんでまたキスをした。短く速いキスに、ジェシカのつま先は丸まって心臓は跳びあがった。彼が向きを変え、全裸に近いことなどまったく意に介さずに、なめらかな肌の下で筋肉と腱《けん》を魅惑的に動かしながら、カーテンのほうに歩きだした。

ジェシカはスタジオの外に出た。バスルームつきの主寝室を改造したこの部屋は、とても広いと思っていた。ところがそこにマックがいると、狭苦しいとさえ感じられた。いまのジェシカには空間が必要だった。

窓辺にたたずんで降りつづくみぞれを眺め、ぱたぱたとガラスをたたく音に耳を傾けた。混乱だけでなく、羞恥心《しゅうちしん》も感じていた。どうするのが正しいかわかっていても、いまは彼に行ってほしくなかった。

背後に足音が近づいてきた。コートをはおりながらマックが尋ねた。「続きはいつにする？」ジェシカがびくんと肩を震わせると、マックがやわらかい声で笑った。「撮影の続きだよ」

ああ、どうしたらいいの？　この仕事は単にやりたいだけでなく、必要でもある。通常より安く引き受けたとはいえ、大きな収入になることには変わりない。さらにこのカタログをポートフォリオに加えれば、新たな依頼が舞いこむだろうし、今後の可能性も広げてくれる。考えをまとめられず、ジェシカは首を振った。そのとき電話が鳴った。

ひどく緊張して神経質になっていたから、ぎょっとして跳びあがりそうになった。マックの視線を感じながら彼を迂回《うかい》し、足早に廊下を進んだ。マックがなにも言わずについてきた。

「もしもし？」

「ママ、いまから……迎えに来てくれる？」

娘のこわばった声にジェシカは眉をひそめた。「トリスタ？　なにかあったの？」

「いますぐ家に帰りたいだけ」

「わかったわ。待ってて。すぐに行くわ」

「ありがと、ママ」

受話器を置くジェシカをマックが見つめた。「どうした？」

「トリスタよ」コートと鍵束を取りに行くと、またしてもマックがついてきた。「なにかあったらしいの。いまにも泣きだしそうな声だった。わたし……迎えに行かなくちゃ」

マックがうなずいた。なにも解決しないまま出かけようとする彼女を咎《とが》めることもなく、ジェシカの急ぎ足に合わせ、コートをはおる手助けまでしてくれた。彼が尋ねる。「なにか深刻なことかな？」

「そうは思わないわ」マックがドアを開けてくれ、ジェシカは身を切るような寒さのなかに踏みだした。「ジェンナのご両親がついているから、その心配はないはずよ。たぶん友達と口論にでもなったんでしょう。だけど……」

「行ってあげて。おれにかまわず」

「わたしたち、まだ……片づいてない問題が……でも……」

「ジェシカ」マックがぎゅっと肩をつかんだ。「彼女はきみの娘だ。その彼女がきみを必要としてるんだから、当然、行かなくちゃ」

嘘偽りのない声に、ジェシカはまばたきをして彼を見あげた。「本気で言ってるのね。慌てて駆けつけるわたしをばかみたいだと思わないの？」

マックの顔にまたあの人好きのするひねくれた笑みが浮かんだ。「母親のきみが動揺した声だったと言うんだから、おれはそれを信じるよ。自分に娘がいたら、まったく同じことをしてる」

きっとそうだろう。意外なことに、彼が本当に理解してくれているのがわかった。お腹の底に小さな後悔が生じた。もしかしたらこの人に判定をくだすのを急ぎすぎたかもしれない。「夫にはよく、そんなに甘やかしたら娘をだめにすると言われたわ」

言葉が口から飛びだした瞬間、息を呑んだ。どうしよう、そこまで打ち明けるつもりはなかったのに。

マックの指先が頬に触れた。まるで自分を抑えられないかのように、さっきから触れてばかりいる。「いくら愛情を注いでも、子どもはだめにならないよ」

ふたりは建物の脇の駐車場まで来ていた。ジェシカは車に近づきながら彼を見あげた。

「ありがとう」

マックが彼女の車を見やり、顔をしかめた。「お礼を言うのはまだ早いな。どうやらおれの助けがいりそうだ」

どういうことかと彼の視線を追うと、車が一面、氷に覆われて文字どおり凍りついていた。古いこの家に車庫はなく、車は常に自然のなすがまま。しかもここ数日運転していなかったから、走れるようになるまでにはしばらくかかるだろう。

マックがいけにえのごとく両腕を広げた。「見よ、そなたの白馬の騎士を！……というより、運転手かな」

彼と過ごす時間を長引かせたくなかったけれど、すでに体は震えはじめていたし、この寒さのなかに突っ立って言い争っても意味はない。とりわけトリスタが動揺して待っているとわかっているいまは。

ふたりのあいだに起きた出来事にもかかわらず、マックは進んで力になろうとしている。たいていの男なら、拒絶されたら怒って出ていくだろうに、この人は騎士のふるまいをしようとしている。黒い髪に霜を降らせ、頬を赤く染めて。若くてたくましくて頼もしく見えた。重荷を分かち合ってくれる男性がいるのはどんな感じか、ほとんど忘れかけていた。忘れたいと思っていた。ひとりでなんでもできる自立した女だと証明するのに必死になっていた。

いまは彼がそばにいてくれる格好の理由が見つかって、心からほっとしていた。

自分の鼻も真っ赤だと知りつつ、それでもツンと上に向けて言った。「いいわ。行きましょう」

3

もっと頑《かたく》なに拒まれることを予期していたマックは、すんなり受け入れられてあやうく転びそうになった。とはいえそれも一瞬のこと。ジェシカの腕を取ると、すばやくトラックのほうへうながした。そばに引き寄せて言う。「気をつけて。路面が滑りやすくなってる」

トラックも氷に覆われていたが、マックはやすやすとドアを開けた。なかに乗りこんだジェシカが座席の隅に縮こまる。長い三つ編みをコートの下にたくしこみ、抑えようもなく震えていた。抱き寄せて体温を与えたかったものの、それに関するジェシカの意見はもうはっきり聞かされていた。

ことを急ぎすぎたのはマックの責任だ。かといって抑えられはしなかったが。あまりにも長いあいだ彼女を求めつづけ、何度も夢を見てきたから、あんなチャンスは逃せなかった。あのバンビのようなやわらかな目に欲望を湛えて見あげられると、爆発しそうになった。

彼女は期待していたよりも甘く、想像よりも抱き心地がよかった。どれだけの妄想を積み重ねてきたとしても、現実に備えるにはじゅうぶんではなかった。まったく、強烈な官能パンチを食らわされた。

どういうわけかジェシカは男を断《た》ったらしい。だとしても、あきらめてたまるか。積年のこの思いはどうなる。

ジェシカは白い息を吐きながら、マックがシートベルトを締めてトラックを発進させ、道路に滑りだすのを眺めていた。なにも言わないが、考えているのだとマックにはわかった。道方向を指示されるときにちらりと横目で見ると、真っ赤な鼻とバラ色の頬をした彼女は抱きしめたいほどかわいかった。

もう日は暮れて、道路は雪でひどいありさまだったが、五分もしないうちにトリスタが待つ数ブロック先までたどり着いた。

サーモスタットがようやく効きはじめたことにほっとしつつ、マックは車内で待った。ジェシカが車をおりて、娘を迎えに行く。トリスタは玄関口から母親を見つけ、歩道の途中までやって来ると、好奇の目でトラックを見やった。座席のマックとジェシカのあいだに腰かけた少女に、彼は安心させるような笑みを投げかけた。

「シートベルトは締めたかな？」

トリスタはうなずき、その後もちらちらとマックを盗み見ていた。ひどく沈みこんだ彼女の姿を見て、ティーンエージャーにとってはなにもかもが人生を変えるほど重大だということを思い出したマックは、思わずほほえんだ。「どうしておれがここにいるんだろうと思ってる？」

トリスタは答える代わりに用心深い目で母親を見た。

「あのね、おれはきみのお母さんが好きで、お母さんはきみを迎えに行かなくちゃと慌てていた。ところがお母さんの車はすっかり霜に覆われていて、だからおれが運転手役を申しでた。いやじゃないといいんだが。まあ、おれはここにいないものだと思って」

ジェシカとトリスタ、ふたりに見つめられた。マックはそれをいいサインと受け取った。

重い沈黙を破ろうと、尋ねてみた。「例のブライアンってやつに関係あるんだろう？」

トリスタがあごを引き、慎重な目でマックを見た。

「もしかしたら力になれるかもしれない。だって、わけがわからないやつの心理をいちばん知ってるのは男だろう？　読み解く鍵を見つけられるかもしれない」身を乗りだしてささやいた。「それに、おれも昔は十三歳だったんだよ」

ジェシカが咳払いをした。「ねえ、マック……」

マックは手を振って遮った。「温かいココアでも飲みながら話し合うっていうのはどうかな？」

肉体的な面では急ぎすぎてしまった。こうしてジェシカから離れ、ちゃんと服を着て体の抑制を——ほとんどは一月の厳しい寒さのおかげで——取り戻したいまなら、もっと冷静に考えられる。少なくとも、みだらな思惑に判断を鈍らされずに考えることができる。

彼女が欲しかった。愛を交わし、肉体を、とりわけあのみごとな乳房を探索したかった。

あらゆる場所を味わい、うめくように彼の名前を呼ぶ声を聞きたかった。なにより、一緒に絶頂を迎えたときの美しい目を見たかった。

だが会話もしたかった。彼女をからかったり怒らせたりして、赤くなった顔を見たかった。彼女の鋭いウィットや、娘に注ぐ愛情を分かち合いたかった。仕事のことや、離婚のいきさつを知りたかった。さまざまなものに対する考え方や、どんな人生を歩んできたのかも。

親密なひとときを過ごしたにもかかわらず、ジェシカはどんな形の関わり合いにも尻込みをして、なにがなんでも彼を払いのけようとしている。が、それは彼に惹かれていないからではない。それだけはたしかだ。彼女がすり寄ってきたときに、尖った小さな乳首が彼の胸に残した焼けるような感触を、いまも感じる。肩に食いこんだ指先や、彼の舌を味わう激しさも。思い出すだけで体が震えた。

必要なのは冷静さを保ち、ときどきの侮辱を無視して、男全体を――なかでも彼を――忌み嫌う理由を探りだすこと。彼を見ると別れた夫を思い出すと言っていたが、おそらくそれだけではないのだろう。そう感じた。恐ろしくセクシーな女性なのに、何年も男を断ってきたという。考えただけで思考が停止する。

忍耐。必要なのはそれだ。

忍耐と、強い決意。

トリスタが膝を抱えてうつむき、マックのほうを向かずに言った。「ブライアンがなにしたって関係ない。つまんない男の子だもん」

マックは気分を害したふりをして言った。「おっと、見くびっちゃ困るな。それはもうわかってる」

「ほんとに？」

「ほんとさ。きみは笑顔で出かけていったのに、しかめ面で帰ってきた。そんなことを引き起こせるのは、つまらない男の子だけだ」

トリスタはほほえみかけて、ふさいでいたのを思い出した。「あたしのこと、ばかって言ったの」

「決まり。そいつはまぬけだな」

「あたし、理科があんまり得意じゃないんだけど、今度、ちょっとした研究課題があるの。それで、ブライアンがパートナーになってくれると思ってたのに、彼ったら今日、ジェンナにパートナーになってって言ったの」

ジェシカが手を伸ばし、トリスタの手を握った。「当ててみましょうか。ジェンナは引き受けたのね？」

「ジェンナはあたしが彼を好きだから、好きなだけ」

マックは家の裏手の駐車場に車を回し、凍てつく風が少しは緩和されるよう、煉瓦造りの建物にできるだけ近寄せて停めた。「じつはおれも理系は苦手だった。義理の姉さんが勉強を手伝ってくれたんだ。必要なのはちょっとの手助け、ってこともあるんだよ」

ジェシカが笑顔でトリスタの脚をぽんぽんとたたいた。「中学の理科の天才とは名乗れないけど、一緒に勉強はできるわ」

マックはわざとえらそうに咳払いをし、ずるいやり方と知りつつも、直接トリスタに訴えかけた。「なあトリスタ、おれが本物の教師で、最終的には苦手科目の単位を取ったことを考えると、天才と名乗ってもいいんじゃないかな。というわけで、きみにちょっと勉強を教えるっていうのはどうだろう？　ブライアンになにかを証明するためじゃないよ。なにしろ彼がどう思おうと、本当にどうでもいいんだから」

トリスタがにっこりした。「そうね」

「だけど理科がわかるようになったら、もしまたひどいことを言われても、それがまちがいだってわかるだろう？」

トリスタが即座に母親のほうを向いた。「ママ、いい？」

ジェシカには拒めまい。マックはだめ押しでつけ足した。「どうせ撮影のためにあと二、三回は来なくちゃならないんだ。トリスタが学校へ行ってるあいだに撮影をして、彼女が帰ってきたら勉強を見る。どうかな？」

ジェシカは彼を殴りたそうな顔つきだったが、トリスタがふたりのあいだに座っているので、どうにかこらえた。「教師なら学校へ行かなくちゃならないでしょう？」

これには参った。まだ定職に就いていないと認めたくはなかったが、うまくかわす方法は思いつかなかった。ほんの少しだけ脚色した。「配属の最終決定を待ってるところなんだ。

教育委員会はいくつか面接をしなくちゃならなくて、それが終わるまでは、おれは自由の身ってこと。もちろんだれかが代わりを求めなければの話だが、そういうケースはめったにない」

　トリスタが興奮した顔になった。「あたしの学校の先生になるの？」

「いいや、ごめんね。なんというか、インナーシティ（スラム化、ゲットー化していることが多い人口密集地区）の子どもたちに教えたいんだ。ああいう地域に住む子どもたちには不利な点が多いから、よけいにいい教師が必要だ。モードモントで仕事に就けたらと思ってる」ちらりとジェシカを見た。「おれはすごくいい先生だと思うよ。モードモントで教育実習をして、生徒たちとずいぶん仲良しになったから、あそこへ戻りたいんだ」

「がっかり。先生はモデルなのよって自慢できたらすっごく気分いいのに」

　それを聞いたら教育委員会がどれだけ喜ぶか、想像できる。とはいえ委員会が本気で眉をひそめるわけではない。家族がバーを経営しているのを理由にマックを切り捨てようとしてきたが、ほかの教師数名の素性に比べたら、それほどの重みはないからだ。教師のほとんどは適任とはいいがたい過去の遺物で、現代的な教育法を知ろうともせず、だからこそマックを歓迎しない。マックは時代遅れの教育法に立ち向かい、慣例に従うことを拒んだ。そうするのが生徒にとって有益だとわかっていても、彼らにとって不服従はなにより恐ろしいのだ。

　最悪の場合、インナーシティでの教職をあきらめることになるかもしれない。だがそれは最後の道。なにしろあそこでは本物の変化をもたらせると感じたし、マックにとって教師の本分はそこにある。

エアコンが効いてトラックのなかは暖かくなってきたが、いつまでもここにいるわけにはいかなかった。ジェシカを見て言った。「温かいココアの件だけど……」

ジェシカがまっすぐ目を見返した。「今夜は勘弁して、マック。申し訳ないけど、長い一日だったの。朝早くから仕事だったし、一日中スタジオで過ごしたから、家事が山ほど待ってるわ。週末と来週のほとんどはもう予約が入ってる。木曜の午前中の都合はどうか、あなたに聞こうと思っていたところよ。その日に撮影の続きをすれば、カタログ用に仕上げの作業をするための時間をたっぷり設けられるわ」

それに、マックのことを忘れるための時間も。彼女にすべてを拒まれる前にうまく撤退しなくてはならないが、また防御を築きあげるだけの余裕を与える気はさらさらなかった。

ジェシカにほほえみかけた。「いいよ。きみの邪魔はしたくない」あっさり受け入れられて少々驚いた顔の彼女に、マックはすかさずたたみかけた。「だけどトリスタと勉強するのにきみをわずらわせる必要はないよ。土曜は予定が入ってるが、日曜なら空いてるし、月曜以降も毎日来られる――きみの準備ができるまで」

ジェシカの目が狭まったのを見て、土曜の予定とはいったいなんだろうと考えているのが手に取るようにわかった。彼女の憶測には女性との奔放な遊びも含まれているにちがいないと思うと、あまりうれしい気分にはならなかった。マックの最近の社交生活を見渡すと、家族が経営するバーで土曜の夜に働くのは、一大イベントと呼べるのに。

トリスタが沈黙を埋めた。「月曜に研究課題のプリントを持って帰るから、いいアイデアを考えるの、手伝ってくれる？」

「喜んで」エンジンを切って助手席側に回り、ドアを開けた。「さあ、お嬢さんたち。家まで送ろう」

トリスタはくすくす笑ったが、マックはジェシカのうなり声を聞いた気がした。「その必要は――」

マックはふたりの腕に腕をからませ、ジェシカの抵抗を無視して前へ進んだ。凍てついた路面を滑るように。「しっかりつかまれ。スケートリンクみたいに滑りやすくなってるぞ」

ジェシカは鼻を鳴らしたが、転びたくなければ彼にしがみつくしかなかった。「わたしたちより足元がしっかりしてるっていうの？」

「もちろんさ。おれのほうが足が大きいだろう？」ジェシカはにこりともしなかったが、トリスタはけらけらと笑った。

玄関にたどり着き、ジェシカが鍵を探っているあいだに、マックはトリスタのほうを向いた。「科学の教科書は家にあるかな？　いまどのへんを勉強してるかわかれば助かるんだが」

「教科書はないけど、先週のテストなら全部あるわ」

「家に持って帰って見せてもらってもいいかな。そうしたら、日曜の午後にすぐ勉強に取りかかれるだろう？」

「取ってくる！」トリスタが家のなかに駆けこむと、まだマックに背を向けていたジェシカも娘を追おうとした。

マックはその腕をつかまえた。「おっと。少し話せない？」

ジェシカがしぶしぶ振り向いた。うれしそうに見えない理由は、彼女が口を開いたとたんにわかった。「操られるのは好きじゃないわ、マック」

すぐにまた操ることになるのはわかっていたが、追いつめてしまったのは申し訳ないと思った。女性に一緒にいることを強要する癖はない。「悪かった」

ジェシカが唖然とした。「否定もしないの？」

「どうして？　おれはきみに会いたいし、これは唯一のチャンスだと思ったんだ。おれがそんなに簡単にあきらめると本気で思った？」

ジェシカの顔に驚きと悔しさと、マックの読みが正しければ、まんざらでもない表情が浮かんだ。

「こんなのばかげてる――」

「きみはそう言いつづけてるけど、いったいなにがそんなにばかげてるのか、おれにはちっともわからない」

「あなたから見れば、わたしはおばあさんだわ」

マックは笑った。

「まじめに聞いて！」

マックは笑みを消したが、目にはまだ愉快そうな光がまたたいていた。「わかったよ。じゃあ、これでどうかな？　いまきみにキスをしたら、今夜おれのことを考えてくれる？」ジェシカが深く息を吸いこんだので、マックはつけ足した。「一度でいいから素直に答えてくれないか」

　ジェシカがあごをあげた。「いいわ。イエスよ」

「つまり、おれのことを考えるって？」うれしさのあまり、彼女を抱きあげてくるりとターンしたいくらいだった。やみくもにキスをして、いたるところに触れたかった。文字どおり彼女をむさぼりたかった。凍《こご》える寒さにもこの欲望の炎は消せない。

「ええ、たぶんね。だけどマック、あなたはわたしにキスしないから、これは意味のない問答よ」

　抑えようもなく顔がにやけた。「キスしなくたって、きみはおれのことを考える」

　ジェシカが不機嫌そうな声を漏らした。「もう、いいかげんにして」

「だけどそうだろう？」顔をかがめ、背けた彼女の顔をのぞこうとした。「ジェシカ、おれのことを考えるって言ってくれよ。おれはまちがいなくきみのことを考えるんだから」

「ノーよ」

「それはつまり、言ってくれないってこと？　それともおれのことを考えないってこと？」

　ジェシカが手袋をはめた手で顔を覆い、笑った。「まったく、どうしようもない人ね！」

　マックは彼女の両手をつかんでそっとおろし、冷たい鼻のてっぺんにキスをした。「どうしようもなくきみに夢中なんだよ」ジェシカがさがろうとしたので、意に介さないふりをして手を離した。「トリスタの勉強を見るのが楽しみだ。いいかげんな気持ちだなんて思わないでくれ、真剣なんだから。もっときみのそばにいるための口実ではあるけど、本当に彼女の力になれると思ってる。いい教師なんだ」謙遜して、正直に言うのを控えた。実際は、並はずれた教師だという自負がある。

「あなたが教壇に立ってるところは、なかなか想像できないわ」

マックは視線を逸らした。「ああ、まあ、校長も同じ苦労を抱えてる」

ジェシカが首を反らして彼を見あげ、尋ねた。「どういう意味？」

トリスタが戻ってきたので、暗い打ち明け話はしなくてすんだ。トリスタは気まずそうな顔でテスト用紙の束を差しだした。「あんまり点数がよくないのもあるんだけど」

その不安そうな表情ならこれまで何人もの少年少女の顔に見てきたし、そのたびに胸が痛くなったものだ。マックに言わせれば、学校は失敗よりも努力を重んじるべきだ。丁寧にテスト用紙を半分にたたんでポケットに収めた。「ベストを尽くしたんだろう？」

「うん」

「じゃあ問題ない。ここに書かれた点数がいくつだろうと、いちばん大事なのはそこだよ。いままでのテストは忘れて、次のに集中しようじゃないか」

「ほんとにできるようになると思う？」

「ふたりで一緒にがんばろう」

トリスタがほほえむと、歯列矯正器が街灯の明かりを受けてきらめいた。子どもを笑顔にするのは大好きだ。片手を差しだすと、わざと厳かな口調で言った。「トリスタ、会えて光栄だったよ」

トリスタがくすくす笑って彼の手を握り、それから礼儀正しくおやすみなさいを言った。抜け目ない顔ですばやく母親を見て、家のなかに戻ると玄関を閉じた。ご丁寧にポーチの明かりを消しさえした。ジェシカがうめいた。

マックは無意識のうちに彼女に近寄り、彼の体温を差しだした。ふたりの息が混じり合う。「娘さんに気に入られたみたいだ」

「娘はあなたをろくに知らないわ」

ジェシカの頭を狭むように、煉瓦壁に両手を突いた。彼女の不安と興奮を感じた。「驚くかもしれないけど、きみもおれをろくに知らないよ」

ジェシカがあごをあげた。「大学時代に見たものは知ってるわ。わたしたちのあいだには大きな年の差があるだけじゃなく――」

「ほんの数年だ」

「――人生観もまったく異なってる」

「おれは楽しむのが好きで、きみはそうじゃないから？」すぐそばまで顔をかがめると、やわらかく冷たい頬が鼻をかすめた。ジェシカは空気の澄んだ戸外のような、甘くすがすがしい香りがした。マックは鼻を擦りつけ、極上の香りを吸いこんだ。

「マック」

むだな抵抗だとふたりともわかっていた。だがマックは紳士として、彼女を急《せ》かしたくなかった。彼を求め、彼が感じているのと同じすばらしいものを感じていると認めてほしかった。しばし彼女の頭のてっぺんにひたいをあずけ、ただ抱きしめるという喜びに浸った。

「週末のあいだに気が変わったら、電話して」

「気は変わらないわ」

あまり自信のなさそうな声に、思わず笑みが浮かんだ。「番号はソフィーが知ってる」

「気は変わらない」

体を離して彼女を見た。「今夜、ベッドでひとりになったら、おれのことを考えて」ジェシカは暗闇《くらやみ》のなかで茶色の目を大きく見開き、ものも言わずに彼を見つめた。マックはドアを開け、正しい方向へそっと押しだしてやった。「ゆっくりおやすみ」

ドアを閉じる直前に、ジェシカがささやいた。「マック？　車の運転に気をつけて」驚いたマックは、鍵がかかる音が聞こえるまでその場に立ちつくしていた。ゆっくりと笑みが広がった。声に出して笑いさえしたが、その音は寒く静かな夜のせいで不気味に響いた。

ああ、気分がいい。

そのときマックは思い出した――ウィンストン家の呪いを。

ソフィーが顧客に電話をかけていると、マックが店にやって来た。ドアの上の小さなベルが鳴り、ソフィーは顔をあげて歓迎の笑みを浮かべた。店にいた三人の女性も顔をあげ、聖域を侵されたと言わんばかりに、ぶしつけな態度でじろじろと彼を見た。マックはただにっこりし、レースのブラの前へのんびりと歩いていって、商品を冷やかしはじめた。

アリソンが奥から出てきて義理の弟に気づいた。「あら、マック。撮影はどうだった?」

どうしてそんなに疑わしそうな顔で尋ねるんだ? マックは目を狭めて義理の姉を見つめ、それから肩をすくめた。もしかしたら呪いが彼に降りかかるのを待っているのかもしれない。アリソンが知るはずはないが、マックはもう運命に身をゆだねた。まあ、半分は予期していた。

「順調に進んだよ。何着かはなにがあってもお断りだけど」

「あら残念」

ソフィーが怒った顔で話の輪に加わった。「どれのこと?」

「Tバックとか、前がすけすけのブリーフとか、レザーのやつとか——」

ソフィーが笑いながら彼の唇に指を当てた。「黙って。店内の女性がみんな聞き耳を立てているわ」

アリソンが丸い眼鏡の縁の上から彼を眺めまわした。「すけすけ?」

「ああ。チェイスに買ってやりなよ」笑いをこらえようとしたものの、真剣に考えるアリソンを目の前にしては、難しい相談だった。

ソフィーが彼の腕をつかみ、人気《ひとけ》の少ない店の反対側へ連れて行った。「なかには楽しむことが目的というものもあるのよ。まじめに受け止めなくていいの」

「ともかく、カタログのためにでも着ないよ」

「それを言いにここへ来たの？　約束を取り消すの？　たかが数枚がちょっぴり……きわどいからって？」

「いや、約束は守る」

ソフィーが一瞬固まり、それから彼の両手をつかんだ。「わかった！　教育委員会から連絡があったのね？　仕事はもらえた？」

「いや、まだなにも連絡はない」思い出させないでくれたらよかったのに。ジェシカのことで頭がいっぱいで、もどかしい気持ちはほとんど失せていた。そのほうがよかった。陰気な顔をしてやきもきしながら過ごすのは大嫌いだ。

ソフィーに抱きしめられそうになったので、急いでかわした。彼女にはこういう母親みたいな世話焼きな面があり、ときどき居心地の悪い気分にさせられる。この傾向は妊娠してからいっそう強くなった。「大丈夫だよ、ソフィー、本当に。たいしたことじゃない」

「なにを言ってるの。いい教師になるためにあなたがどれだけ努力したか、ちゃんと知ってるのよ」

「まあね。自分のためになったよ」

「いけない、たいへんなことに気づいたわ。教育委員会のメンバーが、あなたがカタログに載っているのを目にしたら？」

「問題にはならないよ。おれが着たのは露出度がそんなに高くないものばかりだし、そもそもメンバーが目にするとは思えない。ふたつ地区が離れてるからね。気を悪くしないでよ、だけどこのブティックは全国津々浦々に知られてるとは言いがたい」

ソフィーがふんと鼻を鳴らした。「そうよ。昔ながらの地元のお店です」

「地元密着型のね。それに教育委員会はおれの道徳観念をどうこう言える立場じゃない。教師のひとりはストリップクラブでこっそり働いてるし、別のひとりはけんか騒ぎで二度逮捕されたことがあるんだから。委員会が気に入らないのは、おれが向こうのやり方に従わないこと。おれのやり方のほうが効果的だって証明してみせたのに」

ソフィーが悲しい笑みを浮かべた。「あなたにはすごく大事なことなのね」

やれやれ。話題がすっかり横道に逸れてしまった。「ああ」と認めた。「だけどここへ来た理由はそれじゃない」急に人目が気になってハンガーに手を伸ばすと、つややかでやわらかいキャミソールに触れた。「じつは、その、ちょっとアドバイスがほしいんだ」

アリソンが背後に忍び寄ってきた。「すてき。アドバイスするのは大好きよ」

マックは片手で髪をかきあげた。「じつはさ、ジェシカは知り合いだったんだ」

「まあ！」ソフィーが胸に片手を当てた。

アリソンが彼女を小突き、咳払いをした。それからマックだけに意識を注いだ。「どこで知り合ったの？」

なにかがおかしい気がしたものの、それがなにかはわからなかった。とはいえ義理の姉たちを理解できたためしはないし、理解しようとするのもとっくにやめてしまった。「大学で。同じ授業を取ってたんだ。そのころからおれは彼女が気になってたけど、向こうは――その、ある理由であんまりおれに好意を持ってなかった」

ソフィーが大げさに驚きを示して眉をつりあげた。「ちょっと待って！　わたしが勉強を見ていたときに、いつも話を聞かされていた女性がジェシカだっていうの？」

「そのとおり」

アリソンがパンティを並べたテーブルに寄りかかった。「おもしろい偶然ね」

もどかしくなってマックはふたりから離れ、また戻ってきた。「ああ、わかってる。また彼女に会えるとは思ってもみなかった。だけどこうして再会したいま、彼女が欲しくてたまらないんだ」

それを聞いてアリソンが背筋を伸ばした。「その話、若いわたしにはまだ早すぎる？」

ソフィーが笑いを噛み殺した。「わたしはその心配はないわ。続けて、マック」

マックはふたりを見比べ、それからひと息に吐きだした。「あのまぬけな下着のなかで、彼女がいちばん好きなのはどれだと思う？」

ふたりが顔を見交わし、それからソフィーが尋ねた。「つまり、わたしたちに教えてほしいのは、どの下着がいちばん、その……」

義姉ふたりに目を丸くして見つめられ、耳が真っ赤になるのがわかった。とっととこれを終わらせて、計画の続きを立てたかった。「彼女を興奮させるか。そういうこと。どう思う?」

ソフィーはむせたが、アリソンは真剣な面持ちで考えこんだ。「わたしはやわらかいコットン素材が好き。コットンは男の人にしっくりくるし、セクシーな筋肉をほどよく包んでくれるでしょ? コットンのボクサーショーツを穿いたチェイスは本当にすてきよ。とくに体にぴったりしたのは」ソフィーのほうを向く。「何枚か在庫がなかった?」

ソフィーが笑みをこらえようとして失敗した。「そうね、あったと思うわ。フロントに――」と言ってマックのズボンの前あきを手振りで示す。「小さなシルバーのスナップがついてるの」

アリソンが彼の腕をぽんぽんとたたいた。「髪も目も黒いから、黒を試してみて。それからフォレストグリーンを」

ソフィーが首を振った。「わたしはシルクがいいと思うわ。白の」

「つまりおれがきみたちのお勧めを着れば――撮影のときに――ジェシカは、その……光景を楽しんでくれるかな?」

「もちろんよ」

「まちがいないわ」

マックはにんまりして首を振った。「なぜだかきみたちが悪巧みをしてる気がする」

ソフィーが肩をすくめた。「疑り深いのね」

あまりにも無邪気な言い方が引っかかった。「ジェシカとはどこで知り合った?」ジェシカの名前をソフィーに教えた記憶はないものの、どんな女性かは何度か語った。しょうがない。二度と会えないとあきらめきれるまで、考えるのは彼女のことだけだったのだ。

「ジェシカはここの顧客なの」

だれかに火のなかへ突っこまれた気がした。周囲のマネキンや壁や棚にディスプレーされたセクシーな下着を見まわす。心臓が重々しく脈打った。ジェシカがみずみずしい体に小さな黒のサテンか白のレースをまとって、ベッドに――彼のベッドに――横たわった姿を思い描いた。「本当にこんなものを着てるの？」

アリソンが憐《あわ》れみの顔で見た。「なにを着てると思ってたの？　麻袋？」

「いや、でも……どれを？」

「ああ、それは個人情報だもの、言えないわ」

「ソフィー？」

ソフィーが腕組みをしてあごをあげた。「アリソンの言うとおりよ、マック。ジェシカがどんなランジェリーを着けているか知りたければ、自分で突き止めるのね」

もちろんそのつもりだった。

数分後、マックは兄たちがどれだけ幸運かを思いながら、ブティックをあとにした。一度振り向くと、アリソンとソフィーがもたれかかり合い、けたたましく笑っていた。マックはほほえんだ。笑われたってかまうものか。なにしろふたりは正直に話してくれた。気の毒なジェシカ。彼女に勝ち目はない。

当惑のあまり、ジェシカは自分の新たな決心をどう考えたらいいのかわからなかった。というより、どう扱ったらいいのか。

4

マックは毎日のように訪ねてきて、トリスタと一緒に勉強し、笑ったり冗談を言ったりして、その存在をはっきりと知らしめている。彼がそばにいると、全身でそれを感じた。ふと気がつけば彼の笑い声に耳をすまし、撮影の合間に少しでも姿を目にしようとしていた。マックとトリスタはほとんどオフィスで過ごしたが、最初の一日を終えたあと、トリスタがスタジオにやって来て、マックを上へ案内してランチを作るのを手伝ってもらってもいいかと尋ねてきた。上階は母娘の居住空間で、マックに仕事場だけでなく家にまで侵入されるのは望まなかったものの、彼を拒むもっともな理由を見つけられなかった。以来ふたりはしばしば上へあがっては、飲み物を用意したり本を探したり、パソコンを使ったりしている。トリスタはマックを崇拝し、すでに学校の勉強でも新たな自信を得ていた。

ジェシカが仕事を終えてマックが家へ帰ったあとも、上階に彼の痕跡を感じることがよくあった。トリスタに書いてやったメモ、忘れていった帽子、残り香。眠るのは容易ではなかった。どんなに寝つこうとしても、いつのまにか彼と、彼に感じさせられた気持ちのことばかり考えていた。キスをされてほんの少し触れられただけなのに、これまでの人生で覚えがないくらいときめいて興奮していた。彼が欲しい。その思いは消えそうになかった。

再会したあの日以降、マックがジェシカに特別うちとけた態度をとることはなかった。むしろ完ぺきな紳士で、丁重に会話をし、礼儀正しくふるまい、ひとりにしてほしいという彼女の願いを尊重した。

認めるのは恥ずかしいけれど、彼がそんなに簡単にあきらめたのが残念だった。本当にあきらめてしまったの？

そうでないことを祈った。なぜなら、彼とだったらどんなふうになるのか知りたくてたまらないし、なんとしてでも知ろうともう心を決めたから。彼に見つめられると、実際に触れられた以上の影響を及ぼされた。最初にキスされたときから、それまでの自分ではなくなった気がして、一度くらい自分を甘やかしてはいけない理由は思いつかなかった。たった一度くらい。

今日、マックは二度目の撮影にやって来る。ジェシカはなにを予期し、どうやって気持ちを打ち明けたらいいか、わからなかった。第一日目からトリスタがそばにいて、緩衝剤の役を果たしてきてくれたのだが、たぶんそれこそ、マックが自分を抑えている理由の一部なのだろう。娘と勉強しているときは、彼はそれだけに集中した。けれど今日は、トリスタは学校に行っていて、ジェシカとマックはふたりきり、だれにも邪魔されずに数時間を過ごそうとしている。

しかもマックが身に着けるのは、あの怖いくらい魅惑的な下着だけ。

考えただけで手のひらに汗がにじみ、心臓が飛び跳ねた。スタジオを見まわし、すべてがあるべき場所にあるのを確認する。運がよければ早めに撮影をすませ、もしまだマックがその気なら、午後の残りを愛し合うために使えるかもしれない。

ドアのチャイムが鳴って、ジェシカはさっと振り返った。だれに知られるわけでもないのに、身勝手な妄想をやましく思った。急いで部屋を出たものの、玄関の前で足を止め、心を落ちつかせた。愚かな女学生になった気がしたが、どうしようもなかった。顔に笑みを貼りつけて、ドアを開けた。

マックは腕組みをして戸枠に寄りかかっていた。息が白い。彼女を見てゆっくりとほほえんだ。「やあ」

その笑みひとつで、ジェシカのお腹は期待にざわめいた。「いらっしゃい。時間ぴったりね」ドアをもっと大きく開けると、彼がなかに入ってきた。ただし、彼女の横に回るのではなく、真正面に近づいてきた。手袋をはめた手で彼女の顔を包み、ごくさりげなく、キスをした。

「会いたかった」マックが唇越しにささやいた。

ジェシカはうろたえ、口ごもりながら言った。「ま、毎日のように、顔を合わせてたじゃない」

「いや、顔は合わせてたけど、触れられなかった」もう一度キスをした。軽い、触れたか触れないかのキス。ジェシカはもっと欲しくなった。「きみもおれに会いたかった?」

「マック。こんなの――」

「ばかげてる?」彼女の鼻の先をちょんとつつき、脇をすり抜けて空っぽのオフィスをのぞいた。「受付係は?」

ジェシカは落ちつかない気持ちを呑みこんで、わたしは三十歳なのよと自分に言い聞かせた。人生経験を積んだ女性。離婚歴があって、どんな状況でも切り抜けられる女性。こういう状況はもう何年も経験していないし、マックのような男性を相手にするのはこれがはじめてだけど。

両手の指をからめて震えを抑えた。「今日の撮影はこれだけだから、休んでもらったわ。手伝ってもらうのは、試し焼きを見せたりできあがった写真を受け渡したりするお客さまがいるときだけだから」

マックが片方の眉をつりあげて、じっと見つめた。「つまり、ふたりきりってこと?」

もう一度キスされる。そう思ったジェシカは、彼特有の味と唇の熱を予期して唇を舐めた。「ええ」

マックが彼女を見つめたまま、うなずいた。「さっそく始めようか?」

胸いっぱいに落胆が広がり、それが顔に表れていないことを祈った。「ええ、そうね」彼がちっとも理解できなかった。いまも彼女を欲しているように見えるのに、だとしたら、どうしてなにもしないの？　廊下を歩きだしたとき、はじめて自分の服装に疑問を抱いた。襟ぐりが半月状に深く開いた、クリーム色のやわらかいセーターに、くるぶしまで届きそうな格子柄のスカート。たしかに仕事のときは楽なのでロングスカートを穿くことが多いけど、今日はあえてこれを選んだ。マックのために、ふだんより女らしく見せたかった。いまではその選択も途方もなく哀れに思え、おまけに彼に見すかされているという根拠のない不安までこみあげてきた。

スタジオに入ると、咳払いをした。「ソフィーから電話があって、あなたに着てほしいものをいくつか指定されたわ」

マックの眉がゆうに二・五センチ、跳びあがった。「ソフィーが？」

「ええ。スナップで前を留めるボクサーショーツと揃いのリブシャツを、ぜひカタログに載せたいんですって」

マックがにやりとし、なにやら意味深な光が目に宿った。「なるほど」

ジェシカが最初の一セットを手渡すと、マックはカーテンの陰に回った。彼が着替えているあいだにカメラを準備し、光を淡く射しこませてやわらかく親密な雰囲気を醸しだすために、紗幕《しゃまく》を何枚か設置した。この紗幕は織り目が均一ではないので、木漏れ日のようなまだら模様を作りだしてくれるのだ。人工芝を敷いた床に古風なキルトを広げ、戸外に見えるよう、いくつか小道具を足した。小鳥の水浴び用の水盤、小さな茂み、花々。

最後にもう一度キルトを撫でつけたとき、カーテンの後ろからマックが出てきた。ジェシカは彼にほほえみかけ、感嘆のため息をどうにか抑えた。ぴったりしたボクサーショーツとリブシャツは、大きなたくましい体を完ぺきなまでに引き立てていた。

「このシーンは」ほんの少し震える声で言った。「外でくつろいでいる感じにするわ。降りそそぐ日の光を浴びて、心からのんびりしている雰囲気。そうやって着心地のよさを表現したいの」

「悪くないね」大きな手の片方で腹を撫でおろす。「たしかに着心地がいい」

ジェシカはごくりと唾を飲み、手触りを想像した——素材だけでなく、その下の肉体も。ため息をついて、彼の全身を眺めた。乱れた黒髪から熱心に見つめる瞳、きれいに剃《そ》ったあご、広い肩、引き締まった腰、さらには長い脚と、大きな足まで。マック・ウィンストンより完ぺきでセクシーな男性など、ひとりとして想像できなかった。

胸の鼓動が少し速まり、落ちついた呼吸をするのが難しくなった。マックがしばし彼女の顔を見つめ、やわらかい声で言った。「きみにそんなふうに見られるのが好きだよ。大学のころのきみを覚えてる。席に着いて、おれには絶対無視を決めこんで、教授が福音でも述べてるみたいにじっと前を見つめてた。おれはそんなきみを観察してた。鼻のカーブ、あごのライン、頰に影を落とすまつげ。胸のふくらみを横から見るだけで、理性が吹き飛びそうになった」

男性が最初に目を留めるのはいつもその部分で、ジェシカはそれが大嫌いだった。思春期を迎えたころにはすでにCカップあり、ずっと厄介なものでしかなかった。「女性にはみんな胸があるわ」

「女性みんながきみじゃない」マックが近づいてきて、うずくまっている彼女の前に膝を突いた。片手だけで彼女のあごに触れ、後れ毛を背中の三つ編みのほうへ撫でつけて、首から肩まで指先で撫でおろした。もう片方の手を掲げてそっと彼女の頬を抱き、親指であごを擦る。ジェシカは自分が期待で震えているのを感じ、彼にもこの震えが伝わっているのがわかった。

つかの間の重い沈黙のあと、マックが首を傾けた。「ジェシカ、きみのなにがおれをこんな気持ちにさせるんだ？」

ジェシカは彼の鎖骨を見つめた。リブシャツの深い襟ぐりからほんの少し胸毛がのぞいている。これだけ近くにいると、彼の香りさえわかった。興奮した男の放つムスクのような香り。ジェシカは唾を飲みこみ、ささやくような声で尋ねた。「どんな気持ち？」

「きみを手に入れなくちゃいられないような」彼の両手が肩におり、そこから内側へ向かうと、胸のふくらみの始まりに手のひらを当てた。「そうしないと生きていけないような――呼吸や食事と同じように。大学時代はひたすら拷問だった。股間をふくらませながら授業に集中しなくちゃならなかったから。それなのに、きみには冷たくあしらわれてばかり」

ジェシカは首を振った。嘘でだまされたくはなかった。「どうしてわたしのことを考えられたの？　スリムで若い女の子たちに言い寄られてばかりいたのに」

マックが乳房を見つめ、脇腹からウエストまで両手を這わせた。「おれは――」

ジェシカが身をよじってさがると、キルトにしわが寄った。「やめて。あなたはいちゃついて遊びまわっていたし、女の子はみんなあなたに熱をあげてたわ」

マックが身を引いて体重をかかとに載せ、じっと彼女を見つめた。「成績はオールＡだった」

「そんな！」

「驚いた？　ぎりぎりの線で切り抜けたにちがいないと思ってたんだろう。だからインナーシティの子どもたちを教えることに興味を持ったんだって？　進学校はおれを受け入れるわけがないって？」

ジェシカは首を振った。「わからない」だけどもちろん、そう考えた。

「きみはおれを彼と混同してる」マックが穏やかな声で言った。「おれはきみを傷つけた男じゃないよ。きみを利用した男じゃ」片方の肩をすくめ、悲しげな表情で言った。「ねえ、楽しんだからって悪人にはならないんだよ。無責任にも軽薄にもならない。自分がしてることを楽しんでいいんだ――学業も、友達づきあいも、仕事も。人生を」

彼の言うとおりかもしれないと認めるのは辛かった。誤った人生観をもっていたのは自分だったのかもしれないと認めるのは。「そのほうが楽な人もいるでしょうね」

「どうして？　なぜきみは楽しもうとしない？」

思わず笑みが浮かんだ。「楽しむって、あなたとおふざけに耽るってこと？」

「なにもふざけてない。ときには真剣に楽しまなくちゃいけないこともある」

どう考えたらいいのかわからなかった。マックの表情は隠し立てがなく、情熱的で、とてもセクシーだった。身震いしてから答えた。「わたし……そうしたいわ」

彼の目が輝き、ほほえみはしなかったものの、頬にえくぼが浮かんだ。「〝でも〟があるんだね？」

「説明しにくいの」

「聞くよ。機会さえ与えてくれれば、おれはすごく聞き上手になれるんだ」

マックがなんでも上手なのは疑いようもない。だけど彼女の抑制について――ほんの数年前、彼女を押しつぶしかけた問題について――話すのは、容易ではなかった。マックに話すのは二倍難しい。彼にどう思われるかが急に気になりはじめたから。マックがにじり寄って床にあぐらをかき、励ますような表情で彼女を見つめた。

彼は若くてセクシーで、気づかいと思いやりにあふれている。肉体は硬く美しく、ほほえみはやさしい。女性の願望を現実にした存在、誘惑と魅力の権化だ。そんな男性が目の前にいて、待っている。

ジェシカはため息をついて切りだした。「夫と出会ったのは、わたしが高校三年生で彼が大学二年生のときだった。わたしは昔からちょっと内気で、すごくおとなしくて、夫はそんなわたしに関心を示してくれた最初の人気者だったの」

マックがキルトのほつれた糸をいじくった。「内気なきみを想像するのは難しいな」顔をあげ、彼女と目を合わせる。「いまはすごくセクシーだ」

ジェシカは赤くなった。「マック……」

「続けて」

誉め言葉にうろたえるあまり、うまく考えをまとめられなかった。「夫はとても……楽しい人だった。わたしはすっかり圧倒されて、ばかみたいに慎重さを忘れたの。そして妊娠した」

マックが鼻を鳴らした。「彼のほうが年上だし、経験もあったんだろう？」

ジェシカは肩をすくめた。認めるのは気詰まりだったけれど、打ち明けた。「わたしは処女だったの」

「じゃあどうして彼が慎重にならなかった？　大事に思ってるなら、どんな男でも相手の女性を守るはずだ。おれは十五のころにいちばん上の兄貴からそれをたたきこまれた。女の子とどうこうしようって思うよりずっと前に」かすかにほほえんだ。「奔放なゼーンの下だったから、兄貴も危険は冒すまいと肝に銘じてたんだろうな」

「お兄さんはずっと年上なの？」

「ああ、いちばん上のコールとは十五近く離れてる。両親はおれが子どものころに死んで、そのあとはコールがおれたちを育ててくれたんだ」

「ああ、マック」胸がいっぱいになった。ジェシカはいまも両親と仲がよく、失うなど想像もできない。「気の毒に」

マックがいつもの魅力的な少年っぽい笑みを浮かべた。「平気さ。ずっと昔の話だし、必要なものはなんでもコールが与えてくれた。コールは母親で、父親で、いちばん上の兄貴なんだ」

魅了されてジェシカは尋ねた。「兄弟は何人？」

「おれがかわいい末っ子で」恥ずかしげもなくにやりとする。「下から二番目がゼーン。極めつけの快楽主義者だけど、それでも最高の兄弟には変わりないから、みんな許すことにしてる。その上がチェイス。物静かがトレードマークだったけど、アリソンと結婚したいまはそうでもないかな。で、いちばん上がコール。ソフィーの夫だ」

「兄弟みんな、仲がいいのね」マックがうなずくのを見て続けた。「わたしはひとりっ子なの。両親ともすばらしい人たちだけど、わたしが妊娠したと聞いてちょっと失望していたわ。手を貸したいから、家に残って大学に進学しなさいと言ってくれたんだけど、わたしはデイブを愛していて、幸せな結婚生活を送れると信じてた」

「思ったようには運ばなかった？」

「ええ。デイブには責任感っていうものがなかったの。結婚はしたけど、彼の授業料を支払うためにはわたしが進学をあきらめて働くしかなかった。デイブは勉強が忙しいから働けないと言って、だけど成績はあまりよくなくて。そのうち三回生の一学期に成績不良で退学になったわ。わたしは結婚が大失敗だったことを認めたくなかったから、彼はすごくいい仕事を手に入れたんだっていう言い訳を考えついて、みんなにそう言ったの。だけど欠勤続きで解雇されて」

マックの目が狭まり、穏やかさを保った声で言った。「話だけ聞くと本物の勝者だ」

「そのとおりよ。だれもがそう思ったわ。いつでもパーティの中心になる、本当に魅力的な人だった。だれだって好きにならずにいられないの。とりわけ女性は。わたしはしょっちゅうひどい陰口をたたかれたわ。おまけに彼の親戚には、わたしが彼の足を引っぱったと嫌味を言われた。あんなに責任感の強いデイブが大学を除籍されたのは、妻と子どもっていう重荷を背負わされたからだって」

マックが彼女の頬に触れた。「さぞかし辛い思いをしただろうね」

「そうね、楽しくはなかった」

「きみにはそうだったかもしれないけど、彼はそれなりに楽しんでいたように聞こえる」

ジェシカは両膝を引き寄せ、長いスカートで脚を覆った。両腕で膝を抱え、その上に頬を載せた。マックを見たくなかった。愚かな少女だったかつての自分に向けられる憐れみの表情を見たくなかった。「それなりいいい以上だったと思うわ。適当なアルバイトを見つけて、たっぷり残った自由な時間は遊びまわってた。わたしは両親がトリスタを見てくれてるあいだ、レストランでフルタイムで働いたわ。デイブには友達が大勢いて、わたしが彼に出歩かないでと頼むと、みんなにいやな女だと思われたの。ある日、トリスタが病気になって、彼に薬を取りに行ってもらわなくちゃならなくなったわ。彼は家で仲間とトランプをしてるはずだったから、家に電話をかけたけど、電話に出たのは女性だった。盛大なパーティだったんでしょうね。わたしは仕事の帰りに薬局に寄ったわ」

マックがさっととなりに近づいてきた。彼女を胸に引き寄せ、しっかり抱きしめてこめかみにキスをした。「彼は裏切っていたのか」

質問ではなかったので、答えなかった。「わたしは染みだらけでしわくちゃのウエイトレスの制服を着たまま、トリスタの手を引いて家に帰った。一日中働いて疲れきった顔で、トリスタは鼻をぐすぐすいわせて真っ赤な目をしてた。だけどデイブはぱりっとしてた。笑って楽しんでた。彼の膝の上にいた女性が顔をあげたとき、わたしは彼の妻だと認めたくなかった。全員に見つめられて、全員がデイブを気の毒に思ってるのがわかった。こんな女につつかまって貧乏くじを引かされたなって。わたしは向きを変えて出ていった」

マックの体からにじみだす緊張感がわかった。ただしこれは、怒りの緊張だった。首をひねって顔を見ようとしたものの、向きを変えたとたん、キスされた。重ねた彼の唇が開き、舌が唇を這うと、ジェシカは息を呑んだ。必死とも呼べるキスだった。両手を髪にもぐりこませて引き寄せ、一心に彼女をむさぼる。その切迫感に少しばかり怖くなり、圧倒された。彼の手があちこちに触れる。背中を撫でおろしてお尻をさすり、お腹を這いのぼって乳房にたどり着き、指先で硬くなった乳首を見つけられると、ジェシカは震えて喘いだ。太く低いうめき声がマックののどから漏れ、ジェシカは彼が震えるのを感じた。

あらゆる抑制が消えた。彼が欲しい。その願いを叶えるのはいましかない。

ジェシカがいきなり緊張を解いて、両腕を彼の首に回し、手のひらに乳房を押しつけてきたので、マックは激しく罵《ののし》った。「くそっ。いまにも爆発しそうだ」

「マック……」ひんやりとした小さな手があごに触れ、唇をそっと唇に引き戻す。いま彼女を求める以上になにかを求めたことはない。すべてを打ち明けられたおかげでもっと彼女が理解できるようになったマックは、自分が別れた夫とはちがうことを証明したかった。そうせずにはいられなかった。この女性をわがものだと世間に知らしめたかった。彼女に長く深いキスをした。

それから体を離し、どうにか自制心を取り戻した。「ねえ、スピードを落とそう。悪かった。ただ……ちくしょう、おれは嫉妬してる」

ジェシカのうっとりした目がぱっと開き、彼を見つめた。瞳孔が広がって、茶色の目がほとんど黒に見える。ぼうっとして興奮して美しい。憎いほど美しかった。

「どういうこと？」

どうやったらこの気持ちを説明できるだろう？　ジェシカの別れた夫はばかやろうだが、マックの一部は喜んでいた。もしその男がしくじらなければ、ジェシカはいまも既婚者だったはずだ。彼女はマックのものだと骨の髄からわかっていても。いまでさえジェシカは彼にしがみつき、欲求で息は熱く、体は震えている。マックはまだほとんど触れていないのに。

そう思うと、欲望で理性が危うくなった。

ゆっくりと彼女を押し倒し、キルトの上に横たわらせた。ジェシカが乳房を上下させながら、彼を受け入れようと両腕を広げる。

「シーッ。まずはきみの服を脱がせよう。おれは裸に近いのに、きみは頭から爪先まで着こんでる」

セーターに手を伸ばすと、ジェシカが顔を背けた。マックは動きを止めた。「ジェシカ?」

彼女の目は固く閉じられていた。マックの体は燃えるほど彼女を欲していたが、気詰まりな思いは絶対にさせたくない。「なにがいけないか、言ってくれ」

ジェシカが唾を飲むと華奢な白いのどがこわばり、小さな両手がこぶしを握るのがわかった。「あなたはきれいな女性に慣れてるわ」

羽のように軽いタッチを保ちつつ、彼女の肩を撫でた。「きみはそのひとりじゃないと思う?」

「わたしは……三十歳よ。脚が長くてお尻の小さい二十歳の娘じゃない。子どもを産んだし、それに……」

「母親だから、もうセクシーにはなれないって?」

「そういうことが言いたいんじゃないってわかってるくせに」

彼女の頬に触れ、髪を後ろに撫でつけた。「ごめん。だけどきみがくだらないことを言うから。おれはきみのことを、いままでに会ったなかで最高にセクシーな女性だと思ってるよ。通りですれちがう女性全員におれが股間を硬くするとでも思った?」

ジェシカがうめきとも笑いとも取れる声を漏らした。「あなたならやりかねないわ」

「それは誤解だ」スカートの裾《すそ》に手を伸ばし、ゆっくりとたくしあげはじめた。ジェシカは身をこわばらせたが、なにも言わなかった。マックは形のいい脚を眺め、なんとか動じまいとした。声を欲望でざらつかせるのではなく、穏やかに保ちたかった。が、容易ではなかった。ジェシカが穿いたストッキングは膝のすぐ上で終わっており、乳白色の太腿はあらわだった。ストッキングの上端には小さなクリーム色のバラがあしらわれている。乱れてかすれた息を吐きながら、マックは彼女の膝に触れ、ほんの少しだけ開かせた。「このストッキングはソフィーの店で買った？」

ジェシカの目が開いた。「ええ？」

「ソフィーから聞いたんだ、きみはあの店の常連で、きみとは店で知り合ったって。これはあそこで買ったの？」

「そうよ」

いろいろなことがわかりかけてきた。ソフィーとアリソンの奇妙なふるまい。マックがモデルに選ばれた理由。つまりこれは仕組まれた罠《わな》で——あのふたりには心から感謝しなくてはならない。

まぶしい照明はいまもこちらに向けられており、四角いキルトとその上に横たわるふたりを照らしていた。マックはほほえんだ。「きみが見えるよ。なにもかもが、よく見える。すごくきれいだ」

指でストッキングの上端をなぞり、スカートをさらにたくしあげて、ついに薄いシルクのベージュのパンティが光の下にさらけだされた。脚のあいだの布は濡れているように見え、マックは思わずうめいた。彼女の反応を考えもせず、かがんでそこに熱いキスをした。

ジェシカが床から跳びあがりそうになった。「マック!」

マックは少し上に鼻を擦りつけた。「ああ、なんていいにおいなんだ」急いで起きあがると、スカートのボタンを外してつま先まで引きおろした。「ストッキングはこのままにしておこう。興奮する」

ジェシカが喘ぎ、恥じらいと切望の入り混じった目で見つめた。マックは彼女のお腹に手を載せた。ふっくらとして、腰骨とのあいだがへこんでいるものの、やわらかくてなめらかで……。「どうしてこれがセクシーじゃないなんて思える? おれがどう感じてるかわからない?」目を閉じて撫で、温かくすべすべした感触に酔いしれた。それからパンティのなかに指を滑りこませ、女性の縮れ毛にからませた。彼女の腰が床から浮いたので、手を引っこめた。

太腿にまたがり、両手で顔を包んでほほえんだ。「ティーンエージャーに戻った気分だ。自分を抑えて、きみのなかに入れるまで持ちこたえさせようとするなんて。ああ、きみには感動させられる。これまでに出会ったほかの男は忘れてくれ。いまはおれだけ。いいね?」

ジェシカが彼を見つめ、それからささやいた。「もう一度あなたを見られるように、シャツを脱いでくれる?」

「喜んで。そのあとはきみだぞ」リブシャツを頭から引き抜いて脇に放った。すぐさまジェシカの手が伸びてきて、肩を愛撫し、小さな乳首に触れて、彼を震えさせた。彼女に見たり触れたりする時間を与え、ついにそれ以上は我慢できなくなると、彼女のセーターをたくしあげた。手が震えておぼつかず、悪態をつきながら笑った。ジェシカが両腕を掲げたので上に引っぱって脱がせ、ふたたび床に横たわらせた。彼女は不安そうな目で見つめていた。やわらかな茶色の目を見開き、息を詰めて。

美しいブラはベージュのサテンで、パンティと揃いではあるもののレースの飾りがついており、罪深いほど色気があって、マックの心臓を高鳴らせた。薄い素材の向こうに、硬くなった乳首のくすんだ色が透けて見える。マックは歯を食いしばって自分を抑え、人さし指で片方の乳首をなぞると、彼女がわななくのを見守った。顔をあげると目が合った。「きみを口で奪いたい。きみを舐めてしゃぶりたい」

ジェシカが体を弓なりにして喘いだ。

「下着も取ってしまおうか？」かすれた声は、かすかなこだまでしかなかった。

答える代わりにジェシカが体を起こし、ブラの背中のホックに彼の手が届くようにした。マックは震える手で留め金を外し、ゆっくりとストラップを外した。乳房は大きく白く、たわわに熟していた。自分を女性の胸にこだわるタイプだと思ったことはなかった。女性の体はすべてが好きだから、とくに胸だけを意識することはなかった。ところが相手がジェシカとなると……。豊満な形を目にしただけで、胃が欲求でよじれた。

両手のひらで乳房を包み、目を閉じて感触を味わいながらささやいた。「ほかの女性にはかなわないと思ってる？」

「わたし……娘を母乳で育てたの。それが現れてるでしょう？　昔ほどの張りはないわ。デイブによく言われた——」

「デイブは忘れて」胸のふくらみを眺めるうちに数本のかすかなしわに気づき、母乳で張った乳房で赤ん坊をあやす、聖女のように美しい彼女の姿が頭に浮かんだ。「ああ」

親指でしわを擦り、前かがみになって、片方の乳首を燃える唇に含んだ。ジェシカが喘ぎ、彼の髪に指をもぐらせる。マックはもう片方の乳首に移り、激しく吸って彼女に悲鳴をあげさせた。身を引こうとする彼女をしっかりと貪欲《どんよく》につかまえ、乳房を揉《も》みしだいて舐めてはしゃぶり、とうとうこれ以上いたぶったらこちらが果ててしまいそうになった。

ジェシカが喘ぎながらキルトに仰向けで倒れた。体はバラ色にほてり、口で愛された乳首は濡れて尖っていた。

彼の目の表情を見てジェシカが息を呑み、こう口走った。「トリスタが生まれたあと、デイブは一度もわたしを求めなかったわ。体重が増えて体つきも変わったから。だから別の女性に目移りしはじめたって……」

「救いようのないばかだな」熱で視界の端がぼやけ、限界に近いのがわかった。「だけどおれは彼じゃない。いまもこれからもきみの心を傷つけたりしない。きみはきれいだよ——きみのすべてが美しい。きみを求めなくなるなんて想像もつかない」

彼女の体がかすかに震え、乱れた呼吸のたびに豊かな乳房が揺れた。「すぐ戻る」

「ああ、マック」

一瞬も彼女から目を逸らさずに立ちあがり、後ろ向きに歩いてカーテンの陰に回ると、先ほど脱いで置いていたジーンズをつかみ、急いで彼女の元へ戻った。手にジーンズを握ったまま、彼女の脚を押し広げてあいだに膝を突いた。まぶしい光が降りそそぐなか、キルトに横たわった姿は、快楽主義者のように見えた。肌は透けるほど白く、はち切れそうな乳房はバラ色で、太腿は開かれている。愛がなにかよくわかっていなかったものの、いま、これがそうだと悟った。なんの迷いもなく受け入れてくれる彼女を目にすることは、この世のすべてを上まわっていた。

ジェシカがどんなに彼を寄せつけまいとしても、どんなに拒もうとしても、マックは彼女に首ったけだと気づいて愉快になり、鼓動が落ちつきを取り戻した。ウィンストン家の呪い？　いや、むしろこれは祝福だ。財布のなかのコンドームを見つけ、ジーンズを脇へ放った。そろそろ自制心も尽きかけているとわかっていたから、コンドームをそばに置いた。

彼女のあごに触れて胸まで撫でおろし、両方の乳房の周りをなぞってぎゅっと寄せると、深い谷間に無精ひげの生えた頬をやさしく擦りつけた。指先でお腹を這いおり、彼女が身をよじるのを見て、パンティの縁で手を止めた。

「許してくれ、ジェシカ」心臓が締めつけられるのを感じながら言葉を絞りだした。「だけどもう待てない。ふだんは得意なのに、いまは……」

ジェシカが苦笑した。「得意って、なにが?」

「待つのが。期待を高めるのが。だけどきみのせいでおれはどうしようもなく燃えあがってる」そう言うとパンティの両脇に指をかけ、お腹にキスしながらゆっくりとおろしていった。ジェシカの笑い声が乱れた喘ぎに変わった。「腰を浮かせて」

ジェシカが言われたとおりにすると、マックはパンティを取り去るだけでなく、両手をお尻の下に滑りこませて抱えあげ、今度は布に遮られることなく彼女を味わった。ジェシカがキルトの上で身をよじり、取り乱した快楽の声を漏らして、彼の髪をわしづかみにして引っぱった。

「落ちついて」マックはささやき、もう一度キスをした。舌を使って、深く。「ああ、すごく濡れてるよ。おれが欲しいんだろう、ジェシカ?」

ジェシカの体がしなり、首が後ろに反った。その全身を走る細かな震えを感じたが、彼女の口から聞きたかった。いま起きているのは特別なことだと認めてほしかった。ほてった肌にそっと息を吹きかけ、指先で縮れ毛をいじくった。彼女の顔を見ながらゆっくりと、長い指を一本、なかにうずめていった。彼女の太腿がこわばり、お尻に力が入った。

「言ってくれ。おれが欲しいって」

「ああ、マック。イエスよ」

さらに深く指を押しこみ、そのきつさに驚いた。長きにわたる禁欲生活の証《あかし》だ。ジェシカがすすり泣き、腰を突きだした。マックは甘美な女の肉にキスをし、彼女の香りに溺れながら命じた。「きみにとってもこれは特別だと言ってくれ」

「ええ、そうよ、マック。お願い……」

限界を超えた。もう一刻も待てない。生まれてはじめて、コンドームを着ける時間を呪った。ジェシカは体の下でわななき、身もだえし、彼を求めている。マックがのしかかると、爪が食いこむほど強く彼の肩をつかみ、体を擦りつけて、彼を急かした。マックは長く緩やかなひと突きで挿入した。ふたり同時にうめいたが、ジェシカは彼にそれ以上猶予を与えず、太腿を腰に巻きつけて羽交い締めにした。マックは激しく貫きはじめ、胸を擦る豊かな乳房と首筋にかかる熱い息の感触を味わった。彼女に受け入れられ、求められている。そう思うとわれを忘れそうになった。解放を告げる抑えたうめき声をあげたとき、彼女の内なる筋肉がペニスを締めあげて彼の快感を高め、と同時に彼女自身も絶頂を迎えた。

どさりと彼女の上に重なり、胸のなかで次々に芽生える感情があふれそうになったそのとき、静かにすすり泣く声が聞こえた。


ジェシカは顔を覆おうとしたが、マックが許してくれなかった。ほとんど声は立てなかったし、彼は自分の快感に溺れているようだったから、聞こえないだろうと思っていた。ところがマックはいま、警戒した顔で彼女を見おろし、顔がよく見えるように両手で彼女の両手を押さえつけている。

心配そうに眉をひそめ、マックが尋ねた。「どうした？　なぜ泣いてる？」

「マック、お願いだから帰って」完全にばらばらになる前に帰ってもらわなくては。ああ、なんてばかだったんだろう。この人と愛し合って、一度かぎりの関係を楽しんだら、まじめで責任感のある元の自分に戻れると思っていた。それが不可能だと悟って、耐えがたい辛さがこみあげてきた。彼と一緒に過ごしてみて、それがどんな感じかわかったいま、どうやったらかつての生活に戻れるだろう？

マックと愛を交わしているあいだは、生きていることを強く実感した。あまりの快感に理性を失い、無の空間に存在していた。できることといえば、自分が取りこぼしてきたものを自分に与えることだけ。

マックのしかめ面が怖いものに変わった。「冗談じゃない！　なにがいけないのか話してくれるまで、どこにも行かないぞ」

だけど話せない。話せば決定的に軽蔑《けいべつ》されてしまう。彼女がどこまでせっぱ詰まった哀れな状況に陥っていたかが悟られてしまう。首を振って哀願した。「お願いだからいますぐ帰って。もうじきトリスタが――」

「あと二時間は帰ってこない。それにまだ撮影が終わっていない」いつものようにやさしく髪を撫でられると、胸が締めつけられた。「痛かった？」

そんなことまで思いやってくれることに驚いて、ジェシカは首を振った。のどがつかえていたけれど、どうにかこわばった声で言った。「すばらしかったわ。あなたがすばらしかった」

マックがかすかな笑みを浮かべ、彼女の背中から三つ編みを引き寄せてもてあそびはじめた。「きみに触れるのが好きだ。温かくてさらさらの髪や、なめらかな肌」大きな手で乳房を包み、わが物顔でまさぐった。彼女の目をひたむきに見つめてささやいた。「きみのすべてにかきたてられる。言葉にできないほどいいにおいだし、味はそれ以上だ」

彼に味わわれた場所を思い出して、ほんのりと頰を染めた。マックがほほえむ。「愛してるよ、ジェシカ」

ジェシカは目を丸くした。「そんなの――」

「ばかげてる？」彼女の髪を結わえた紐をゆっくりとほどき、指で梳《す》いて三つ編みをほぐした。「きみが言おうとしてることはわかる。おれたちはお互いをよく知らないとか、きみのほうが年上だとかいう、くだらないごたくだろう？」笑って先を続けた。「別れたご主人の影響力がどんなに強かったか、わかってるかい？　彼はどうやったのか、きみは歳を取ってくたびれてると思いこませたんだ。だけど男の目に映るきみは、みずみずしくてすごくセクシーな女性だよ。主婦じゃない。母親でもない。ひとりの女だ」

「ほかの男の人がどう思うか、どうしてあなたにわかるの？」

「男だから」マックが深く息を吸いこんだ。「大学を卒業したあともきみの夢を見つづけた。まるで、とても重要ななにかが指のあいだからこぼれ落ちたみたいな感覚だった。大学時代はほとんど話もしなかったけど、おれはあらゆる機会を狙ってきみを観察してた。だから、きみがまじめで引っ込み思案で、内気で少し傷ついてるのは知っていた。歯がゆいほどセクシーなきみに、ほかの男どもがきみに送る視線も知っていた。気が変になりそうだったよ。あのころでさえ、おれにはきみが理想の女性だとわかってたから」

決心したにもかかわらず、ジェシカの目に涙がこみあげてきた。なにを言えばいいのかわからなかった。正直に話す以外に。「わたしも同じことをしてた」

「ほんとに？」マックがうれしそうな顔になり、顔を近づけてささやいた。「自分に触れたことはある？　ほら……おれを夢想しながら」

顔が熱くなり、息が詰まった。「なんてこと聞くの」

マックがいたずらっぽい表情で肩をすくめた。「おれはあるよ、きみを夢想しながら。きみが欲しくてたまらなかったから、ほかの女性には興味も起きなかった。きみみたいに禁欲を貫いた、なんて嘘は言わないが、そういうシチュエーションはめったに巡ってこなかった。ちなみにこの半年、だれとも寝てない。教職のことで落ちこんでて、ほかのことは考えられなかった。だからおせっかいな家族がお膳立てしたんだろう」

個人的なことを打ち明けられ、ジェシカはいまもうろたえていた――だけでなく興味を惹《ひ》かれていた――が、どうにか冷静さを取り戻して尋ねた。「お膳立てって、なんの話？」

彼の手が体を滑りおり、あちこちを撫でてかわいがった。「大学生のころ、何度かソフィーに勉強を見てもらって、そのときにしょっちゅうきみの話をしてたんだ。名前は言わなかったけど、それ以外のことはなにもかも。印象的なバストとか、セクシーな三つ編みとか、きれいな茶色の目とか。ソフィーはおれに同情したんだ――おれが大嫌いだった科目を勉強するよう、がみがみ言っていじめる合間に」彼女の手を掲げてキスをした。「どこの大学に通ってたか、ソフィーに話したことは？」

ジェシカは考え、やがてゆっくりとうなずいた。「ええ。それだけでなく、復学した年度や、同じクラスにしゃくに障る遊び人の男の子がいて、集中力を削がれてばかりいたことも。だけどそのときはソフィー・シェリダンで、ウィンストンじゃなかったし、彼女が結婚したあとも、名前は結びつかなかったわ」

マックは鋭い笑いを放ち、彼女の指を嚙んだ。「遊び人？　ともかく、あれとこれとをつなぎ合わせたソフィーは、おれのもうひとりのおせっかいで憎めない義理の姉さん、アリソンと協力して、このくだらない男性用下着のカタログってアイデアを思いついたんだろう」

ジェシカは唇を舐め、認めた。「くだらないなんてちっとも思わない。これを着たあなたは文句なくすてきだもの」

「本当に？」

ジェシカはうなずいた。

「おれにチャンスを与えるほどすてきかい？　おれたちにチャンスを与えるほど？　だって本当に愛してるんだ。最初はこんなの単なる執着で、そのうち乗り越えるだろうと思ってた。だけど乗り越えられなかった。そしていまは――きみと交わって、きつく締めつけられて、きみが絶頂に達するところを目の当たりにしたいまは、それだけじゃないとわかった。きみ以外の女性は欲しくない。ほかの女性とじゃこんな満足感は得られない」

ジェシカは唇を嚙んで震えをこらえた。これは現実？　彼は本当にわたしを愛してるの？　絶えずマックに触れられたり体を見つめられたりしているうちに、ジェシカはふたたび彼自身が育ちはじめるのを感じた。

マックがほんの少しあやふやな声で続けた。「教職に就けるかどうか、まだわからないけど、なんとしてでもポストを手に入れてみせる。それまでのあいだ、兄貴たちとバーで働くつもりだ。ずいぶん前にコールがあの店を買ったのは、子どもだったおれたち弟を支え、大人になったおれたちに働き口を提供するためだった。おれもゼーンも、あの店で働いて大学の学費を稼いだんだ。ゼーンは事業を立ちあげたし、おれもそろそろ就職する。コールとチェイスは外部の人間を雇った。きみもきっとあの店を気に入るよ。すごく人気があるんだ、とりわけ女性に。だけどそれだけじゃなく、温かい家庭的な雰囲気もある」

話すなど不可能だった。唾を飲むのさえ難しかった。ジェシカは彼の胸に飛びつき、ぎゅっと抱きしめた。「マック、本当にごめんなさい。あなたのこと、すっかり誤解してた」

マックが仰向けになって彼女を抱き寄せた。「ああ、ベイビー、泣かないで。頼むよ」

「あなたは最高にすばらしい人よ。わたしにはもったいない」

「おっと、意見が食いちがったな。頼むから、おれを追い払わないって言ってくれ。どうなるのかと、はらはらしてる」

ジェシカは彼の顔に、耳に、のどにキスをした。マックがうめいたのでもっと続け、今度は彼女がうめいた。体中にキスしたいくらい、おいしかった。

「安心していいのかな、ジェシカ？」彼の声は震え、手はお腹にくちづけるジェシカの頭をつかまえた。「これはつまり、おれたちは正真正銘の関係を築けるってことかな？　おれをあてにならないごくつぶしだと思うのをやめてくれるって？」

ジェシカは大きく育った脈打つペニスに片手を巻きつけ、彼のおへそにキスをしてささやいた。「ええ、そうよ」次の瞬間、マックに組み伏せられて唇を奪われ、このうえなくかきたてられて——愛された。

エピローグ

マックが玄関を開けるやいなや、トリスタが跳びあがって通信簿を彼の顔の前にかざした。「Aが三つよ！」トリスタの言葉に、誇らしさでいっぱいになったマックは、彼女を抱えあげてしっかりと抱きしめた。床におろしたあとも、トリスタはかたわらにぴったりとくっついて、通信簿に目を通す彼と一緒に廊下を進んだ。

「Aが三つにBが三つ」トリスタに腕を回し、マックはほほえんだ。「おい、さぞかし誇らしいだろう？　Aのひとつは理科じゃないか」

トリスタがにっこりして歯列矯正器をきらめかせ、こっそりと打ち明けた。「研究課題で最高点を取ったの。ブライアンより上よ！」

笑わずにはいられなかった。そこへジェシカが現れた。腰まで届く髪をおろし、彼の気を逸らす。彼が大好きだと知っているヘアスタイルで。

「やあ」マックがキスを求めて身を乗りだすと、ジェシカが惜しみなく与えた。ああ、この挨拶は大好きだ。「仕事は？」

「ないわ。今日の午後は休みにしたの」

マックは眉をつりあげた。「へえ。なにか理由でもあるのかな？」

「ええ。だけどその前に、あなたの一日はどうだった？」

初出勤がどうだったか心配してくれているのがわかり、ますます愛がふくらんだ。待合室のコーヒーテーブルに書類を何枚か放って、どさりと椅子に腰かけた。「すばらしかったよ――ことあるごとに校長がおれをチェックしにやって来たこと以外は」

ジェシカが膝の上に座り、彼に代わって憤慨した。「信じられない！」

「まったく。おれに戻ってきてほしいっていう保護者の声を聞き入れはしたが、まだ不満が残ってるらしいんだな。だけど教育委員会のトップも訪ねてきて、百パーセント応援すると言ってくれたから、校長なんかに負けてられない。なんたって、保護者がおれのために嘆願活動までしてくれたんだ」臆面もなくにんまりした。マックを連れ戻すために保護者が教育委員会にかけ合ってくれたことを思うと、いまだに驚きと感謝がこみあげてくる。

トリスタが身を乗りだし、マックの声色をまねて言った。「さぞかし誇らしいだろう？」「こいつめ。こっちへ来い」うなるように言い、椅子の肘掛けに少女を引き寄せた。この数週間で、トリスタを自分の娘同然に愛するようになっていた。トリスタのほうも、ずっと前から一緒にいたかのように自然な態度で彼に接した。

いま以上の幸せなど想像もつかなかった。ジェシカといるようになってから、いいことずくめだった。教え子の保護者たちが会を発足して教育委員会に訴えかけてくれたおかげで、校長のあいかわらずの反対にもかかわらず、望みの仕事を手に入れられた。バレンタインデーのセールに間に合うよう完成したソフィーのカタログは大好評を博した。来る日も来る日もブティックに女性客が詰めかけ、そのおもな話題はカタログのモデルだった。けれどジェシカのたっての願いで、すべての写真はトリミングを施され、マックの首から下だけが残された。マックを独り占めしたいま、セクシーな部屋着を着ているのは彼だとほかの女性に知られたくなかったのだ。

ゼーンはこの話を聞いて大笑いした。

「それで、きみのいい知らせは？」彼のためにおろしていると知っている、ジェシカの長い髪をいじくった。

「新しい仕事が入ったの――今度は子供服よ」

心からうれしそうな顔を見て、もう一度キスをすると、トリスタがくすくすと笑った。

ジェシカがため息をついた。「教会からも連絡があったわ。結婚式の日取りが決まったって。六月六日よ」

「今度こそ、本当に決定？」どうにか興奮を隠した。おせっかいな義理の姉たちは、ジェシカには盛大な結婚式がふさわしいと言って譲らなかった。それはかまわない。ジェシカが喜ぶならなんだってする。しかし日取りを選ぶたびに、ちょっとした障害が持ちあがった。もしや彼にはウィンストン家の呪いが効かないのではと思いはじめていたところだ。

ジェシカが首に両腕を巻きつけて言った。「本当に決定よ。なにもかも問題なし――ホールも、お花も、ドレスも、招待客も。ソフィーの赤ちゃんは三月末には生まれるし、アリソンの予定日は十一月。唯一の問題は、ほんのちょっとしたことなんだけど、ゼーンなの」

「ゼーンがどんなくだらないことを言ってる?」

「じつはね、〝ウィンストン家の呪い〟についてずっと文句を言っていて、結婚式に出席したら、自分にも呪いがかかるかもしれないと怯《おび》えてるの。だけどあなたはお兄さんに出席してほしいでしょうし……」

マックは笑って彼女を抱きしめた。「ばかな兄貴の心配はしなくていいよ。ゼーンは出席する、それも喜び勇んでね。ゼーンなら、どんな呪いからも逃れられるさ」

トリスタが首を傾けて彼を見つめ、呪いの話に興味津々で身を乗りだした。「マックも呪いから逃げようとした?」

マックは彼女の鼻のてっぺんをちょんとつつき、にっこりして答えた。「いいや。両腕を広げて歓迎したよ」

訳者あとがき

想像してください。もしもあなたの住む町に、とびきり魅力的でそれぞれに個性的な四兄弟が経営する、とても居心地のいいバーがあったなら。

女性ならだれしもうっとりとため息をついてしまいそうなこの妄想を叶えてしまったのが、本書『ウィンストン家の伝説――黒き髪の誘惑者たち』です。ケンタッキー州トマスヴィルに住むウィンストン家の四兄弟は、十年以上前に両親を亡くし、以来長男のコールを親代わりとして、数々の問題や悩みに直面しつつも、常に支え合い、絆を深めながら生きてきました。いまではみんな、立派な大人。両親を喪《うしな》ったときは小学生だった末っ子のマックも、大学卒業が視野に入ってきました――つまり長男のコールも、やっと親代わりという大きな責任をおろして、自分の人生を考えられるようになったのです。

そして、そのときを待っていたかのように現れたのが、七カ月前に町に越してきて、バーの近くにランジェリーショップを開いたソフィー・シェリダン。とても内気で口数が少ないソフィーと、めんどう見がよくて頼もしいコールは、お互いほとんどひと目ぼれするのですが、友人同士という〝居心地のいい関係〟を壊してしまうのが怖くて、気持ちを打ち明けることができません。ところがそこへ、絶好のチャンスがやって来ます。恋人たちの季節、バレンタインデーに合わせて、女性が参加するフォトコンテストをバーで開催することになったのです。コンテストに優勝すれば、一カ月間のドリンク代が無料になるだけでなく、コールと夜のデートにくり出す権利を手に入れられる。それを知ったソフィーは、ふだんの内気さからはとうてい考えられない大胆で無茶な計画を思いつきました。さあ、ふたりの恋の行方はいかに？（『はじまりはココアとともに』）

続く二作目は、次男のチェイスのお話です。コールより九歳下のチェイスは、兄が経営するバーの共同経営者のような存在。目立つのが嫌いでちょっぴり厭世的なところがある、兄弟でいちばん物静かな男です。そんな彼がいつものようにバーで働いていたハロウィン間近のある夜、信じられないことが起きました。ソフィーが経営するランジェリーショップのアシスタント、アリソン・バロウズの心の声が、急に聞こえるようになったのです。いったいなぜ、そんなことが？　じつはその陰には、思いも寄らない情熱的でロマンティックな秘密が隠されていました。（『おせっかいなキューピッド』）

最後を飾る三作目は、だれからも好かれる明るい好青年、末っ子のマックの物語。バーで働いて学費を稼ぎ、成績優秀で大学を卒業した彼は、希望している教師の職になかなかありつけなくて、鬱々としていました。そんなとき、ソフィーのたってのお願いで、彼女の店で新たに売りだす男性用〝部屋着〟のカタログ作成に、素人モデルとして協力することになるのです。ところが思いがけないことに、撮影現場で彼を出迎えたカメラマンは、二年前に大学の授業で出会ってからずっと忘れられなかった年上の女性、ジェシカ・ウェルズでした。じつはジェシカは十三歳の娘をひとりで育てるシングルマザーで、過去の苦い経験から、楽しむことが好きな男性だけは二度と信じまいと心に決めています。ところが目の前に現れたのは、楽しむことが信条のマック・ウィンストン。さあ、〝部屋着〟とは名ばかりのセクシーな男性用下着の撮影は、ぶじ終わるのでしょうか？（「あの笑顔にもう一度」）

ローリ・フォスターの作品はどれもホットだけれど、いちばんの魅力は、読み終わったあとに不思議と温かくハッピーな気持ちにさせてくれるところではないでしょうか。そしてそんな気持ちにさせてくれるのは、どの作品でも描かれている、家族の大切さや、人と人とが肉体だけでなく心でもつながる喜びなのだと思います。

つながりたい。その思いはだれもが持っているものでしょう。だからこそローリ・フォスターの作品は、数多くのファンを獲得してきたのかもしれません。

さて、じつは本書は、すでにヴィレッジブックスから翻訳刊行されている『流浪のヴィーナス』『さざ波に寄せた願い』『聖者の夜は謎めいて』の前段階にあたる作品です。

この三作をもうお読みになっている方々、長らくお待たせしました。『流浪のヴィーナス』

ですでに幸せな結婚生活を送っていたコール、チェイス、マックの三人が、どんなふうにして真実の愛を見つけ、手に入れたか。三者三様の物語を楽しんでいただけるよう、心から願っています。そしてまだ既刊の三作をお読みになっていない方々には、続きを読みたいと思っていただけるほど、本書を気に入ってもらえますように。

最後にわたくしごとで恐縮ですが、今回もつたない訳者を支えてくださったヴィレッジブックス編集部のみなさまに深くお礼を申し上げます。それからいつも変わらず応援してくれる、大切な家族と友人にも。

二〇〇九年　秋

ウィンストン家の伝説
黒き髪の誘惑者たち

著者　ローリ・フォスター

訳者　石原《いしはら》未《み》奈《な》子《こ》

2009年10月20日　初版第1刷発行

発行人　鈴木徹也

発行所　株式会社ヴィレッジブックス
〒108-0072 東京都港区白金2-7-16
電話 03-6408-2325（営業） 03-6408-2323（編集）
http://www.villagebooks.co.jp

印刷所　中央精版印刷株式会社

ブックデザイン　鈴木成一デザイン室＋草苅睦子（albireo）

 ISBN978-4-86332-184-7 Printed in Japan

ローリ・フォスターの好評既刊

流浪のヴィーナス

ローリ・フォスター
白須清美＝訳

ベストセラー作家が描く、究極の出会い

無垢な占い師タマラがすべてを捧げようと誓ったのは、
街の女性たちの憧れの的、ゼーン・ウィンストン。
勇気を出して誘惑を仕掛けるも、断られてしまう。
だが、隠されていたタマラの真実が明らかになるとき、ふたりの運命は……

定価:872円（税込）ISBN978-4-86332-793-1